신
곡

3권
천국으로의 편력(遍歷)

단테 알리기에로 지음

김용선 편역

신곡

3권

천국으로의 편력(遍歷)

단테와 베아트리체의

시공을 초월한 영원한 사랑

바른북스

추천의 글

박치욱 퍼듀대학교 약학대학 교수

작가가 편역한 이 신곡을 만난 것은 나에게 큰 행운이었다. 단테의 신곡은 내가 세상을 떠나기 전에 꼭 읽어야 할 책의 목록에 포함돼 있었다. 과학을 공부하던 젊은 시절 인문학에 문외한인 나에게도 신곡이라는 대서사시의 명성은 피해 갈 수 없었다. 신곡은 셰익스피어의 희곡과 더불어 세계 문학사에서 최고의 걸작으로 손꼽히는 작품이었고, 지옥과 연옥과 천국을 여행하며 수많은 역사 속 인물들을 만나고 그들의 삶을 살필 수 있는 흥미진진한 방대한 서사시였다. 그러나 많은 사람들이 나처럼 살아생전에 꼭 읽어야 할 책으로 다짐하면서도 막상 접한 사람은 극히 드문 작품이기도 했다. 그런데 이 편역된 신곡이 내게 단테와 함께 신비한 여행을 떠나게 만드는 기회를 선물했다. 그 여행은 놀라웠다. 굽이굽이 펼쳐지는 흥미진진한 이야기에 감탄에 감탄을 연발하며, 지적 쾌감에 흠뻑 젖는 그런 마력을 지닌 여행을 경험하게 했다.

이 책을 읽는 동안 단테는 바로 내 곁에 있었다. 700년 전 이태리에 살았던 당대 최고의 지성인 단테의 감성과 영성이 이 책에 고스란히 녹아있었다. 그의 인생은 비극이었다. 세상의 부조리와 불합리와 부도덕에 젖어 살기도 했고 또한 그것에 흠씬 두들겨 맞기도 하면서 자신이 사랑하던 모든 것들을 잃은 비극의 주인공이었다. 단테는 이 시로 부조리한 세상을 뒤집어엎고 자기만의 세계, 자기만의 우주를 창조했다. 그 결과가 《La Divina Commedia》였다.

신곡의 세계는 모든 것이 올바르다. 부조리가 정리되고 불합리가 지워지며 부도덕이 벌을 받는 신적인 질서가 충만한 경쾌한 도발의 세계였다. 인간을 고통스럽게 한 자들이 지옥에서 벌받고 있고, 천국에서 만난 베드로는 단테의 믿음을 꼭 안아주었다. 무엇보다 이 신곡에서 단테의 영원한 사랑인 베아트리체가 지고의 아름다움과 신적 고귀함을 지닌 존재로 단테를 진리의 세계로 인도하며 인류의 구원을 위해 기도하고 있었다. 이 신적 질서를 묘사하면서 단테는 신학과 철학, 수사학과 역사, 천문학과 과학의 세계를 자유자재로 넘나들고 있었다. 천재의 지적 유희가 황홀할 정도였다.

하지만 쉽지는 않았다. 700년 전 중세 최고의 지성이 토해내는 지식과 경험과 영성은 우리가 쉽게 범접할 수 있는 영역이 아니었다. 그리스 로마 신화와 유럽의 역사와 문화, 신구약 성경에 정통하지 않고서는 이해할 수 없는 내용과 표현이 한가득이었다. 그러나 작가의 편역은 이 난해한 대서사시를 인문학에 조예가 부족한 나에게 줄거리를 넉넉히 즐길 수 있도록 안내해 주었다. 과하지도 않고 부족하지도 않을 만큼의 풀이를 통해서 "아하"를 외치는 깨달음의 순간이 얼마나 많았던가! 그렇게 단테의 현란한 지적 유희를 즐기면서 도덕적 윤리와 인간의 존엄성과 사랑의 구가를 노래한 이 역사적인 작품을 만끽할 수 있었다. 내가 이 편역된 신곡을 만나지 못했더라면 평생 경험하지 못할 그런 즐거움이었다. 모두에게 일독을 권한다.

헬레니즘과 헤브라이즘을 엮어 종교개혁과 르네상스를 이끈 불멸의 걸작 《신곡》

단테 알리기에로Dante Alighieri, 1265~1321의 세례명이 '두란테Durante'다. 이 이름의 의미는 '참고 견디는 자'로서 이 말의 축소형으로 사용된 말이 단테Dante다. 피렌체의 군문 귀족 집안에서 태어난 단테가 그의 이름대로 어린 시절부터 많은 아픔을 겪었다. 5살이던 해 어머니가 돌아가시고, 18세 때 재혼한 아버지마저 세상을 떠났다.

단테가 아홉 살이던 1274년, 꽃이 만발한 아르노 강변에서 이름 모르는 소녀를 만났다. 그녀는 단테의 어린 가슴에 간절하게 타오르는 사랑 감정을 불러일으켰지만, 이미 몰락한 집안의 그가 최고의 명문 가문 출신인 베아트리체를 사랑하는 것은 쉽지 않은 일이었다. 단테가 그런 아픔을 안고 지내다 18세 때 아르노 강가의 베키오 다리에서 다시 베아트리체를 두 번째 만났다. 베아트리체가 먼저 단테에게 가벼운 미소를 지으며 인사를 건넸다. 복을 주는 여인이라는 이름의 그녀가 단테에게 구원의 여인이 되는 순간이었다. 단테와 베아트리체의 이 운명적인 만남이 단테의 평생을 사로잡았고, 그녀는 단테에게 그리움이 되었다.

그러나 베아트리체가 부친의 강요로 돈 많은 집안의 금융업자와 결혼하지만 불행하게도 24세의 젊은 나이에 요절했다. 그 일로 단테가 한동안 충격을 받아 고뇌하며 허무에 빠지기도 했지만, 그는 그때 아리스토텔레스와 키케로, 보에티우스와 토마스 아퀴나스의 학문을 깊이 탐구했다. 그리하여 그녀가 죽은 다음 해인 1291년에 베아트리체에 대한 그리움을 노래한《새로운 삶》이 탄생했다.

그 당시 도시국가 피렌체는 상류 봉건귀족이 주축인 기벨리니와 몰락한 귀족과 상공인이 지지하는 겔피로 나누어져 대립이 극심했다. 단테가 24세에 겔피 당의 일원으로 전쟁에 참가하여 큰 공을 세웠고, 30세에 정계에 진출하여 5년 후 피렌체를 다스리는 6인 중 한 사람이 되었다. 겔피 당이 다시 백 당과 흑 당으로 나누어지는 가운데 단테는 백 당에 속해있었다.

단테 나이 35세가 되던 1300년, 승승장구하던 그의 인생이 무너져 내렸다. 교황청으로부터 피렌체의 독립을 원하던 그가 흑 당의 승리로 추방되었다. 흑 당의 탐욕이 쿠데타를 일으켰고, 그로 인해 그의 비참한 망명 생활이 시작됐다. 그가 그런 아픔과 분노 중에도 신앙과 윤리 문제에 깊이 침잠했다. 궐석 재판을 통해 사형선고를 받은 단테가 방랑 생활을 하면서도 베아트리체를 잊지 않고 사랑했다. 사악한 악의 무리가 가는 길이 아닌 예수와 바울이 걸었던 진리의 길을 고뇌하며 따르려 했다. 영원히 조국으로 돌아오지 못하고 고난의 길을 걷다가 라벤나에서 56세에 영면했다.

정치적인 힘으로 세상을 변화시킬 수 없음을 깨달은 그가 죄 중에 있는 인간은 십자가에 못 박혀 돌아가신 예수 그리스도의 사랑을 통해서만 구원받을 수 있음을 알았고, 그 구원의 길잡이로서 베아트리체를 선택하므로 그녀는 단테의 여인을 넘어 만인의 연인이 되었다. 베아트리체는 단테의 삶의 원동력이었고 시적 영감의 샘이었다. 그녀는 단테의 정신세계를 지배했고, 그녀를 통해 그의 마음이 정화되었으며, 설렘으로 삶을 새롭게 각성했다. 베아트리체는 단테의 사랑이었고 노래였고 기쁨이었고 행복이었다.

결국 단테는 이 《신곡》을 통해 이루지 못한 베아트리체와의 진실하고 영원한 사랑을 시간과 공간을 초월한 전 우주적인 사랑으로 승화시켰으며, 모든 인류에게는 인간이 어디에서 와서 어디로 가며, 무엇을 하며 어떻게 살아야 되는지를 궁구하게 만들었다.

이 작품의 원래 제목은 《La Commedia》희극이었다. 지옥에서 시작해 천국으로 끝이 나므로 붙여진 이름이었다. 그러나 후세에 이 글의 고귀함과 아름다움, 웅대함과 전우주적 초월성에 매료된 복카치오가 이 희극에 신적神的이라는 뜻의 Divina를 붙이므로 제목이 La Divina Commedia《신곡》가 되었다.

《신곡》은 지옥, 연옥, 천국 3편으로 구성되어 있고, 각 편이 33곡으로 되어 모두 99곡으로 짜여 있으며, 여기에 서곡을 추가하므로 100곡이 되었다. 여기서 100은 그 당시 가장 완전한 수로 인정받던 숫자였고, 33은 삼위일체 교리에 입각한 것으로 단테의 신앙이 반영된 것으로 짐작할 수 있다. 또 이 작품은 3연 체의 11음절로 되어 있으며 총 1만 4천 2백 33행으로 엮어져 있다.

헬레니즘은 그리스 로마 사상과 오리엔트 문화가 융합되어 이루어졌다. 인본주의를 지향하며 이성에 바탕을 둔 사고를 통해 학문과 과학이 발전했다. 영적인 것을 부정하며 지적인 만족을 위해 궁극적 본질을 탐구했다. 헤브라이즘은 히브리 민족의 종교와 사상으로 여호와를 숭배했다. 광야에서 유목하며 살아갈 때 하늘의 음성과 계시가 있었다. 인간은 여호와의 피조물이며 그의 소유된 백성이었다. 단테는 《신곡》을 통해 헬레니즘과 헤브라이즘을 엮어 종교 개혁과 르네상스를 이끌었다.

고대 로마에서는 시민계급을 6등급으로 나누어 최상급을 클라시쿠스classicus라 칭했는데, 이 말에서 클래식classic이란 말이 유래되었다. 클라시쿠스classicus는 '함대'라는 의미를 가진 '클라시스classis'에서 파생했는데, 로마가 위기 상황일 때 가난한 자 프롤레타리아proletaria는 자식proles을 전쟁터로 보내고, 부자들은 나라에 군함을 기부함으로 국가에 기여했다. 오늘날 이 클라시쿠스classicus가 클래식classic이란 말로 변해 사람이 심리적 위기 상황을 경험할 때 극복할 수 있도록 힘을 주는 '고전古典'이란 말로 사용된다.

시대를 초월한 고전 중의 고전인 《신곡》을 학자들이 읽는데 그들 인생에서 30년을 소비한다는 말이 있다. 모든 이의 입에서 입으로 회자膾炙되면서도 막상 접한 사람은 극히 드물다.

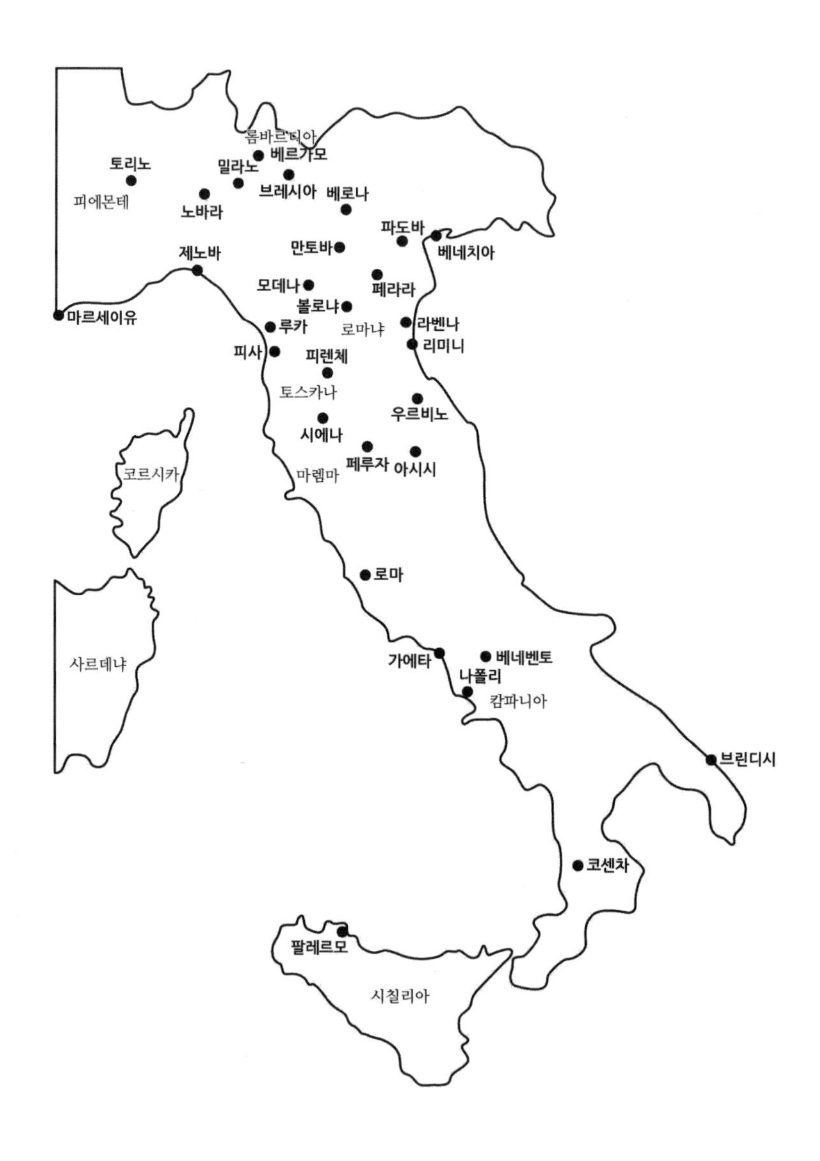
롬바르디아
베르가모
토리노
밀라노
브레시아
베로나
피에몬테
노바라
파도바
만토바
베네치아
제노바
모데나
페라라
볼로냐
마르세이유
루카
로마냐
라벤나
리미니
피사
피렌체
토스카나
우르비노
시에나
코르시카
페루자
아시시
마렘마
로마
사르데냐
가에타
베네벤토
나폴리
캄파니아
브린디시
코센차
팔레르모
시칠리아

◎ 이탈리아 지도

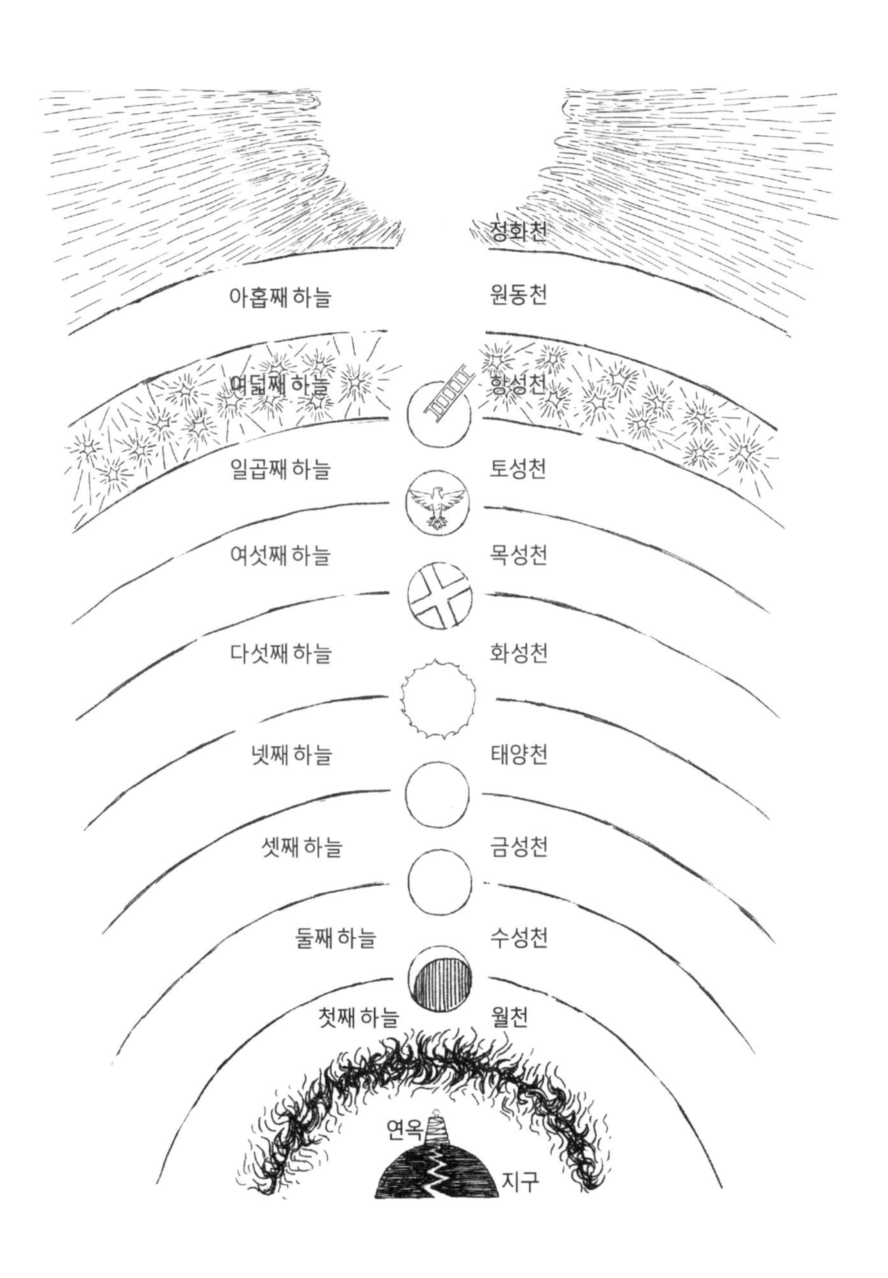
정화천
아홉째 하늘
원동천
여덟째 하늘
항성천
일곱째 하늘
토성천
여섯째 하늘
목성천
다섯째 하늘
화성천
넷째 하늘
태양천
셋째 하늘
금성천
둘째 하늘
수성천
첫째 하늘
월천
연옥
지구

◎ 천국의 구조

◎ **라우텐시우스의 순교**

라벤나의 산 비탈레 성당 옆 묘당에 십자가를 지고 달구어진 석쇠 위로 올라가는 순교자 라우텐시우스의 모습이 모자이크 되어있다. (4곡)

◎ **성 소피아 성당**

비잔틴 건축물의 대표작인 성 소피아 성당은 유스티니아누스 황제에 의해서 537년에 완공되었다. 그가 성전에 들어서며 "예루살렘 성전을 지은 솔로몬 당신을 제가 능가하였습니다."라고 말하며 하나님께 감사했다고 한다. (6곡)

◎ 로마 베드로 대성당

로마 베드로 대성당은 326년 콘스탄티누스 황제에 의해서 베드로의 무덤 위에 건축되었으며, 현재의 건물은 1506년에 공사를 시작하여 1626년에 완공된 세계 최대의 성당이다. 베드로 대성당의 돔은 미켈란젤로 작품이다. (27곡)

목 차

| 3권 |

천국으로의 편력(遍歷)

1300년 3월 31일 수요일 정오쯤이다.
하나님 영광이 온 우주에 충만하다. 단테가 베아트리체와 함께 지상낙원에 있다. 자신의 의지를 발휘하여 얻은 카이사르의 영광은 물거품처럼 허망하다. 하나님의 영광을 위해 기록한 이 시가 밑거름이 되어 더 위대한 작품이 탄생하길 기원한다. 그가 인성을 벗고 신성을 입으며 공기의 하늘에서 빛의 하늘로 인류 구원을 위한 편력遍歷을 시작한다.

1　만물을 주장하시는 하나님의 영광이
　온 우주를 비춰주시건만

어느 부분은 밝고 어떤 곳은 미약하도다.

4 그 빛을 많이 받는 하늘에 내가 있었는데,
그리로 이끌리어 갔다 돌아온 자 그 누구건
본 것을 돌이켜 다 말할 수 없음은,

7 인간의 지성이 지고至高의 선善에게로 나아가
그 안으로 깊이 빠져들수록
그 기억은 아무런 역할을 할 수 없기 때문이로다.

10 이제 내 마음의 보석으로 간직된
하늘의 거룩하고 영광스러운 것들을
줄거리 삼아 노래하려 하노니,

13 오, 으뜸의 신 아폴론이여!
저의 이 마지막 사명에 당신의 월계관을 씌워주어
저로 당신의 합당한 그릇이 되게 하소서.

16 아폴론과 뮤즈가 사는 파르나소스의 두 봉우리여!
지금까지는 뮤즈의 도움으로 족했으나
이제는 모두의 은혜로 남은 싸움터를 노래하게 하여라.

19 마르시아스를 산 채로 잡아 그 몸의 껍질을 벗기던

아폴론 당신의 능력을 저에게 허락하소서.
제 가슴에 영감을 불어넣어 주옵소서.

22 오, 성스러운 힘이시여! 제 두뇌에 남기신
당신의 축복된 왕국의 그림자만이라도
그려낼 수 있도록 지혜를 주소서.

25 그리하여 당신의 사랑스런 나무가 되어
당신을 노래하므로 영광을 돌리게 하옵소서.
그리하면 제가 월계관을 쓰오리다.

28 오, 신묘한 힘이시여! 인간의 의지와 욕망을 발휘한
카이사르나 어떤 시인의 영광은
결국 허망한 것이었기에 면류관이 없나이다.

31 그래서 누군가가 영광의 면류관을 갈망한다면
기쁨에 젖은 델포이 신전의 아폴론 당신께
기쁨을 올려드려야 하겠나이다.

34 작은 불씨 뒤에 큰 불꽃이 따르리니,
아마도 제 뒤엔 더 아름다운 목소리가 있어
당신을 노래하여 화답하게 되리이다.

37 계절에 따라 태양은 수평선 상의 서로 다른 지점에서
솟아오르는데, 네 개의 둘레를 세 개의 십자가로
맺는 곳에서 해가 뜨는 이 춘분의 때에는

40 그 등불이 밝은 별들과 길동무하며
좋은 길을 지나면서 밀랍蜜蠟과 같은 세상을
제멋대로 다루어 온갖 꽃이 만발하도다.

43 이렇게 솟는 태양으로 정죄 산의 꼭대기,
지상낙원이 있는 이 연옥의 정상은
아침이 되고 북반구는 밤이 되는 시간이었다.

46 그때 베아트리체가 왼편으로 돌며
태양을 바라보고 있었는데,
독수리라도 그렇게 응시하진 못하겠더라.

49 마치 순례자가 본향을 향하는 것처럼,
또 내려오던 빛줄기가 반사되어
다시 근원으로 되돌아가는 것 같은

52 여인의 눈빛을 보며
내 마음이 더욱 자극을 받아
나도 사람의 감각을 뛰어넘어 해를 응시했다.

55　인간을 위해 창조된 이 하늘에선
세상에서 허용되지 않는 일도
넉넉히 용납이 되는 것이어서,

58　내가 오랫동안 견디지는 못했으나
용광로에서 이글거리면서 타올라 튀는
불똥을 바라보는 시간보다는 짧지 않았다.

61　우리가 빛을 향해 출발하려 할 때
전능자가 이곳을 또 다른 태양으로 꾸며주는 듯
하늘이 점점 더 밝아지더라.

64　내가 해로부터 시선을 거두고는
베아트리체를 보았을 때
그녀가 하늘을 응시하고 있었는데,

67　어부인 글라우코스가 마법의 해초를 먹고
바다의 여러 신神들의 벗이 될 때의
그 느낌이 내 안에 밀려왔나니,

70　인성을 초월하여 신성으로 입문하는 것을
말로 다 표현하기는 어려우나
특별한 은총으로만 가능하기에 이 예로 족하리로다.

73 오, 하늘을 다스리시는 사랑이여! 당신께서 저를
빛으로 이끌어 올리셨나니, 제가 몸 안에 있었는지
몸 밖에 있었는지는 오직 당신만이 아십니다.

76 그분을 갈망하며 그분을 향하도록
그분이 창조하신 우주를 그분께서 맞추시고
조절하시는 조화를 내가 지켜보는 중에

79 하늘엔 태양의 불꽃이 노을처럼 타올랐는데,
많은 비와 흐르는 냇물이 늪을 채운다 해도
그렇게 흘러넘치진 못하겠더라.

82 그때 내 앞에 새로운 빛이 나타나며
신비한 소리가 들려 내가 그것에 대한
호기심으로 견딜 수가 없었는데,

85 나를 나보다 더 잘 아는 여인이
흥분된 내 마음을 진정시키려고
하는 말이,

88 "그대는 잘못된 상상으로 자신을 둔하게
만들고 있노니, 그것을 떨치지 아니하면
볼 수 있는 것들을 보지 못한다오.

91 이제 우리는 이곳을 떠나
제자리를 벗어나는 번개보다 더 빠르게
하늘을 향해 내닫게 되리다."

94 미소 지으며 화답하는 말로 의문이 풀렸지만
내 마음속에선 알고 싶은 것들이
우후죽순처럼 솟아나 내가 묻기를,

97 "커다란 의혹이 해결되어 기쁘지만
우리가 가벼운 물체인 이 대기를
어떻게 벗어날 수 있을지 궁금하나이다."

100 철없는 아이를 바라보는 어미의 표정으로
베아트리체가 나를 측은히 보며
입을 열었다.

103 "모든 것은 저마다의 질서를 가지며
동시에 모두는 하나의 질서를 따르고 있다오.
이는 이 우주가 하나님 형상을 닮았기 때문이오.

106 피조물들을 통해 영원무궁한 힘이신
하나님의 자취를 보나니, 이 모든 질서는
하나님 영광을 위한 것이라오.

109 창조된 것들은 주어진 질서 안에서
부여받은 본연의 모습으로
자기 위치를 지키며 살아간다오.

112 그리하여 모두는 제게 부여된 힘으로
존재의 망망대해를 건너
각자의 포구를 향해 나아가는데,

115 이 성질이 달을 향해 불을 가져가고
영혼도 이성도 없는 동물의 원동력이 되며
이것이 땅을 묶어 하나로 뭉치게 한다오.

118 지성 밖에 있는 피조물뿐만 아니라
이성과 사랑으로 살아가는 인간에게도
이 본능이 활처럼 목적지를 향하도록 충동질한다오.

121 이처럼 질서를 주관하시는 하나님의 섭리가
빠르게 돌아가는 원동천을 감싸고 있고
빛으로 여러 하늘들을 고요하게 만든다오.

124 그리하여 우리는 환희의 과녁을 향해
화살을 당기는 시위의 힘에 실려
예정된 곳으로 날아간다오.

127 그러나 재료가 예술가의 의도를 빗나가
그 만들어진 형태가
마음에 들지 않는 경우가 흔히 있는 것처럼,

130 때때로 피조물이 충동을 받아
엉뚱한 곳을 향해 굽어 딴 길로 가므로
하나님을 떠나게 된다오.

133 하늘을 향해 타올라야 할 불꽃이 땅에 떨어져
번개가 되듯이 사람이 그릇된 욕망에 사로잡혀
하나님에게서 멀어진다오.

136 이제 그대는 이상하게 여기지 마오.
그대의 날아오름은 마치
시냇물이 계곡을 흘러내리는 것과 같노니,

139 세상 욕심을 떨쳐버린 그대가
아래에 주저앉아 있음은 마치 타올라야 할 불꽃이
땅에서 잠잠한 것처럼 이상한 일이라오."

142 이렇게 말한 그녀 시선이 하늘을 향하더라.

• 1~21

하나님의 영광이 온 우주에 충만하다.
단테가 베아트리체의 도움으로 연옥의 지상낙원에 있다.
천국의 신비는 말로 다 표현할 수 없다.
"그가 낙원으로 이끌려가서 말할 수 없는 말을 들었으니 사람이 가히 이르지 못할 말이로다." 고후12:4
인간의 지성은 절대 선이고 진리이며 시간을 초월하는 하나님 안으로 깊이 들어가면 인간의 기억은 아무런 역할을 하지 못한다.
하늘의 신비를 노래하려 그리스도의 변신인 아폴론에게 도움을 구한다.

• 22~45

단테가 하나님 나라를 노래할 수 있도록 능력을 구한다.
그리하여 하나님을 찬양하는 승리의 월계수가 되기를 원한다.
자신의 의지를 발휘하여 획득한 카이사르의 영광과 승리는 결국 고귀한 것 같았지만 한갓 물거품처럼 허망하게 끝이 난다.
단테가 하나님의 영광을 위해 쓴 이 시가 바탕이 되어 이후에 더 크게 하나님 나라를 노래하는 위대한 작품의 탄생을 기원한다.
태양은 계절에 따라 각각 다른 지점에서 떠오른다.

• 46~75

베아트리체가 독수리처럼 태양을 뚫어지게 바라본다.
사람의 눈으로 바라볼 수 없는 태양을 단테도 응시한다.
단테가 태양을 향하는 베아트리체를 보며 인성을 벗는다.
"내가 그리스도 안에 있는 한 사람을 아노니 십사 년 전에 그가 셋째 하늘에 이끌려 간 자라. 그가 몸 안에 있었는지 몸 밖에 있었는지 나는 모르거니와 하나님은 아시느니라." 고후12:2
여기에서 한 사람은 바울이며 그가 하나님과 천사들이 거하는 하늘로 올라갔다는 말이다.
단테가 천국으로 들어가기 위해 신성을 입으며 변신한다.
특별한 은총이 아니면 불가능한 천상으로의 여행을 시작한다.
단테가 공기의 하늘에서 빛의 하늘로 인류의 구원을 위해 출발한다.

• 76~102

단테가 붉게 물들어 있는 광활한 하늘을 바라본다.
그가 정화천에 거하시며 원동천을 주장하시는 하나님을 중심으로 온 우주가 끊임없이 돌고 있는 오묘한 조화를 본다.
단테가 인간의 영원한 고향인 천국으로 육신을 벗고 신속히 오른다.
단테가 어떻게 천체의 대기를 넘을 수 있을까를 염려한다.

• **103~126**

베아트리체가 자연 만물의 조화를 단테에게 설명한다.
만물은 자기들만의 질서를 지니며 존재하고, 하나님은 모든 만물의 질서를 통해 영광을 받길 원하신다.
만물 중 사람과 천사는 하나님의 성품을 닮은 거룩한 피조물이다.
하나님은 정화천의 빛과 사랑으로 원동천을 움직이고, 우주를 다스리시며 인생들을 예정하신 곳으로 인도하신다.

• **127~142**

사람은 자신의 욕망으로 죄를 지어 하나님에게서 등을 돌리고 죄에 빠져 사망의 음침한 골짜기를 헤매며 살아간다.
베아트리체가 말을 마치며 천국으로 오르는 길을 바라본다.
죄에 빠진 인간이 구원을 얻을 수 있는 길을 제시하려고 하나님께서 단테로 천국으로의 편력遍歷을 시작하게 하신다.

제2곡

달의 반점에 대한 의문

단테가 독자들에게 영원한 진리의 말씀에 대한 관심을 권면하며 지상낙원을 떠나 월천에 도착한다. 베아트리체가 모든 인식은 감각에서 출발한다는 스콜라 철학의 이론을 피력하며 달 표면의 반점을 설명한다. 영혼이 몸의 힘을 분배할 때에 각 부분의 기능에 따라 나누듯, 하나님의 힘도 별들의 내재한 특성에 따라 달라진다는 형상의 원리를 말한다. 달의 반점은 하늘의 빛이 달이 가진 성질을 따라서 흐림과 밝음을 지어내는 것이라 말한다.

1 내 말을 들으려 작은 쪽배에 앉아
귀를 기울이고 노래를 부르며

나를 따르는 독자들이여!

4 삼가 그대들 주변을 돌아보며
깊은 바다로 나아가지 말지니,
나를 놓치면 길을 잃을까 염려가 됨이라.

7 내가 아무도 건너지 않은 바다를 건널 때에
빛의 아폴론이 나를 이끌었고, 지혜의 여신 미네르바가
영감을 주었으며 아홉 뮤즈도 내게 북두를 가리켰노라.

10 세상에 살면서 영원한 진리가 되는
천사들의 빵에 굶주려
목을 길게 빼고 사는 인생들이여!

13 나의 뱃길을 따라서
잔잔하게 될 물결 앞으로 나아와
깊은 바다를 보며 배를 띄워도 좋으리라.

16 그리하면 콜키스를 향해 바다를 건넜던 영웅들이
밭갈이 농부가 된 이아손을 보며 놀랐던 일이
이제 그대들이 맛볼 경이에는 전혀 미치지 못하리로다.

19 사람의 시선이 한순간 하늘에 미치듯

하나님 나라에 대한 끝없는 열망이
우리를 싣고 신속하게 하늘을 향했나니,

22 베아트리체는 하늘을 응시했고
나는 그녀를 보았는데, 화살이 과녁을 보며
시위를 떠난 만큼의 시간이 지났을 때

25 신비한 기운이 우리를 감싸며 이끄는 것을
내가 온몸으로 느낄 수 있었다.
그것을 안 그녀가

28 "우리를 월천月天으로 인도하신
하나님께 감사를 드려요."
이렇게 말하며 밝게 미소를 지었다.

31 햇볕을 받아 반짝이는 금강석처럼
아름답게 빛나는 구름이
우리를 온전히 감싸 안았는데,

34 이 영원한 진주가 우리를 그 안으로
받아들이는 모양이 마치 물이 빛을 머금고는
둘이 하나인 것과 같았다.

37 한 용적容積, dimension이 다른 용적 안으로
침투할 수 없듯이 한 몸이 다른 몸체 안으로
들어가는 것을 세상에선 상상도 못 하는데,

40 우리는 그리스도 안에서 사람의 인성이
하나님의 신성과 어떻게 어울렸는지를
알고자 하는 욕망이 불타야 하리로다.

43 그리하면 우리가 신앙으로 받아들이는 것들이
마치 세상에서 증명이 필요 없는 제일의 진리와도 같이
저절로 직관直觀, instinct이 되리로다.

46 "여인이여, 저를 인간 세상에서
이 천국으로 이끌어 올리신 하나님께
감사를 드리나이다.

49 그런데 그대 나에게 말해주오.
사람들로 카인을 이야기하게 만드는
달 표면에 나타난 저 반점斑點은 무엇인가요?"

52 그녀가 웃으며 말하길,
"감각이 이성에 밀려 발휘되지 못하는 세상에선
때때로 인간의 판단이 그릇되기 쉬우니,

55 인간 이성이 감각의 뒤에 머무는
짧은 날개에 불과한 것을 깨닫게 되면
놀라움의 화살이 그대를 찌르지 못하리다.

58 그대는 그 이유가 무엇이라 생각하오?"
내가 대답하길, "저 달이 여러 색으로 보이는 것은
물체의 엷고 진함으로 인한 농도 차이라 보나이다."

61 그녀가 말하길, "내가 그대와 반대되는
이론을 논하면 그대 생각하는 바가
그릇된 것을 알게 되리다.

64 여덟 번째 하늘인 항성천의 수많은 별들도
달과 같이 그 빛들이 질과 양에 있어서
서로 다른 모습을 그대에게 드러낼 것이라오.

67 만약 진하거나 덜 진한 농도 때문이라면
모든 별들은 오직 하나의 힘만을
가지게 된다는 말이오.

70 그대 생각대로라면 하나 이외의 다른 판단은
그릇되었다는 것인데, 그것은 다양한 힘으로
다양한 열매를 거두게 하는 하늘의 섭리를 배제한 것이라오.

73 더구나 저 어두운 자국이 농도 때문이라면
그것은 저 달의 어떤 부분에는
빛을 가로막는 물질이 아주 없다는 것이거나,

76 아니면 지방과 살이 일정치 않은 피지皮脂로 만든
두루마리 책이 책장마다 서로 다른 것과 같은
그런 단순한 차이라는 말이오.

79 앞의 경우로 보면 일식 즈음에
광선이 투명한 무엇에 스며들 때
빛이 관통함으로써 밝아져야 한다는 것인데

82 그것은 가당치 않은 일이며, 뒤의 경우도
그것을 내가 논파論破해 버리면
그대 생각은 허망하게 끝이 날 것이오.

85 빛이 희멀건 물질을 지나가지 못한다 하는 말은
더 높은 농도일 경우
빛을 더 차단해 버린다는 것인데,

88 이는 마치 자기 뒤에
납이 칠해져 있는 거울로부터
빛이 반사되는 것과 같은 이유일 것이오.

91 그러면 그대는 이렇게 말하리다.
빛이 어둡게 보이는 것은
더 멀리에서 반사가 이루어졌기 때문이라고.

94 그것에 대한 반론은
학술 흐름의 원천인 실험을 통해
지금 당장 거뜬하게 물리칠 수 있노니,

97 그대가 거울 셋을 들고서
둘은 멀찍이 놓고 다른 하나는 앞의 둘 사이에 놓되
더 멀리 놓고 눈을 마주쳐 봐요.

100 그리고는 그대 등 뒤에 불을 켜서
세 개의 거울에 비치게 하고 그것들로부터
반사되어 비쳐오는 빛을 보면,

103 먼 쪽의 영상이 앞선 두 개의 거울 속 빛보다
멀리 있으므로 그 양은 영향을 받을지언정
질에서는 매한가지로 반사가 된다오.

106 뜨거운 햇볕을 쪼임으로
눈雪이라고 하는 실체가 본래의 빛깔과
차가움을 벗어버리는 것처럼,

109 내가 얼떨떨해하는 그대에게
반짝이는 생생한 빛을 보여주리니,
그대가 지성의 옷을 벗게 되리다.

112 하나님의 평화가 함께하는 정화천은
돌고 도는 물체인 원동천을 품고 있고,
이 원동천은 정화천의 힘을 받아 모든 하늘을 감싼다오.

115 수많은 별들을 거느린 그다음 하늘인
항성천 역시 자기가 이끄는 여러 별들에게
그 힘을 펼치는데,

118 그렇게 하여 또 다른 하늘들도
자기들이 간직하고 있는 성질을 통해
가장 높은 하늘의 속성을 결실한다오.

121 그대가 보듯이 세상 모든 질서도
층에서 층으로 전달되는
하늘의 힘으로 유지가 되는 것이오.

124 그대, 진리를 향해 가는 길을 주목해 보오.
그래야 나중에 혼자서라도
은혜의 포구에 닿을 수 있으리다.

127 거룩한 하늘의 능력은 마치 망치의 재간이
대장장이에게서 나오듯 축복받은 원동자原動者인
천사들의 기운을 받아야 하리니,

130 수많은 빛들로 아름답게 수 놓인 항성천의 하늘이
저를 움직이는 천사 케루빔의 선명한
이미지를 간직하며 운행을 한다오.

133 영혼이 티끌과 같은 그대 몸속 구석구석을
갖가지 기운을 띠고 들어가 펴져
온갖 기능을 다 하는 것처럼,

136 항성천의 천사들도 그와 같이
제힘을 뭇별들에게 펼쳐나가며
동시에 제 자신은 하나인 그대로 운동을 한다오.

139 마치 그대 안의 생명이 그러하듯
온갖 생명의 힘은 그것이 살려주는 몸체와
서로 긴밀하게 연결이 되어있는데,

142 이와 같이 하나님으로부터 나오는 이 힘이
천사들을 통해 빛나는 것은 마치 즐거움이
살아있는 눈을 통해 드러나는 것과 같다오.

145 결국 별들의 빛이 서로 다르게 보이는 것은
진하거나 희미해서가 아니라 하나님의 빛이
별들의 내재한 특성에 따라 흐림과

148 밝음을 지어내는 형상의 원리에 의한 것이라오."

• 1~33

단테가 독자들에게 자신의 시에 대한 관심을 유도하며 영원한 진리의 말씀에 대한 필요성을 권면한다.

단테가 하나님이 공급하는 지혜와 예술적 감각으로 글을 쓰려 한다.

시위를 떠난 화살같이 신속하게 지상낙원을 벗어나 단테와 베아트리체가 천국의 첫 번째 하늘인 월천에 오른다.

죽어야 오르는 월천에 산 채로 오른 것은 하나님의 특별한 은혜다.

찬란하고 성스러운 기운이 단테와 베아트리체를 온전히 감싼다.

• 34~69

도착한 곳은 첫 번째 하늘인 월천月天으로 물이 빛을 받아들이듯 월천이 단테를 감싼다.

인성을 가진 단테가 신의 본성에 대한 궁금증을 떨쳐버릴 수가 없다.

"우리가 이제는 거울로 보는 것 같이 희미하나 그때에는 얼굴과 얼굴을 대하여 볼 것이요, 이제는 내가 부분적으로 아나 그때에는 주께서 나를 아신 것 같이 내가 온전히 알리라." 고전13:12

완전한 하나님이신 예수가 가장 완전한 인간으로 세상에 오셨다.

베아트리체가 스콜라 철학의 '모든 인식은 감각에서 출발한다.'는 이론을 말한다.

단테가 베아트리체에게 월천의 검은 반점에 대해 묻는다.

이탈리아 사람들은 동생 아벨을 죽인 카인을 하나님이 달로 보내 가시덤불을 지고 다니며 살게 하여 달의 표면이 그 덤불로 인해 얼룩져 있다고 말한다.

단테와 베아트리체가 달 표면의 농도의 강약과 빛의 양과 질에 대해 대화한다. 그녀가 달의 반점을 농도 차이로 보는 것은 잘못이라고 말한다.

• 70~111

베아트리체가 달의 반점을 설명하려 여러 가지 예를 든다.

항성천의 여러 별들의 빛이 다른 것은 빛의 농도와 질에 의한 것이고, 모든 별들은 저마다 다른 힘을 가지고 있다고 말한다.

• 112~148

베아트리체가 하늘과 삼라만상의 원리를 설명한다.

하나님의 보좌가 있는 정화천의 힘을 받아서 몸체인 원동천이 돌며, 원동천은 공급받은 힘으로 다음 하늘인 항성천을 움직이게 만든다.

베아트리체가 달의 반점에 대한 원인을 단테에게 들려준다.

영혼이 그 힘을 분배할 때 몸의 부분과 기능에 따라 나누는 것처럼 하나님의 힘도 별들의 내재한 특성에 따라 달라진다.

세상의 모든 일도 아리스토텔레스가 창시한 이런 형상의 원리로 돌아가는 것이라고 말한다.

제3곡

서원을 지키지 못한 자들

1300년 3월 31일 수요일 오후 1시에서 3시 사이다.

단테가 자기 앞에 다가온 월천의 영혼들을 반사된 영상으로 착각한다. 그러나 이 영혼들은 실체로서 하나님과의 서원을 지키지 못한 자들이다. 산타클라라 수녀를 동경하여 수녀가 되었다가 정치적인 이유로 오빠에게 납치돼 환속한 피카르다가 자신의 이야기를 들려준다. 서원에 대한 단테의 궁금증이 고조된다.

1 　한때 젊은 내 가슴을 사랑으로 뜨겁게 달구던 해님이
　　아름답고 부드러운 진리의 모습으로
　　거듭거듭 나를 깨우치려 다가오도다.

4　나 또한 내 무지를 깨닫고
바르게 알게 되었음을 말하려
내가 고개를 들었는데,

7　갑자기 한 영혼이 다가와
나를 자기에게로 확 끌어당기므로
나로 여인을 향한 고백을 잊게 했다.

10　마치 투명하고 매끈하게 닦인 유리나
바닥이 보일 정도로
맑고 잔잔한 물웅덩이에

13　땀이 맺힌 얼굴을 비칠 때,
진주와 같은 땀방울이 물에 어른거리면서
선명하게 드러나지 않는 것처럼,

16　그런 어렴풋한 영혼이 내게 말을 걸었는데
내가 샘물 위의 얼굴과 사랑을 불태우던
나르키소스와 반대인 착각에 빠져들었다.

19　내가 그 영혼을 보며
거울 속에 비친 영상인 것으로 알고는
그것이 누구의 모습인지를 살폈다.

22 결국 내가 아무것도 밝혀내지 못하고
내 길잡이를 보았는데,
그녀가 미소를 지으며 말하길,

25 "내가 그대를 보며 웃는다 하여
이상하게 여기지 말지니,
그대는 아직 진리 위에 굳건히 서질 못했소.

28 지금 그대가 허상으로 보는 것들은
진정한 실체로서
하나님과의 서원을 지키지 못한 자들이오.

31 저들과 대화하며 그들 말을 믿을지니,
저들은 하늘의 빛으로 충만하여
진리로부터 발길을 돌리지 않는다오."

34 내게 말하기를 열망하는 자를 향해
나도 욕망을 제어하지 못하고
말을 시작했다.

37 "오, 축복받은 영혼이여!
맛보지 않고는 알 수 없는 열락을
영원한 빛 속에서 느끼는 넋이여!

40 그대가 누구인 것을 밝혀
나로 기쁨을 맛보게 해주오."
이에 그 영혼이 미소 지으며 말하길,

43 "하늘의 천사들과 우리 영혼들로
당신 닮기를 원하시는 주님의 사랑으로
우리도 그대 열망 앞에서 문을 잠그지 않는다오.

46 나는 세상에서 동정녀로 산 수녀였소.
그대가 지난날을 돌이켜보면
아름답게 변모한 나를 기억하리니,

49 내가 피카르다인 것을 알리다.
내가 축복받은 자들과 함께
이 느린 월천에서 복되게 지낸다오.

52 오직 성령께서 원하시는 대로
하나님을 향해 불타오르는 우리는
그분의 질서 안에서 기쁨이 충만하다오.

55 그러나 우리가 이 낮은 하늘에 머무는 것은
맡은 바 소임을 다하지 못하고
서원을 저버렸기 때문이오."

58 내가 말하길, "그대 얼굴에는
예전 모습은 다 사라져 버렸고
오직 신령한 빛만이 가득하다오.

61 그대의 옛 얼굴이 어렴풋했지만
이야기하는 중에 그 모습을
기억해 낼 수 있었다오.

64 그대 내게 말해주오.
이곳 영혼들이 더 많은 것을 원해
더 높은 하늘을 열망하진 않는지요?"

67 그녀가 다른 영혼들과 함께
사랑의 불길로 타오르면서
미소 지으며 대답하길,

70 "형제여, 사랑이 우리 의지를 가라앉히기에
우리는 누리는 것만으로 감사하며
다른 것을 탐하지 않는다오.

73 우리가 더 높은 곳을 열망하는 것은
우리를 이곳으로 인도하신
그분의 의지에 어긋나는 일이라오.

76 이곳에선 사랑 안에 거함이
본연의 일이기에
다른 것은 용납될 수 없나니,

79 우리 각인의 의지를 하나 되게 하시는
하나님 의지에 묶여있음이
사랑이라는 복된 상태의 본질이라오.

82 이 천국의 모든 권역에 있는 자들은
그분의 의지 안에 있고, 하나님과 함께하는
의지 외엔 아무것도 없다오.

85 그분 의지 안에 우리의 평화가 있고,
그분이 창조하시고 자연이 만든 모든 것들은
그분의 의지의 바다로 모여든다오."

88 지고至高의 은총이 동일하게 내리진 않을지라도
하늘 어느 곳이든 다 천국인 것을
내가 깨닫게 되니라.

91 그러나 한 가지 음식을 배불리 먹은 후에도
다른 것에 구미가 당기는 것처럼,
또 이것에 감사하면서도 저것을 구하는 것같이

94 무슨 서원誓願의 천이었기에 끝까지
북을 놀리지 않아 입을 옷을 마무리하지 못했는지를
알고 싶은 바람을 내가 드러내고 말았다.

97 그녀가 말하길 "내가 본받은 여인이
거룩한 행실을 통해 높은 하늘에 올랐다오.
그분이 세상에서 수녀 옷을 입고는

100 율법을 좇아 너울veil을 쓰고
신랑과 더불어 자고 일어나며 서원을 지켜
하나님 뜻에 합당한 삶을 살았소.

103 나는 어릴 적부터 그분을 닮길 원해
세상일을 멀리하며 그분 모습 속에 나를 담고
그분 행실을 따르기로 맹세했다오.

106 그러나 선보다 악에 익숙한 자들이
달콤했던 수녀원에서 나를 납치했고,
이후의 내 삶은 오직 하나님만이 아신다오.

109 내 오른편에 자기 모습을 드러내며
이 월천의 빛을 받아 광채로 타오르는
저 영혼도 나와 같은

112 삶을 살았소.
그녀 역시 수녀였는데
거룩한 너울의 그림자를 빼앗겼다오.

115 비록 자신의 의지와 서원을 거스르고
세상으로 돌아갔지만
그녀가 믿음의 너울을 벗은 적은 없었다오.

118 저 빛이 바로 코스탄차인데,
그녀가 슈바벤의 하인리히 6세와 결혼하여
왕조의 마지막 힘인 프리드리히 2세를 낳았다오."

121 이렇게 말하고는 그녀가 '아베 마리아'를
노래하며 멀어졌는데, 마치 무거운 짐이
깊은 물속으로 가라앉듯 사라지더라.

124 내가 눈으로 볼 수 없는 데까지
그녀를 따라가면서 이제 더 큰
소망의 과녁을 향해 나아가리라 다짐했다.

127 그리하여 내 시선이 베아트리체를 향했는데,
그녀 얼굴이 눈이 부셔
견딜 수 없었기에

130 내가 입을 여는 것이 영 더디기만 했다.

• 1~30

단테가 뜨겁게 사랑했던 베아트리체가 신령한 몸을 입는다.
그녀가 단테에게 하늘의 비밀스러운 진리를 알게 하려 한다.
나르키소스가 물 위에 비친 자신의 그림자를 실체로 착각하여 뜨겁게 사랑했는데, 단테는 자기 앞에 다가온 영혼들을 반사된 영상影像으로 생각하여 얼굴을 돌려서 그들을 보고자 하나 흐릿하다.
이곳 영혼들은 하나님과의 서원을 지키지 못해 월천月天에 머문다.

• 31~60

단테가 자기를 보며 말하고 싶어 하는 영혼에게 누구냐고 묻는다.
수녀였던 피카르다가 정치적인 이유로 납치되어 환속還俗한다.
천국에서 신령한 용모로 변모한 그녀를 단테가 알아보지 못한다.
천국에서는 모두가 자기에게 주어진 형편을 족한 줄로 안다.
천구 중에서 달이 지구에서 가장 가깝기 때문에 느리다.

• 61~87

단테가 피카르다에게 영혼들이 추구하는 의지에 대해 묻는다.
하나님의 사랑의 의지가 각인各人의 의지를 잠재우고 오로지 하나님의 의지와 하나 된 경지가 최고의 선이다.
하늘 어느 곳에 있든 하나님 자비의 손길이 아니 미치는 데가 없고,
또한 모든 존재의 자유의지가 향해야 할 지향점이 하나님 의지다.

• **88~108**

단테가 더 많은 것들에 관심을 갖는다.

그녀에게 왜 서원을 파계하고 환속하였는지를 묻는다.

피카르다가 자신에게 얽힌 과거를 단테에게 이야기한다.

그녀가 산타클라라 수녀를 동경해 수도원에 들어가 예수님을 신랑 삼아 수녀 옷을 입고 그분의 가르침을 준행하였는데, 정치적인 이유로 오빠에게 납치되어 결국 수녀로 살려 했던 서원이 무너졌다.

• **109~130**

피카르다가 자신과 사정이 비슷했던 코스탄차 이야기를 한다.

그녀는 수녀원에서 강제로 납치되어 하인리히 6세의 부인이 되었다.

자신의 내면적인 의지와 관계없이 외부의 강제적인 힘에 의해 서원을 파기한 경우에 대한 단테의 궁금증이 고조된다.

제4곡

영혼의 고향인 정화천과 자유의지

구원받은 영혼들은 모두 정화천에 거하지만 하나님으로부터 멀고 가까운 것에 따라 느끼는 행복의 정도가 다름을 여러 하늘에 있는 각각의 영혼들을 통해 보여준다. 베아트리체가 단테의 두 가지 의문을 풀어준다. 플라톤은 창조주가 별들 안에서 영혼을 지어 시간이라는 그릇에 담아 지상에 뿌려 육체와 결합하게 만들었다 말한다. 하나님은 인간에게 부당한 강요를 거부할 수 있는 자유의지를 주셨다.

1　입맛을 돋우는 두 가지 음식을 놓고
　선택하여 먹을 수 있는 자유의지를 포기해

굶어 죽는 사람처럼,

4 또 사납고 굶주린 두 마리 늑대 사이에서
어린 양이 벌벌 떨면서 갈 바를 몰라 하듯이,
내가 두 사슴 가운데 있는 작은 개처럼

7 두 가지 의문으로 답답하여
절절매면서 말도 못 하고 있었는데,
그렇다고 누구를 탓할 수도 없었다.

10 그러나 내가 침묵하고 있었음에도
내 간절한 열망은 붉게 물든 얼굴로 인해
말로 표현하는 것보다 더 강하게 드러났다.

13 마치 느부갓네살 왕이 분노하여
부당한 죄를 지으려 할 때
다니엘이 지었던 표정으로 그녀가 말하길,

16 "이런 갈망과 저런 욕구가
그대 마음을 사로잡아 그 수고가
그대로 숨도 쉴 수 없게 만들고 있다오.

19 그대 생각은 이런 것이오. '선을 향한 의지가

지속되는데 무슨 까닭으로 타인의 폭력에 의해
공덕功德이 무뎌질 수 있는가?'

22 또 다른 의문은 플라톤이 말한바,
'사람이 죽으면 그 영혼은 다시
자기 별로 돌아가는 것일까?'

25 이 두 가지 의문이 그대 의욕 안에서
들끓고 있는데, 후자가 그대에게
더 절실하기에 내가 먼저 말하리다.

28 천사들 중 하나님과 가장 가까이에 있는
세라핌도, 그리고 모세와 사무엘과
그대가 가장 알고 싶어 하는 요한과 마리아도,

31 금방 여기에 있던 영혼들도
서로 다른 하늘에 있지 아니하고,
또 하나님의 축복도 더하거나 덜하지 않는다오.

34 이들 모두는 최고의 하늘인 정화천에 거하며
그곳을 아름답게 꾸미고 있지만, 그러나 하나님의 숨결을 느끼는
정도에 따라 맛보는 행복은 서로 다르다오.

37　이 영혼들을 이 월천月天에 있게 한 것은
이들이 느끼는 축복의 정도가 낮은 것을
그대에게 보여주기 위함이라오.

40　사람들은 인식의 대상을
오직 감각을 통해 받아들이기 때문에
이렇게 하여 그대 이해를 도우려는 것이오.

43　성경도 그런 이유로
하나님 모습에 손과 발을 부여하지만
사실과는 전혀 다르다오.

46　교회도 인간의 모습을 지닌
가브리엘과 미카엘을 보여주고
토비아를 고쳐 눈뜨게 한 천사 라파엘을 말한다오.

49　그런데 플라톤이 그의 책에서 영혼에 대해 말한 것은
우리가 여기에서 보는 것과는 사뭇 다르지만
그러나 그는 자기가 말한 대로 믿었나니,

52　그는 한 영혼이 태어나 형상形象, form을 입을 때
영혼이 자기의 별에서 떨어져 나오고
죽으면 다시 자기 별로 돌아간다고 믿었다오.

55 인간 영혼이 별에서 왔다고 하는
그의 주장이 비웃음을
받지 않을 수 있는 것은,

58 한 별이 한 영혼에게 영향을 미친다는 이론 때문이오.
그래서 영혼이 죽어 별로 돌아간다는 그의 생각은
활이 진실의 과녁을 맞힌 것일 수도 있다오.

61 그런데 사람들이 이 원리를 잘못 이해하여
세상을 어지럽게 했나니, 별들에게 제우스와 머큐리,
마르스라는 이름을 붙이고 그것들에게 영광을 돌렸다오.

64 그대를 혼란스럽게 하는 또 다른 의문은
그렇게 해로운 것이 아니므로
그대를 나에게서 다른 데로 이끌지 못하리니,

67 하늘의 정의가 사람 눈에
불의하게 보이는 것은 오히려 신앙의 증거이지
그것을 불신앙의 이유로 삼는 것은 잘못이라오.

70 인간의 이성으로도 이것을
이해할 수 있기에
내가 그대 궁금증을 풀어주리다.

73 폭력으로 인해 고통을 받는 자가
당하는 폭력과 아무 상관이 없을지라도
폭력의 책임으로부터 자유로울 수 없노니,

76 인간의 의지란 불과 같아
바람이 불면 더 타오르는 법이어서
폭력으로 억압해도 참된 의지는 굴하지 않는다오.

79 그러나 의지가 강하든 약하든 일단 굽게 되면
폭력을 불러들이나니, 그녀들이 다시 수녀원으로
피신할 수 있었는데도 굴복한 것이오.

82 로마의 성직자 라우렌티우스가 철판 위에서
순교한 것과 같이, 로마의 청년 무키우스가
자기 손을 불태웠던 것처럼 그녀들 의지가 정녕

85 온전했더라면 저들이 풀려나자마자
끌려 들어간 곳을 다시 뛰쳐나왔을 것이지만,
그러나 굳센 의지란 지극히 예외적인 경우라오.

88 이제 그대가 내 말을 이해했다면
그대 마음속 의문의 짐들이
내려졌을 것이오.

91 그러나 그대 혼자서는 미리부터 지쳐
헤쳐나갈 수 없는 또 다른 길이
그대 앞에 놓여있나니,

94 복된 영혼은 진리의 근본이 되시는
하나님을 항시 가까이하기 때문에
거짓을 말할 수 없다오.

97 코스탄차가 너울을 늘 그리워했다는 말을
그대가 피카르다로부터 들었는데,
그러나 나는 그녀와 생각이 다르다오.

100 형제여, 위험을 피하기 위해
우리 마음에 어긋나는, 해서는 아니 되는
일을 하는 경우가 있소.

103 이를테면 아버지 간청을 뿌리치지 못해
어머니를 죽인 알크마이온은
효심 때문에 불효를 저지른 것이라오.

106 그대가 잊지 말아야 할 것은
의지가 폭력과 뒤섞일 때에
해서는 아니 되는 일을 하게 된다오.

109 절대 의지는 불의에 동의하지 않지만
그러나 악을 뿌리칠 경우 더 큰 고통이
뒤따르는 것이 두려워 결국 굴복한다오.

112 그러므로 피카르다는 상대적 의지를 보여주었고,
위에서 내가 말한 자들은 절대 의지를 보인 경우지만
그러나 이 모두가 다 진실을 드러낸 것이오."

115 진리의 말씀이 흘러넘치므로
거룩한 물줄기가 나의 두 가지 의문을
말끔하게 씻어주었다.

118 내가 말하길, "오, 하나님의 사랑을 받는
거룩한 자여! 당신 말씀이 내 안에서
파도치며 내 생명을 각성케 하나이다.

121 그대 사랑에 내가 보답하기에는
너무 부족하지만 그러나 이 모든 것들을
감찰하시는 분이 갚아주시길 원합니다.

124 진리의 빛을 받지 못하는
인간의 지성은 결코 배부를 수 없나니,
하나님을 떠난 진리는 설 자리가 없나이다.

127 진리에 도달하는 순간 인간의 지성은
굴속의 맹수처럼 평안히 자릴 잡지만,
그렇지 못하면 온갖 소망은 다 사라지리다.

130 의문은 진리의 발치에서 고개를 들고,
본성에서 우러나오는 이 의문이 우리를
더 높은 곳으로 견인하여 주나이다.

133 여인이여, 이 사실이 나를 부르고
진리를 향하게 하며, 나는 그대 도움으로
점점 더 든든하게 서갈 수 있나이다.

136 그런데 사람이 깨뜨린 서원을 다른 선善을 통해
당신들 저울에도 드러나지 않도록
만회할 수 있는지 알고자 하나이다."

139 베아트리체가 사랑이 가득한
불꽃같은 시선으로 나를 향했기에
내가 그녀 앞에서 기를 펴지 못하고는

142 아찔한 느낌이 들어 눈을 감았다.

• 1~24

단테가 피카르다의 말을 듣고 두 가지 궁금증에 휩싸인다.

그가 두 가지 중 무엇을 먼저 물어야 할 줄을 몰라 안절부절못한다.

다니엘이 느부갓네살의 속내를 다 알아차리듯, 베아트리체가 단테의 견딜 수 없는 두 가지 의문을 간파한다.

"느부갓네살이 위에 있은 지 이 년에 꿈을 꾸고 그로 인하여 마음이 번민하여 잠을 이루지 못한지라." 단2:1

"내게 이 은밀한 것을 나타내심은 내 지혜가 다른 인생보다 나은 것이 아니라 오직 그 해석을 왕에게 알려서 왕의 마음으로 생각하던 것을 왕으로 알게 하려 하심이니이다." 단2:30

• 25~48

베아트리체가 단테의 궁금증을 풀어준다.

구원을 받은 영혼들은 모두 정화천에 거하지만 하나님으로부터 멀고 가까운 것에 따라 느끼는 행복의 정도가 다른 것을 단테가 월천에 있는 영혼들을 통해 보여준다.

소임을 다하지 못한 영혼들이 월천에서 낮은 정도의 축복을 받고 있다.

인간의 이성은 먼저 감성의 작용을 요청하고, 육체를 가진 인간은 감각을 통해서 모든 것을 인식한다. 그래서 천사를 사람의 모양으로 인식하며 표현한다.

• 49~72

플라톤BC 428~348은 《티마이오스》에서 창조주는 별들 안에 영혼을 만들어 놓았다가 시간이라는 그릇에 담아 지상에 뿌려 육체와 결합하게 한다고 했다. 그렇게 하여 사람이 태어나고, 사람이 죽으면 그 영혼이 왔던 별로 다시 돌아간다고 언급했다.
성경은 육신의 탄생과 함께 하나님이 그 영혼을 창조하신다 하였다.
"여호와 하나님이 흙으로 사람을 지으시고 생기를 그 코에 불어 넣으시니 사람이 생령이 된지라." 창2:7

• 73~108

하나님께서 모든 인간에게 어떠한 상황에서도 부당한 강요를 거부할 수 있는 강한 의지를 주셨다. 이 절대적 의지를 발휘하여 258년 라우텐티우스는 교회의 보물인 성도들을 로마로부터 보호하려 달구어진 철판 위에서 순교하였고, 로마 청년이었던 무키우스는 조국을 침공한 적군의 왕을 살해하려다 실패하고는, 실수를 저지른 자신의 오른팔을 불 속에 집어넣어 태워버렸다. 월천의 수녀 코스탄차는 굳센 의지를 사용하지 않았다.

• 109~142

절대 의지는 일체의 악을 허용하지 않고, 상대적인 의지는 고통의 위험을 피하기 위해 악한 일에 기울어진다.

인간은 하나님 형상의 모양인 지성과 감성과 의지적 존재이다.
그래서 인간의 지성도 하나님의 품 안에 거할 때 행복하다.
인간이 하나님의 진리의 빛 안에 거할 때 사람은 흔들리지 않는다.
진리를 경험한 자만이 마음의 평강과 소망을 맛볼 수 있다.
진리를 향한 끝없는 갈망이 인간을 천상의 세계로 견인한다.

제5곡

자유의지를 하나님께 드리는 서원

단테가 하나님 앞에서의 서원에 대한 궁금증을 갖는다. 베아트리체가 인간을 향한 하나님의 가장 고귀한 선물이 자유의지라 말한다. 서원이란 이 자유의지를 다시 하나님께 드리는 것이며, 하나님 앞에 드리는 행위를 결정하는 것도 각인의 자유의지라 말한다. 단테가 월천을 떠나 수성천에 오른다.

1　“내가 세상에 없는 사랑의 열기로
　그대를 불타오르게 하여 그대 눈이
　흐려진다 해도 놀라지 말지니,

4 이는 최고의 선을 경험하면 할수록
영적인 눈을 갖게 되어
뜨거운 열기를 발산하기 때문이오.

7 나는 그대 지성 안에
영원한 빛이 빛나고 있음을 보노니,
그 빛은 사랑을 타오르게 한다오.

10 그러나 만일 무엇이 그대를 미혹한다면
그것은 영원한 빛을 가장한 거짓 선善이
그대를 죄로 이끄는 것이라오.

13 지금 그대는 사람이 하나님께 약속한 서원을
지키지 못했을 때 어떤 보상으로
그 징벌을 피할 수 있는지를 알고 싶어 한다오."

16 이렇게 말을 시작한 베아트리체가
거룩한 이야기를
다음과 같이 이어나가더라.

19 "하나님께서 만물을 창조하실 때
인간에게 부여한
가장 고귀하고 위대한 선물이

22 의지의 자유인데, 이것은 오직
지성을 지닌 피조물에게만 부여된 것이고
지금도 주어지고 있다오.

25 서원誓願이란 하나님 뜻과 사람의 뜻이
함께 어우러져 이루어지는 것이기에
가치가 있고 소중하다오.

28 하나님과 인간 사이에 서원이 맺어질 때
보배와 같은 이 자유의지가 희생 제물이 되는데,
이 또한 각인의 자유의지로 결정된다오.

31 그러므로 우리가 무엇으로 보상할 수 있으리오.
이미 바쳐진 것을 다시 찾으려 하는 것은
나쁘게 얻은 것으로 착한 일을 하려는 것과 같다오.

34 그런데 성스러운 교회가 이 서원에 대해
보정補整, dispense을 허용한 것은
내가 말한 바와 어긋나는 듯하여

37 그대가 더 식탁에 앉아있어야 하리니,
그대가 먹는 음식이 단단하여
소화를 시키려면 돕는 힘이 필요하기 때문이오.

40 그대가 마음을 열고 내가 하는 말을
가슴속 깊이 담을지니,
지식은 듣고 간직함이 없으면 의미가 없다오.

43 서원의 본질은 두 가지인데,
하나는 서원을 위해 봉헌하는 무엇이고,
다른 하나는 서원 그 자체라오.

46 이 약속은 지켜지지 않는 한
결코 사라지지 않노니,
이는 내가 앞에서 말한 바와 같다오.

49 그대가 알고 있듯이 히브리 사람들은
봉헌하는 재물이 바뀔 수는 있지만
봉헌은 변개變改할 수 없는 것으로 믿었소.

52 그래서 봉헌 물을 다른 것으로
대체하는 것은 가능하며
이것은 굳이 탓할 바는 못 된다 생각했다오.

55 그러나 사제의 권위인 하얗고 노란 열쇠가
돌려지기 전에는 어느 누구라도 마음대로
어깨 위의 짐을 변경하지 못하며,

58 또 사제의 허락 이후 새로 드려지는 것이
이전 대상물과 6대 4의 값어치가 되지 않는 한
서원의 변개란 잘못된 것으로 믿어야 하오.

61 그러나 서원의 내용이 너무 중한 경우
온갖 저울을 처지게 하여 그 무엇으로도
대체하는 것이 불가능할 수 있다오.

64 인간들이여, 서원을 가벼이 여기지 말고
신중하게 다짐할지니, 입다와 같이
딸을 제물로 삼는 일에 한눈팔지 마시라.

67 차라리 '잘못했나이다'라고 말함이 좋았을 것을,
오히려 서원을 지키면서 더 악한 일을 했다오.
또 어리석은 그리스 장수 아가멤논을 보시라.

70 그 때문에 딸 이피게네이아가 자기 고운 얼굴을
슬퍼하며 죽었나니, 그렇게 된 서원을 들은
바보와 현자들 모두 그녀 죽음을 애석하게 여겼다오.

73 그리스도인들이여, 신중하게 행동할지니
어떤 바람에도 새털처럼 가볍게 서원하지 말며,
물이 그대들 오점을 씻어준다고 믿지 마시라.

76 그대들에겐 신약과 구약이 있고
그대들을 이끄는 교회 목자가 있노니,
이만하면 영혼을 구원하기에 넉넉하다오.

79 사악한 탐욕이 부추길지라도
분별없는 양 떼가 아닌 신실한 성도가 되어
율법을 수호하는 유대인이 손가락질 못 하게 할 것이며,

82 어미의 젖을 버리고
제 마음대로 돌아다니면서 방황하는
철없고 방자한 어린 양이 되지는 마시라."

85 베아트리체가 이같이 말하고는
강렬한 열망에 사로잡혀
생기가 넘치는 수성천을 향해 얼굴을 돌렸다.

88 그녀의 달라진 얼굴빛으로
내 마음속 간절한 의문은
침묵에 잠길 수밖에 없었는데,

91 마치 줄이 잠잠해지기도 전에
과녁을 꿰뚫는 화살처럼
우리는 둘째 왕국을 내닫고 있었다.

94 베아트리체가 기뻐하며
수성천의 별빛 속으로 들어가는데
그 별조차 밝게 빛나며

97 찬란한 웃음을 짓고 있었나니,
하물며 마음에 의해 여러 모양으로 변하는
내 얼굴이야 어떠했겠는가.

100 잔잔하고 맑은 연못에
먹이가 떨어질 때에
물고기 떼가 일시에 모여드는 것처럼,

103 우리 곁으로 수천 개의 빛들이 몰려들었고
그 속에서 "보라, 우리네 사랑을 일깨워 줄
베아트리체를!"이란 말이 들렸다.

106 이렇게 외치며 우리에게 달려드는
수많은 영혼들의 모습 속에
기쁨이 가득하더라.

109 독자들이여, 내가 시작한 이 글을
여기에서 멈추고 더 이상 말하지 않는다면
그대들이 얼마나 애를 태우겠는가.

112 그래서 내가 그들이 하는 말을
놓치지 않으려 얼마나 집중했는지를
말로 다 표현할 수가 없도다.

115 "인생의 경주를 다 마치기도 전에
하나님의 특별한 은총을 입어
영원한 승리의 보좌를 보게 될 자여!

118 우리는 하늘의 충만한 빛으로 불붙어 있노니,
그대도 빛을 발하기를 원한다면
우리 곁으로 다가오오."

121 경건한 영혼 하나가 이렇게 말하자
베아트리체가 내게 이르기를,
"신의 성품을 지닌 저들과 함께하오."

124 "당신은 미소를 통해 빛을 발하고,
나는 그 빛을 바라보므로
당신이 하늘빛에 거하고 있음을 보나이다.

127 고귀한 영혼이여, 당신은 누구며
무슨 이유로 태양 빛으로 가려진
이 수성에 머물고 있나이까?"

130 나에게 말한 그 빛을 향해
내가 이렇게 묻자
그 영혼이 더욱 찬란한 빛을 발했다.

133 자욱한 수증기를 뜨거운 열기로 쓸어 없앨 때
태양이 지나친 빛을 발산하므로
자신을 가리듯,

136 거룩한 영혼이 기쁨에 겨워
자기 빛 속에 자신을 숨기고는
다음에 이어지는

139 노래를 부르며 내게 화답했다.

· 1~30

하나님을 바라볼수록 그분이 최고의 선인 것을 깨닫게 된다.
베아트리체가 신성한 사랑의 열기로 단테를 불타오르게 만든다.
단테가 인간적인 감각을 버리고 하나님의 빛의 세계로 나아간다.
최고의 선으로 말미암은 그녀 시선이 단테의 사랑을 고조시킨다.
베아트리체가 하나님 앞에서의 서원에 관한 단테의 궁금증을 풀어 준다.
인간을 향한 하나님의 가장 고귀한 선물이 자유의지다.
서원이란 이 자유의지를 다시 하나님께 드리는 것이다.
하나님 앞에 드리는 행위를 결정하는 것도 각인의 자유의지이다.

· 31~63

서원의 본질은 대상물인 물질과 하나님과의 약속 그 자체다.
하나님과의 약속은 성취되기 전까지는 소멸되지 않는다.
서원의 대상은 교회의 허락을 통해 바꿀 수 있다.
변개한 서원의 재물이 이전 서원보다 한 배 반이 되어야 한다.
그러나 피카르다와 코스탄자의 경우는 서원을 대체할 수가 없었다.

· 64~84

베아트리체가 하나님 앞에서 열정의 함정에 빠졌던 입다를 한탄한다.
그가 길르앗 거민의 우두머리가 되어 암몬과의 전쟁에 앞서 서원을 했다. 전장에서 돌아올 때 자기를 처음 영접하는 자를 번제물로 삼겠다고 맹세했다. 결국 하나님 앞에서 망령된 약속으로 외동딸을 희생시킨 비운의 사람이 되었다.

트로이 전쟁 때 아가멤논이 역풍을 막으려 디아나 여신에게 서원을 했다. '올해 태어난 것 중에서 가장 아름다운 것을 당신에게 드리겠나이다.' 그해에 난 가장 아름다운 자가 바로 자신의 딸 이피게네이아였다.

구원을 위해서는 성경과 교회의 목자가 있으면 족하다고 말한다.

그러나 잘못된 사제들이 탐욕을 부리며 잘못된 서원을 풀어준다고 하면서 물질을 요구하는 자들에게 미혹되지 말라 당부한다.

구약의 율법을 수호하는 유대인들에게 그리스도인이 책잡히지 않도록 서원을 하는 데 있어서 신앙의 본을 보여야 한다고 말한다.

교회의 권위와 성경 말씀을 경시하는 무지한 성도가 되지 말라 한다.

• 85~114

단테와 베아트리체가 두 번째 하늘로 들어간다.

태양과 가장 가까운 수성천의 영혼들이 순례자를 향해 몰려든다.

단테가 별보다 더 빛나는 베아트리체를 보며 기쁨이 충만하다.

• 115~139

빛을 발하는 수성천의 영혼들이 하나님의 성품을 닮았다.

“너희는 신들이며 다 지존자의 아들들이다.” 시:82,6

단테가 빛으로 인해 그들의 형상을 제대로 볼 수 없다.

빛이 강렬하면 강렬할수록 그들이 경험하는 환희가 고조된다.

단테가 수성천에서 유스티니아누스 황제를 만난다.

제6곡

당파로 나뉘어 시기 질투하는 이탈리아

유스티니아누스 황제가 단테에게 하나님께서 아이네이아스로 하여금 로마를 건국하게 한 모든 과정을 설명한다. 그러나 조상들의 이런 수고와 눈물을 저버리고 당파로 나뉘어 정쟁을 일삼고 있는 작금의 이탈리아의 국론 분열을 그가 개탄하며 로메오 이야기를 통해 세상에 관영한 시기와 질투를 고발한다.

1 “여인 라비니아에게 장가든 옛사람의 뒤를 이어
서쪽을 향해 날던 독수리의 길을
콘스탄티누스 황제가 동으로 돌려놓았다오.

4 하나님의 독수리는 아이네이아스가
로마를 향해 출발했던 트로이 산기슭에서 멀지 않은 곳에
둥지를 틀고는 백 년 또 백 년,

7 독수리 날개 아래 있던 세상이
이 손에서 저 손으로 이어지다가
마침내 내 장掌 중에 들어왔나니,

10 카이사르였던 나는 유스티니아누스라오.
성령 하나님을 좇는 나의 제일의 관심사는
법률 중 헛되거나 과한 것을 정비하는 일이었소.

13 내가 그 일에 마음을 쏟기 전에는
그리스도 안에 오직 신성만이 있다 믿었고
또 그런 신앙에 만족했다오.

16 그런데 최고의 목자이신 아가페투스 교황께서
신성과 인성을 지니신 그리스도의 말씀으로
나를 올바른 신앙으로 이끌어 주셨소.

19 참된 동시에 거짓된 것을 이율배반이라 하는데,
나는 그와 같은 그리스도의 두 성품을 믿었고
그 믿음 안에서 진리를 밝히 보았다오.

22 그리하여 내 발걸음은 교회를 향했고,
또 하나님께서 법을 정비하는 일을
내게 허락하시고 온 힘을 다하게 하셨소.

25 나는 군대를 벨리사리우스에게 맡겼는데,
하나님께서 당신의 오른손으로 그를 이끌어
나는 그 일에 자유 할 수 있었다오.

28 여기까지가 그대 첫 번째 물음에 대한 답이오.
그러나 내가 몇 가지를 더 보충하여
들려줄 것이 있노니,

31 거룩하고 신성한 제국의 기치旗幟, emblem인 독수리를
자기 것으로 여기는 자들과 이를 반대하는 자들의
싸움의 이유를 말하리다.

34 먼저 얼마나 많은 희생이 아이네이아스로 존경받게 했는지를
알아야 하리니, 팔라스가 그에게 왕국을 바치려고
자신을 드리며 제국의 이야기가 시작된다오.

37 그대는 알 것이오. 아이네이아스 가문이 알바에서
삼백 년 이상 머물렀고, 이후 로마의 호라티우스 삼 형제가
알바의 쿠라티이 삼 형제를 물리쳤던 것을.

40 또 여자가 부족한 로마에 잡혀온
사비니 여인들의 눈물과 자살한 루크레티아의 비애와
일곱 왕 시절 주변 나라를 쳐서 이겼던 것을.

43 공화정 때 지도자들이 브렌누스와 겨루었고
피루스와 싸웠으며 다른 나라와 맞붙어
그들이 무엇을 했는지를 그대가 아노니,

46 명령을 어긴 자기 아들을 죽인 토르콰투스와
헝클어진 머리털의 영웅 퀸크티우스와 데키우스가
거룩한 명예를 제국에 바쳤다오.

49 흘러넘치는 포강의 근원인 알프스의 험준한 바위를
카르타고의 한니발을 따라 넘은
아랍인들의 교만을 파비우스가 꺾어버렸고,

52 독수리 깃발 아래 젊은 스키피오와 폼페이우스도
그들과 싸워 승리를 거두었으며, 그대가 태어난
피렌체의 산기슭에서도 쓴맛을 보였다오.

55 그 뒤에 세상을 독수리 깃발 아래로
끌어들이기 위해 카이사르가
로마의 뜻을 받들어 주변 나라를 정복했나니,

58 바로 강에서 라인 강에 이르기까지
그가 행한 일들을 이사라와 강과 에라 강이 목격했고
센 강과 로다노 강을 감싸는 골짜기도 보았다오.

61 또 라벤나에서 나와 루비콘 강을 건넌 다음
그의 행적은 혀로나 붓으로도
따라갈 수 없을 정도로 신속했나니,

64 스페인을 향하던 군대를 디라키움으로 돌리고는
파르살리아를 쳤으니
빠르게 흐르는 나일 강도 충격을 받을 정도였다오.

67 아이네이아스가 배를 타고 출발했던 안탄드로스와 시모아스
그리고 트로이의 영웅 헥토르의 무덤을 그가 다시 보았지만
프톨레마이오스의 왕국을 클레오파트라에게 돌려주며 흔들렸소.

70 그러나 그가 이집트로부터 유바로 번개처럼 내려갔고
폼페이우스의 나팔 소리를 듣고는
스페인으로 달려가 그를 물리쳤다오.

73 그의 뒤를 이은 통치자 아우구스투스에게 패배한
브루투스와 카시우스가 지금 지옥에서 울부짖고 있고,
모데나와 페루자 지방도 시달림을 겪었다오.

76 아직도 울고 있는 불쌍한 클레오파트라는
아우구스투스를 피해 달아나다 독사를 품고
갑작스런 죽음을 맞이했다오.

79 카이사르의 독수리 깃발은 홍해까지 미쳤고,
그 깃발과 함께 세상은 평화롭게 되어서
야누스에게 그의 신전 문을 닫아걸게 했소.

82 그러나 나로 이렇게 말하게 하는 독수리가
지금까지 제국을 위해 했던 모든 일들과
이후 세 번째 카이사르인

85 티베리우스 시대에 이루어진 일들을
밝은 눈과 정직한 마음으로 비교해 보면
이전 업적은 사실상 하찮은 일이었소.

88 내게 영감을 주시는 하나님의 정의가
하나님의 분노의 복수를 대신하는 영광을
그의 손에 내리셨던 것이오.

91 내 말이 기이하게 들릴지 모르나
그와 같은 일은 다음 황제인 티투스에게도 맡겨져
이스라엘이 저지른 잘못을 그로 복수하게 했다오.

94 많은 세월이 지난 후 롬바르디아 이빨이
거룩한 교회를 핍박할 때 프랑코 왕 샤를마뉴는
교회를 구하러 나가 싸우므로 신성로마제국의 황제가 되었소.

97 이제 그대는 내가 앞에서 비난한 자들,
즉 모든 국론 불열의 원인을 제공한 자들의
시기와 질투로 인한 정쟁政爭을 들어보오.

100 교황을 추종하는 겔피는 만민의 깃발인 독수리를
노란 백합으로 바꿔버렸고, 이를 시기하는 기벨리니는
이 독수리를 자기 당의 상징물로 삼았다오.

103 그러나 오늘날 신성로마제국의 기치旗幟, emblem 아래
술책을 부리는 봉건 귀족 기벨리니는
독수리의 정의를 등져 따르는 자들이 없고,

106 또 겔피 당 수령인 나폴리의 샤를은 프랑스를 지지하며
로마의 정통성을 끌어내리는 자기 겔피들을 믿지 말고
영주들을 장악하던 독수리 발톱을 두려워해야 할 것이오.

109 예로부터 아비 죄로 자식들이 운 일이 많았다지만
하찮은 프랑스 왕가를 위해
독수리 날개를 꺾으실 하나님이 아니라오.

112 우리가 거하는 이 별에는
세상에서 소망 중에 거룩한 명예를 지키기 위해
몸부림치며 산 영혼들이 있다오.

115 그런데 소망이 진정한 사랑에서 벗어나
거룩한 명예가 아닌 자신의 명성을 위할 때
세상에 관영한 시기와 질투로 사랑의 빛은 약화된다오.

118 우리의 공덕과 그에 대한 하나님의 보응이
서로 균형을 이루는 것은
우리들의 소망이며 즐거움이라오.

121 또한 우리 감정을 끌어 올리며
우리를 기쁘게 하는 살아 숨 쉬는 하나님의 정의는
어떤 불의와 죽음에도 뒤틀릴 수 없소.

124 여러 목소리가 달콤한 화음을 이루듯
여러 층계로 나누어져 있는 이 하늘에서는
영혼들이 서로 화합을 이룬다오.

127 진주와 같은 이 별에는 로메오 영혼이
빛나고 있는데, 그는 세상에서 아름다운
업적을 이루었음에도 푸대접을 받았소.

130 그를 시기 질투했던 프로방스 사람들이 오래 웃지 못했나니,
그들은 남의 선한 행실로 자기 앞길을 망쳤고
나라를 분열시키는 악한 인생들이 되었다오.

133 라이몬드 베링기에리는 딸이 넷이 있었소.
모두 왕비가 되었는데, 이 일을 주선한 이가
바로 순례자로 가슴 아픈 삶을 산 이 로메오였소.

136 그런데 군주가 그를 질투하여 모함하는 소리에
귀를 기울이며 열을 가지고 일곱과 다섯을
벌어주던 이 의로운 자를 의심하기 시작했다오.

139 그가 다시 방랑의 길을 떠나서
빵 조각을 구걸하며 살았는데, 그가 마음속에
품었던 생각을 세상이 알았더라면

142 그를 더욱 기리고 칭송했을 것이오."

- **1~30**

유스티니아누스 황제AD 527~565 재위가 단테에게 자기를 소개한다.
아이네이아스가 멸망한 트로이 유민들과 함께 이탈리아로 건너와 라비니아를 만나 결혼하고, 로마를 건국하여 제국의 시조가 되었던 지난 역사를 말한다. 황제 콘스탄티누스가 태양이 도는 서쪽 방향을 거슬러 330년에 비잔티움으로 수도를 옮겼는데, 그곳은 아이네이아스가 처음 출발한 곳과 멀지 않은 곳이다.
유스티니아누스는 예수님의 신성만을 믿었는데 교황 아가페투스AD 535~536 재위가 자기로 주님께서 신성과 인성을 지니신 분인 것을 알게 해주었다고 말한다. 그가 하나님의 특별하신 은총으로 로마의 법을 정비하였다. 그가 터키 이스탄불에 있는 성 소피아 성당을 건축했다.

- **31~57**

유스티니아누스가 신성로마제국의 황제를 받드는 기벨리니 당과 로마 교황을 옹호하는 궬피 당의 정쟁을 설명하려 로마의 역사를 말한다.
아이네이아스 가문이 왕국을 알바로 옮기고 그곳에서 300년을 지낸다.
로마인들이 수많은 나라들과 전쟁하여 패권을 장악한 역사를 말한다.
지중해 패권을 차지하려 로마가 카르타고와 전쟁BC 219~201을 했다.
카르타고의 한니발이 로마를 침공하려 우회하여 알프스를 넘을 때

오히려 에스파냐에 머물던 로마군 사령관 스키피오가 카르타고 본국을 공격한다. 한니발이 원정을 포기하므로 카르타고가 로마에 항복한다.
전성시대가 도래한 로마에 위대한 인물 카이사르가 등장한다.

• 58~111

카이사르는 종횡무진하며 전쟁터를 누볐고 승리를 거두었다.
원로원의 승인을 받지 않고 루비콘 강을 건너며 폼페이우스와 싸워 이겼다. 프톨레메우스에게 이집트 왕국을 빼앗지만 클레오파트라에게 다시 넘겼다.
시저를 살해했던 시저의 양아들 브루투스와 카시우스가 옥타비아누스에게 죽고, 옥타비아누스와 권력을 다투던 안토니우스가 이집트의 여왕 클레오파트라의 도움을 받지만 역사는 두 사람의 자살로 막을 내린다.
원로원은 옥타비아누스에게 존엄한 자라는 아우구스투스 칭호를 부여한다. 독수리 깃발은 홍해에까지 미치고, 전시에만 열리는 야누스 신전의 문이 다시 잠기게 된다. 그러나 이러한 모든 일들은 이후에 벌어질 일과 비교하면 사소하고 하찮은 일이라고 말한다.
세 번째 카이사르인 티베리우스BC 42~AD 37 황제 때 그리스도 예수가 태어나고 죽었으며, 그 예수를 십자가에 못 박은 이스라엘에 대한 복수를 로마의 황제 티투스 AD 79~81 재위의 손을 빌려 하나님께서 행하신다.

이후 800여 년 후 프랑코 왕 샤를마뉴742~814가 교회를 핍박하던 롬바르디아 왕국을 무너뜨리고 교황으로부터 신성로마제국의 황제로 추대된다.

• 112~117

유스티니아누스가 기벨리니 당과 겔피 당의 정쟁을 소개한다. 로마 교황청을 따르던 겔피 당과 신성로마제국을 옹호하던 기벨리니와의 싸움으로 이탈리아의 국론이 분열되며 악이 태동한다.
나폴리 왕 샤를에게 프랑스를 지지하며 로마의 정통성을 훼손하지 말라 당부한다.
살아서 자신의 명성에 집착하면 하나님 사랑이 떠난다.

• 118~142

하나님 나라는 공로와 상급이 균형을 이루는 곳이고, 성령 하나님의 의가 살아 숨 쉬며 의지적 행동이 발동하는 곳이다.
천국은 서로 다른 소리가 아름다운 화음이 되어 모두가 행복한 곳이다.
유스티니아누스가 로메오 이야기를 통해 세상에 관영한 시기와 질투를 비판한다.

제7곡

십자가를 통한 인류 구원

유스티니아누스 황제가 주님을 찬양하며 정화천을 향해 날아간다. 단테가 인류 구원을 위한 그리스도의 십자가와 이스라엘의 형벌에 대하여 궁금해 한다. 하나님은 당신의 자비로 공의를 세우시고 죄에 빠진 인류를 구원하기 위해 육신을 입고 이 땅에 오셔 고난당하시고 부활하신 것이라 베아트리체가 말한다.

1 "호산나, 만군의 거룩한 주님이시여!
당신은 하늘 보좌에서 빛을 발하시어
영혼들을 복되게 하셨나이다."

4 두 겹 빛을 입은 영혼이
자기 가락에 맞추어 빙글빙글 돌면서
위를 향해 노래하더니,

7 영혼들과 함께 춤을 추다가
홀연히 불티처럼
먼 하늘로 사라지더라.

10 마음속 의문으로 내가 독백하기를,
"그녀에게 물어라. 그녀에게 말해보아라.
생수로 갈증을 풀어주는 여인에게 말하라."

13 사실 나는 그녀 이름 중 BE와 ICE만으로도
나를 지탱할 수 있었기에 나는 그때
그녀에 대한 경외감으로 곯아떨어지는 사람 같았다.

16 베아트리체가 지옥과 같은 불구덩이 속에서도
사람을 행복하게 만들 것만 같은
미소를 지으며 말하길,

19 "결코 빗나가지 않는 나의 직관直觀, insight에 의하면
지금 그대는 복수가 어떻게 의롭게 이루어질 수 있는지를
알지 못해 못 견뎌 한다오.

22 내가 그 의문을 풀어주리니
내가 하는 말로 그대는
위대한 진리를 깨닫게 되리다.

25 사람에게서 나지 아니한 아담이
자기 의지에 재갈을 물리지 않으므로
자신도 죄를 짓고 인류에게 고통을 안겼다오.

28 그리하여 그가 원죄 속에서 수많은 세월을
저 아래 림보에 머물렀고,
마침내 말씀이 육신이 되어 오신

31 예수 그리스도, 그분의 십자가 사랑으로
창조주에게서 분리되었던 그가
다시 그분과 하나가 되었소.

34 그대는 내가 하는 말을 명심할지니,
하나님이 인간을 창조하셨을 때엔
그의 본성이 그분 성품을 닮아 순수했다오.

37 그러나 그가 진리와 생명의 길을 떠나므로
하나님의 거룩한 정원인
에덴으로부터 쫓겨났다오.

40 그리하여 그리스도께서 영혼 구원을 위해
십자가에서 형벌을 받으셨나니,
인간 입장에선 그보다 더 의로운 일이 없었고,

43 하나님 편에선 창조주의 성품을 지니신 분이
십자가에 매달려 죽으신 그 일보다
더 불의한 일은 없었다오.

46 하나의 사건이 두 결과를 초래했나니,
인간을 구원하신 예수를 멸시한 이스라엘이
그분의 죽음을 반기었고, 땅은 진동했으며 하늘 문이 열렸다오.

49 그리하여 예수의 죽음에 대한 복수가
로마 황제 티투스를 통한 의로운 법정에서
이루어진 것을 그대가 알고 있소.

52 그러나 그대 마음속에
아직도 이런저런 매듭이 얽혀있어
그 의문을 풀려는 열망이 가득하다오.

55 지금 그대는 이렇게 생각한다오.
'그대 말을 이해는 하겠는데 왜 하나님은
인간 구원을 위해 그런 방법을 택하셨을까?'

58 형제여, 하나님의 비밀은
인간의 내면이 사랑의 불꽃으로 타올라 성숙하기까지는
어느 누구의 눈에도 들어오지 않는다오.

61 사람들이 그것에 관심을 가지면서도
이해하는 경우는 극히 드문 일이기에
그대가 납득할 수 있도록 내가 더 말하리다.

64 하나님의 지선至善은 타오르는 선하심으로
일체의 궂은 것들을 다 물리치시고
영원한 아름다움을 펼치신다오.

67 하나님께서 봉인封印한 자국이
영원히 지워지지 않는 것같이
그분이 공급해 주시는 것들은 다함이 없나니,

70 그 존재로부터 비처럼 내리는 모든 것들은
완전한 자유이기에, 이 자유의지는
다른 힘에 종속되지 않는다오.

73 그래서 창조된 것들은 하나님을 기쁘시게 하며,
또 모든 것들을 비춰주시는 사랑의 불꽃이
그분을 닮은 것들 중에서 밝게 타오른다오.

76 이 선물을 인류라는 피조물이 누리고 있는데,
그러나 그것들 중 하나라도 잃으면
그는 그만큼 그분의 거룩함으로부터 멀어진다오.

79 오직 죄만이 인간의 자유를 앗아가고,
죄악이 인간으로 최고의 선과 어긋나게 만들며
그로 인해 하나님의 불꽃이 그에게서 빛을 잃는다오.

82 그래서 죄로 인한 심령의 공허를 사악한 쾌락에
대항하려는 보속補贖, amends paid으로 채우지 않으면
인간의 존엄은 결코 회복될 수 없다오.

85 인간의 본성은 원죄의 씨앗인 아담이
처음 죄를 범했을 때부터 이러한 존엄으로부터
멀어져 낙원을 잃었나니,

88 인간이 잃어버린 이 동산의 회복을 위해
반드시 건너야 할 강을 넘기 위해 고뇌하지만
길이 없음을 깨닫게 된다오.

91 결국 하나님께서 당신의 자비로 용서하시든지
아니면 인간이 스스로 어리석음의 옷을 새로 깁든지
하는 길밖에 없음을 알게 되리다.

94 이제 그대는 하나님의 영원한
섭리의 심연을 바라보며
내 말에 귀를 기울여 보오.

97 인간은 스스로 속죄하여 완전해질 수 없고
또 아무리 겸손하게 복종하여
자신을 낮춘다 해도,

100 불손하여 위로 치솟으려 했던 그 교만에
미칠 수 없기에 죄 많은 인생은 자기 힘으로는
결코 죄 사함을 얻을 수 없다오.

103 그래서 하나님께서는 당신의 한 가지 길을 통해,
아니면 두 가지 모두로
인간을 다시 온전함으로 인도해야 했던 것이오.

106 일하는 자의 일이 감사한 것은
일하게 하는 자의 마음에서 우러나오는 자비가
가슴으로 느껴질 때인 것처럼,

109 온 세상에 자비를 새겨놓으신 하나님께서
당신의 모든 사랑과 정의를 동원하여
다시 한번 인생을 끌어 올리려 하셨소.

112 창조의 첫날과 최후 심판 사이에서
이런저런 일들을 통틀어 이런 위대함은
이전에도 없었고 이후에도 영원히 없을 것이오.

115 하나님께서는 인간 스스로 거듭나게 하여
죄를 사해주지 않으시고
당신을 희생하심으로 인생을 구원하셨소.

118 만약 하나님 아들이 육신을 입기 위해
겸손히 자신을 낮추지 않으셨더라면
인간은 어떤 방법으로도 정의에 도달할 수 없었다오.

121 이제 내가 그대 갈망을 다 채워주려 말하노니,
이는 내가 아는 것처럼
그대도 온전히 알기를 바라기 때문이오.

124 그대가 생각하기를, '물과 불과 공기와 땅이
뒤섞여 만드는 모든 것들이
영원하지 못하고 썩어버리는데,

127 이런 것들이 하나님께로부터
피조된 것이라면 마땅히 부패가 아닌
온전함으로 나아가야 하지 않겠는가?'

130 형제여! 그대가 서있는 이 나라는
천사들의 실체를 고스란히 담고
지금 이 모습 이대로 창조되었다오.

133 그러나 그대가 생각하는 이 요소들과
그것들이 성취해 내는 모든 것들은
이미 창조된 힘에 의해 형상이 이루어졌다오.

136 모든 물질이 창조되었고,
저 별들 안에서 물질을 감싸며
형상을 짓는 힘도 창조된 것이며,

139 온갖 짐승들과 모든 식물의 혼은
천사들이 주장하는 거룩한 별들의 빛과 운동이
권능을 지닌 본질로부터 이끌어 낸 것이라오.

142 그러나 인간의 생명만은 지고至高의 자비께서
직접 그 코에 생기를 불어 넣으시어
당신을 늘 갈망하게 하셨나니,

145 맨 처음 인류의 아비가 지음을 받을 때
하나님께서 자신을 닮은 영원불멸의 존재로
직접 창조하신 것을 생각하면

148 그대는 인간의 부활을 미루어 짐작할 수 있으리다.

• **1~54**

유스티니아누스가 주님을 찬양하며 멀어져 간다.
단테에게 베아트리체는 그녀의 이름만으로도 감격이다.
단테가 아담의 죄를 씻기 위한 그리스도의 십자가로 인해 왜 예루살렘이 멸망하고 이스라엘이 벌을 받아야 하는지를 궁금해한다.
베아트리체가가 그의 마음을 읽으며 대답한다.
부모 없이 태어난 아담과 하와가 자유의지를 발휘하여 범죄하므로 낙원에서 추방되어 후손들에게 영원한 원죄의 상태를 물려주었다.
하나님이 늘 부담이 되어 그 아들 그리스도를 십자가에 내어주셨다.
십자가에서 고통당하신 그리스도의 희생이 인간을 회복시켰다.
단테의 또 다른 의문을 간파한 베아트리체가 답을 한다.
하나님이 금한 선악과를 아담과 하와가 따 먹으므로 원죄가 들어오고, 아담의 고통을 그리스도 예수가 십자가 형벌을 통해 대신 지셨다.
아담이 인성에 이끌려 범죄하였고 예수는 인간 구원을 위해 죽으셨다.
하나님은 독생자 예수의 죽음을 통해 인류의 구원을 기뻐하셨고, 그리스도 예수의 메시아 됨을 부인했던 유대인들은 그의 십자가 죽음을 반겼다.
예수의 죽음으로 땅에선 지진이 일어나고 하늘에선 천국 문이 열렸다.
그러나 메시아를 죽음으로 내몬 이스라엘의 즐거움은 비통이 되었다.

• **55~81**

인류 구원을 위해 주님의 십자가가 꼭 필요했나를 단테가 궁금해 한다.

많은 사람들이 그 문제를 알고자 하나 깨닫는 자가 많지 않다.

하나님은 인간에게 자유의지를 선물로 주시고 이를 통해 그분을 닮게 하셨다. 그러나 오직 죄만이 인간의 자유의지를 무력하게 하여 하나님에게서 멀어지게 만들어 사람이 빛을 잃게 된다.

• **82~120**

인간이 하나님의 도움 없이 스스로 살려 하는 교만으로는 인간의 존엄성을 회복할 수 없고 구원에 이르지 못한다.

하나님이 당신의 자비와 공의를 세우시고, 죄에 빠진 인간을 구원하기 위해 스스로 육신을 입으시고 세상에 오셨다. 그리고 주님이 십자가에서 고난을 당하시고 죽으셨다.

• **121~148**

단테가 하나님께서 창조하신 자연물이 영원하지 못한 것을 궁금해 한다.

하나님이 모든 하늘을 창조하시고 이것을 주관하는 천사를 지으셨다.

모든 자연물은 하나님의 능력을 공급받아서 천사들이 주관하는 하늘의 힘에 의해 모습을 갖추게 되었다.

그러나 인간은 하나님께서 직접 흙으로 육체를 만드시고 그 코에 하나님의 영인 생기를 불어넣음으로 창조하셨다.
하나님이 직접 창조하신 것은 불멸의 존재이기에 부활의 날에 다시 살리신다.

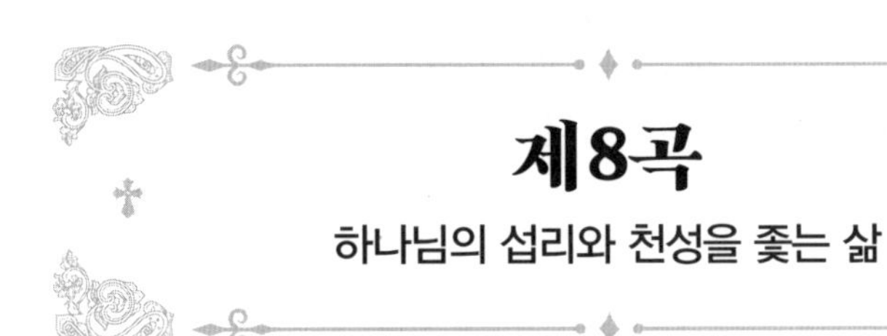

제8곡

하나님의 섭리와 천성을 좇는 삶

1300년 3월 31일 수요일 오후 5시에서 7시 사이다.
단테가 금성천에 올라 헝가리 왕이었던 카를로 마르텔로를 만난다. 그를 통해 그의 가정사와 그의 후계자인 동생의 인색함과 탐욕으로 야기된 참사를 듣는다. 단테가 그에게 어떻게 선량한 부모로부터 사악한 자식이 태어날 수 있는지 묻는다.

1 사람들은 미련하게도 비너스가
세 번째 하늘인 금성천을 돌면서
세상에 사랑을 퍼붓는다 생각했다.

4 이런 오래된 과오 속에서
사람들은 비너스를 향해 영광의 제사를 올리며
기원의 소리를 높였고, 혼신의 힘을 다해

7 디오네를 그녀 어머니로, 사랑의 신 큐피드를
그녀 아들로 받들며, 또 큐피드가 변장을 하고는 아이네이아스를
사랑했던 카르타고의 여왕 디도의 무릎에 앉았다고 믿었다.

10 옛 사람들은 내가 이 곡의 시작에서 말한
그 여신의 이름으로, 태양이 새벽에는 목덜미를,
저녁에는 눈썹을 애무하는 이 별의 이름을 삼았도다.

13 내가 이 별에 오른 것을 알지 못하다가
더욱 아름다워지는 내 여인의 모습을 통해
내가 그 안에 들어와 있음을 깨달았다.

16 불꽃 속에서 불티가 보이는 것처럼,
또 목소리에 다른 목소리가 뒤섞여도
각각의 소리를 분별할 수 있는 것같이,

19 빛 속에 또 다른 빛이 있었고
그들이 느리기도 하고 빠르기도 했는데, 아마도 그 속도는
지존을 향한 직관直觀, inward sight의 정도에 따른 것 같았다.

22 거룩한 빛들이 세라핌 천사들 속에서
춤을 추다가 그리던 동그라미를 떠나서
우리에게로 몰려왔는데, 누군가 그 모습을

25 본 자가 있었더라면 차가운 구름 속을 나는
바람 같은 번개라 할지라도 그렇게 빠르게는
달려오지 못했을 것이란 말을 믿으리로다.

28 거룩한 빛들 중 앞에 있는 자들이
'호산나'를 불렀는데, 황홀했던 그 노래가
지금도 내 귀에 쟁쟁하도다.

31 그들 중 하나가 내게 와 말하기를,
"우리는 그대 즐거움이 되기 위해
정성을 다하리다.

34 우리는 하늘의 천사들과 똑같은 둘레,
똑같은 회전, 똑같은 열망을 가지고 돌고 있나니,
일찍이 그대가 그 천사들에게 '셋째 하늘을

37 지성으로 움직이는 자들이여.'라 했다오.
우리는 사랑으로 그대를 즐겁게 하려고
노래와 춤을 잠시 멈추려 한다오."

40 내가 경건한 마음으로
베아트리체를 보았을 때
그녀가 나에게 확신을 주므로

43 내게 기쁨을 주겠다고 말한
그 빛을 향해 떨리는 목소리로
“그대는 누군가요?”라고 묻자

46 그 빛이 즐거움에
새로운 환희가 더해지는 듯
아름답고 환한 빛을 발하며 말하기를,

49 “저 세상에서 내 삶은 짧았다오.
만약에 좀 더 길었더라면 잊히지 않을
악한 일들이 더 많았을 것이오.

52 그러나 지금 내 축복받은 모습이
나를 감싸고 있는 빛에 숨겨져
마치 내가 비단을 입은 누에고치와 같다오.

55 그대가 나를 무척 사랑했는데,
내가 세상에 오래 머물렀더라면
그대와 나뭇잎보다도 더 많은 사랑을 나누었을 것이오.

58 론 강물이 소르구에 강과 합해져 적시는
왼쪽 언덕 프로방스가 한때 나를
자기 군주로 삼으려 했고,

61 바리와 가에타가 카토나와 도시를 이루어
나를 기다렸으며, 바다로 강물을 내뿜는
이탈리아 모퉁이인 트로토와 베르데도 그러했다오.

64 또 독일을 뒤로하고 흐르는
도나우 강이 땅을 적시는 헝가리 왕관이
이미 내 이마에서 빛나고 있었고,

67 돌풍으로 늘 골탕을 먹는 파기노와 펠로로 사이의,
제우스의 번개 칼로 지하에 묻힌 티폰의 몸부림으로 일어난
화산 때문이 아닌 흘러내리는 유황으로 인해

70 안개가 자욱하여 햇빛을 보지 못하는 시칠리아가
내 조상 샤를과 나의 장인 루돌프의 혈통에서 태어난
내 아들을 자기 군주로 삼으려 기다린다오.

73 그러나 백성들을 핍박하는 사악한 세력이
수도 팔레르모에서 프랑스 출신 샤를을 죽이라는
함성을 끊임없이 외치는 가운데,

76 다음 왕이 된 내 동생이 자신의 비극을 예견했더라면
가난한 카탈로냐 사람들의 탐욕으로 인해
받게 될 타격을 피할 수 있었을 것이오.

79 그가 무거운 짐이 가득한 배에
자신과 백성들을 위해
또 다른 세금의 무게를 더하지 말았어야 했다오.

82 관대한 핏줄을 이어받은 인색한 그의 곁에
금고에 자기 몫을 챙기는 것을 꺼리는
심복들이 있었어야 했다오."

85 "제가 존경하는 어른이시여. 당신 말씀은
저에게 고귀한 희열을 주나니,
온갖 선의 시작과 끝이 저에게 보이는 것처럼

88 당신께도 보이니 참으로 감사한 일입니다.
더욱이 하나님을 사모하므로 이런 분별력을
말씀하시니 제게 더욱 기쁨이 되나이다.

91 저를 행복하게 하는 그대여.
당신 말씀이 저로 한 가지 의문을 갖게 하노니,
어찌하여 좋은 씨앗에서 나쁜 열매가 맺히는지요?"

94 내가 이렇게 묻자 그가 대답하길,
“내가 진리를 말하리니
등 뒤엣것을 앞에 있는 것처럼 보게 되리다.

97 그대가 오르고 있는 이 왕국을 감싸며
기쁘게 하시는 이는 당신의 섭리로
이 거대한 우주를 선으로 채우신다오.

100 스스로 완전하신 정신 속에서
자연 만물은 서로 조화를 이루어
미리 예정된 길을 가노니,

103 마치 활을 당겨 쏠 때에
화살이 목표물을 향해 날아가듯이
모든 것은 의도한 곳에 도달한다오.

106 만약 그렇지 못하면
그대가 오르는 이 하늘은 조화가 아닌
혼돈만이 가득할 것이오.

109 그러나 이런 혼란이 있을 수 없음은 이 별들을 운행하시는
지성은 결코 축나지 아니하며 또 지혜의 근본이 되어
질서를 완전케 하시는 분이기 때문이오.

112 이 진리를 그대에게 더 보여 드리리다."
내가 대답하길, "하나님의 섭리 중에
만물이 부족함이 없음을 보나이다."

115 그가 이르기를, "그러나 만물의 영장靈長인 인간이
이 질서를 위배하는 것은 잘못된 일이라오"
"두말할 필요가 없나이다." 내가 대답했다.

118 "사람들은 타고난 성품과 맡은 바 소임이
서로 다르기에 그대 스승이 말한 대로
모두는 다른 목적을 위해 살아간다오."

121 그가 여기까지 말을 잇다가
결론 내리기를, "그러므로 인간 존재의 뿌리는
서로 다를 수밖에 없다오.

124 그래서 하나는 그리스의 현자 솔론으로, 다른 하나는
페르시아 대왕 크세륵세스로, 어떤 이는 살렘 왕 멜기세덱으로,
또 어떤 자는 하늘을 날다 죽은 자의 아비로 태어난다오.

127 자연은 녹아 없어질 밀랍蜜蠟에
재주를 부리고 도장을 찍으며 잘도 돌지만
이 집 저 집을 차별하지 않는다오.

130 그래서 한 씨앗에서 나온 야곱과 에서가 서로 달랐고,
로마 건국의 주역인 퀴리누스는 자신을 마르스Mars의
소생이라 할 만큼 비천하게 태어났다오.

133 만약 하나님의 이런 섭리가 없었다면
태어난 자의 본성은 낳아주는 자와
언제나 같은 길을 걷게 될 것이오.

136 그대 뒤에 있던 진리가 이제 그대 앞에 놓여있다오.
그러나 그대와 함께함이 즐겁기에
몇 마디 말로 겉옷을 입혀주리다.

139 자신의 천성天性이 주어진 운명과 맞지 않을 때,
마치 낯선 토양에 뿌려진 씨앗처럼
좋은 싹을 틔울 수 없을 것이오.

142 그러기에 사람이 천성天性을 좇아
마음을 갈고 닦으며 운명을 뒤따를 때에
정녕 선량한 사람으로 거듭날 수 있다오.

145 그러나 인간들은 칼을 차기 위해 태어난 자를
수도원에 틀어박아 놓고,
설교하기 위해 나온 자를 왕이 되게 했기에

148　가야 할 본연의 길에서 멀어졌다오."

• 1~39

단테가 천국의 세 번째 하늘에 오른다.

베아트리체의 빛나는 모습을 보며 단테가 금성천에 온 것을 깨닫는다.

사랑의 신神 큐피드가 디도가 사랑했던 아이네이아스의 아들로 변장하여 그녀의 무릎에 앉았다.

태양이 새벽에는 금성의 목덜미를 애무하고, 저녁에는 햇살로 샛별의 눈썹을 어루만진다.

금성의 영혼들이 번개 같은 속도로 단테에게 다가와 '호산나'를 부른다.

• 40~57

단테가 존경했으나 단명하여 애틋했던 카를로 마르텔로를 만난다.

프로방스를 상속받은 헝가리의 왕이었던 그가 스물네 살에 피렌체를 방문하여 단테의 극진한 환대를 받고 친한 사이가 되었는데, 20여 일의 여행 중 콜레라에 감염되어 목숨을 잃었다.

그의 죽음으로 동생 로베르토가 왕위를 계승하지만 그의 부덕으로 많은 참사가 일어났다.

• 58~84

카를로 마르텔로가 자신의 가정사를 단테에게 고백한다.

뒤를 이은 동생이 왕이 되어 나라를 다스릴 때 시칠리아 사람들이 소요를 일으켰다. 카탈로냐 주민들이 왕을 도와 나폴리와 시칠리아를 지켜낼 수 있었다. 그러나 왕을 도왔던 그들이 탐욕을 부리며 요직을 독점했고, 왕인 로베르토마저 인색하고 탐욕을 부려 나라가 점점 어려워졌다. 로베르토가 이웃에게 관대하고 자신에게 인색하던 조상을 닮지 못해 위태한 인생 항해를 자초했다.

• 85~114

단테가 '선량한 부모로부터 사악한 자식이 태어날 수 있는가'를 묻는다.
하나님은 당신의 뜻하신 섭리를 모든 피조물들을 통해 펼치신다.
의도한 목적을 성취하려고 피조被造된 존재의 길을 당신이 정하신다.
의도한 목적이 반드시 성취될 수밖에 없음은, 그렇지 않으면 지성의 근본이 되시는 하나님의 불완전함을 스스로 드러내기 때문이다.

• 115~148

인간은 태어나면서 부여받은 소임이 각각 다르다.
이삭에게서 난 두 아들이 하나님의 섭리를 따라 운명이 갈리었고,
퀴리누스는 천민의 아들로 태어났지만 로마 건국의 주역이 되었고,
로마인들은 그를 마르스Mars의 아들이라 신격화했다.
하나님은 가문을 차별하지 않기에 성품이 다른 부자父子가 생긴다.
하나님의 섭리와 천성을 좇는 삶을 통해 인간은 선량해질 수 있다.
사명을 받고 태어난 자들이 소임을 망각하므로 딴 길을 걷게 된다.

제9곡

죄를 뉘우치고 하나님을 사랑한 자들

1300년 3월 31일 수요일 오후 7시경이다.

노년에 방탕함을 회개하고 이 금성천에 올라온 쿠닛차가 베네치아의 부패한 사회상을 폭로한다. 세상에서 뜨거운 사랑을 했던 폴코가 이제는 하나님께 찬미를 올려드리며 기생 라합에 대해 말한다. 라합이 여호와가 상천하지의 참신神인 것을 깨닫고 믿음의 길을 택했지만 오늘날 교황과 종교 지도자들은 부패하여 목자의 삶을 포기했다.

1　아름다운 클레멘차여! 그대 부친 마르텔로가
　내게 자신의 가정사를 이야기하며

자손들이 당할 아픔을 염려했다오.

4　그리고는 “조용히 세월이 가게 내버려 두오.”라고
말했지만 나는 재앙 뒤에 그대들의 통곡이
뒤따를 것이란 말밖엔 할 말이 없소.

7　어느덧 거룩한 영혼이
무엇에나 흘러넘치는 선善으로 채워주시는
해님에게로 돌아가더라.

10　아, 속임 당한 피조물들이여!
그대들은 헛된 것을 향해 머리를 들이밀고는
선으로부터는 마음을 등지는 도다.

13　그때 찬란한 빛 하나가 나를 향하더니
광채로 나를 기쁘게 하려는 듯
더욱 환한 빛을 발하여

16　내가 베아트리체를 향했는데,
그녀가 온화한 미소로
내가 원하는 바를 지지해 주었다.

19　“오, 축복받은 영혼이여!

내가 생각하고 있는 것을 말하여
그대가 나의 거울임을 보여주소서."

22 그러자 내게 새로움을 더해 주는 빛이
열정적으로 산 자답게 가슴 깊은 곳으로부터
우러나오는 노래로 화답했다.

25 "리알토 강과 브렌타 강과
피아타의 샘물 사이에 자리를 잡은,
이탈리아의 지저분한 한쪽 편에

28 그리 높지 않은 언덕이 있는데
그곳으로부터 불덩어리가 내려와
나라를 무지막지하게 짓밟아 버렸다오.

31 그 불덩이와 같은 뿌리에서 태어난 나는
쿠닛차라오. 내가 지금 이렇게 빛나고 있음은
이 별빛에 압도되었기 때문이오.

34 나는 내 운명이 저지른 잘못을
기꺼이 용서하고 절망하지 않았나니,
이것이 세상 사람들에겐 이상하게 보였으리다.

37 여기 내 가까이에 있는, 이 하늘의 보석과도 같은
폴코를 보오. 기생 라합을 닮은 그의 이름이
사람들 기억 속에서 사라지기까지는

40 아직도 백 년에 다섯 곱을 더해야 하리니,
이름을 남기기 위해 육체의 삶이
어떠해야 하는지를 그가 보여준다오.

43 그러나 탈리아멘토 강과 아디체 강 사이의
베네치아 사람들에게는 이런 교훈이 아무런 감동을
주지 못하노니, 그들은 매를 맞으면서도 뉘우침이 없고

46 의무에도 익숙하지 않아
결국 그곳 파도바가 황제에게 패배하므로
비첸차 근방의 늪이 그들 피로 붉게 물들 것이오.

49 또 실레와 카냐노가 만나는 트레비소를 지배하려
누군가가 오만한 고개를 들고 있는데,
벌써 그를 잡으려고 놓인 올무가 내 눈에 보인다오.

52 또한 펠트레 사람들이 덕이 없는 목자의 허물을
슬퍼하며 울리니, 그의 더러움이란 어느 누구도 그런
죄목으로 말타 감옥에 들어가는 일이 없을 것이오,

55 그로 인해 죽을 페라라 사람들의 피를 담은 통이
너무 커서 한 온스 한 온스 무게를 재는 자들이
몹시도 지칠 것이라오.

58 자비해야 할 사제가 충성스러운
겔피 당원임을 입증하려 흘리게 할 피가
나라의 앞날을 망쳐버릴 것이오.

61 하나님께서 당신의 거울로 삼으시는 좌품천사
트로니를 통해 인간을 심판하는 모습을 보이시나니,
이것들이 우리에게 큰 가르침을 준다오."

64 이렇게 말한 그녀가 침묵하고는
이내 춤을 추면서 지고至高의 영혼들
속으로 들어갔는데,

67 내 눈에 보석처럼 보이던 폴코가
이젠 우리 앞으로 나아오며
햇빛을 받는 홍옥과도 같이 아름답게 빛났다.

70 세상에선 웃음이 행복으로부터 나오고
저 아래 지옥에선 서러운 마음이 어두운 그늘이 되는데,
여기에선 기쁨이 즐거움이 되더라.

73 “오, 축복받은 폴코여! 하나님께서 모든 것을
보고 계시고 그대는 하나님 안에서 보나니,
내 마음을 그대 앞에서 숨길 수 없나이다.

76 그런데 여섯 날개로 사제복을 삼는
저 경건한 세라피니 천사들과 함께
하늘을 기쁘게 하는 그대 목소리가

79 왜 내 소망을 채워주지 못하나이까?
그대가 내 마음에 머물 듯 내가 그대 안에 있다면
내가 그대에게 물을 필요도 없나이다.”

82 내가 이렇게 말하자 그가 대답하길,
“대양大洋 외에 가장 큰 물결로 출렁이는
지중해를 화환처럼 감싸고 있는

85 유럽과 아프리카의 두 해안 사이에서
태양을 거스르며 흘러 처음에는 수평선이 되고
나중엔 자오선이 되는

88 그 물가에서 내가 태어났소.
그 근방 에브라와 마크라 사이 계곡의 빠른 물줄기가
토스카나와 제노바를 나누고 있고,

91 해가 뜨고 해가 지는 그곳에 마르세이유가
자리를 잡고 있는데, 일찍이 카이사르 부하 브루투스가
폼페이우스 군대를 쳐서 피로 물들였던 항구라오.

94 나를 아는 자들이 나를 폴코라 불렀소.
나는 이 금성천의 기운을 받아 태어났고
이제는 내가 생의 기쁨을 이 하늘에 돌린다오.

97 시카이오스나 크레우사에게 사랑의 눈물을 안겼던
벨로스의 딸 디도도 삼단 같은 머릿결이 아름답던 나보다는
불타는 사랑을 하지 못했을 것이오.

100 데모폰의 굳은 언약에 속아 자살했던 로도페나
이올레를 마음속에 가두어 두었던 알키데스도
나의 열렬한 사랑에는 비길 수 없다오.

103 그러나 나는 여기에서 후회를 하기보다는 웃고 있나니,
이는 마음속 허물을 돌아보지 않음이 아니라
모든 죄를 씻어주시는 그 은혜에 감사하기 때문이오.

106 우리는 여기에서 위대한 일을 행하시는
하나님 사랑을 관조觀照, contemplation하며
세상을 다스리시는 그 지선至善에 감사한다오.

109 이제 내가 이곳에서
그대 갈망이 다 채워질 수 있도록
말을 더 이어가리다.

112 마치 맑은 물속을 비추는 햇살처럼
여기 내 곁에서 반짝이는 광채 안에
한 영혼이 있는데,

115 그녀가 바로 내가 닮은 라합이라오.
그녀가 우리 무리 중에서 가장 높은 곳에
자리 잡고 있음을 그대가 보나니,

118 그녀는 그리스도의 위대한 승리로
세상 사람들이 갈망하는 천국에
다른 영혼들보다 먼저 올림을 받았다오.

121 그리스도께서 못 박히심으로
얻은 승리의 증거로써 그녀가
이 하늘에 오르는 것은 마땅한 일이었소.

124 오늘날 교황의 기억에서 사라진 가나안에서
기생이었던 그녀가 여호수아를 도와
이스라엘의 첫 승리를 이끌어 냈다오.

127 그런데 자기를 내신 창조주께 등을 돌리므로
많은 눈물을 흘리게 만든 루시퍼에게
그대 조국이 뿌리를 내리고는

130 꽃을 새겨 화폐를 만들어
어린 양들로 길을 잃게 했나니,
이는 악한 늑대를 자기 목자로 삼은 까닭이라오.

133 그 때문에 복음서와 교회의 위대한 스승들이
버림을 받았고, 저들 주석이 보여주듯이
저 늑대들은 오직 법령 연구에만 몰두한다오.

136 또 교황과 추기경들은 다른 것에 정신이 팔려
가브리엘이 날개를 폈던 나사렛으로는
달려갈 수가 없다오.

139 그러나 베드로가 순교한 바티칸과
그를 따라 복음을 위해 싸운 자들의 무덤이 된
로마의 카타콤과 선택받은 곳들은

142 죄와 음행으로부터 자유하게 되리다."

• 1~12

단테가 카를로 마르텔로의 딸 클레멘차를 향해 입을 연다.
클레멘차는 마르텔로의 딸이며 프랑스 왕 루이 10세의 부인이다.
마르텔로가 단테의 곁을 떠나면서 자녀들의 범죄를 한탄한다.
그의 자녀들이 어떠한 벌을 받을 것인지를 들려준다.
단테가 세상을 헛된 욕망으로 살아가는 인생들을 훈계한다.

• 13~42

자신을 향해 다가온 쿠닛차에게 단테가 자기 소원을 풀어달라고 한다.
쿠닛차는 사치를 즐기며 유희를 좋아했던 음탕한 여인이었다. 남매였던 엣첼리노는 로마노의 폭군이었다. 그러나 그녀는 노년에 방탕함을 뉘우치고 하나님께 열정적인 사랑을 드렸다.
죄악된 삶의 기억으로부터 매이지 않고, 오히려 죄로 인해 하나님의 은총을 더 깊이 감사하며 살았던 삶을 세상 사람들은 이해할 수 없을 것이라 말한다.
쿠닛차가 프로방스의 음유 시인이며 마르세이유의 주교였던 폴코의 흔들리지 않는 명성을 소개한다.

• 43~75

쿠닛차가 계속 베네치아 사람들의 부패한 마음을 말한다.
부패한 풍속 때문에 재앙이 일어나도 아무런 뉘우침이 없다.

그로 인해 파도바 인들의 피가 늪과 못을 물들일 것이라 말한다.
베네치아는 바다를 향해 나가서 무역을 하면서 많은 부를 얻었다.
그러므로 도시 안의 여러 집안들끼리도 경쟁이 치열했다.
셰익스피어는 베네치아의 모습을 《베니스의 상인》에서 다루었다.
쿠닛차의 남동생인 트레비소의 영주 에첼리노는 피살된다.
자기 집에 피신한 백성들을 죽게 한 노벨로에겐 희망이 없다 한다.
천국의 영혼들은 즐거움으로 인해 안면에 기쁨이 충만하다.
그러나 지옥에서는 슬픈 마음으로 온통 어둠뿐이다.
폴코의 영혼이 햇살을 받아 홍옥처럼 빛을 발하며 단테에게 다가온다.

• 76~105

뜨거운 사랑을 불태웠던 폴코가 하나님의 은혜로 금성천에 있다.
벨로스의 딸 디도가 남편 시카이오스에게 정절을 맹세했으나 그의 사후에 아이네이아스를 연모해 그를 유혹하였고, 아이네이아스의 아내였던 크레우사는 트로이 성이 함락되자 남편과 이별하며 절망해 죽는다.
폴코는 두 남자를 사랑했던 디도보다 더 뜨거운 사랑을 불태웠다.
금성의 기운으로 사랑에 빠졌던 그가 이제는 찬미를 하나님께 돌린다.

• 106~142

폴코가 십자가 주님의 보혈로 모든 죄를 용서받았기에 웃는다.

출애굽 때에 여리고성의 기생이었던 라합이 이스라엘 정탐꾼을 도왔다. 천한 삶을 살았지만 구원의 길을 선택하여 금성천에 올랐다.
라합이 여호와가 상천하지의 참신神인 것을 알고 믿음의 길을 선택했다.
라합이 살몬에게서 보아스를 낳고 이새와 다윗으로 계보가 이어진다.
폴코가 세속에 물들어 복음에서 떠난 교황을 비난한다.
교만하여 하나님을 떠난 루시퍼가 아담과 하와의 행복을 질투하여 원죄를 짓게 만들었고, 그로 인해 인류는 영원한 고통을 겪게 되었다.
도시국가 피렌체가 백합이 새겨진 동전을 만들어 화폐제도를 실시했다.
물욕으로 타락한 종교 지도자들이 목자의 삶을 포기해 늑대가 되었다.
그들이 만민의 구원을 위한 주님의 탄생에는 관심을 기울이지 않는다.
자신들의 권력을 굳건하게 만들려고 교회의 법을 더욱 강화한다.
성경과 복음의 생명력은 빛을 잃고 신실한 목자들은 핍박을 당한다.
베드로가 십자가에 거꾸로 못 박혀 처형당한 곳이었던 베드로 성당과 베드로를 따라 순교의 삶을 살았던 카타콤이 죄로부터 벗어난다.

제10곡

길을 밝힌 위대한 성인들

1300년 3월 31일 수요일 오후 8시경이다.
단테가 금성천을 떠나 태양천에 이르며 하나님의 위대한 섭리와 우주의 질서를 생각한다. 세상에서 신학과 철학에서 이름을 떨친 자들이 단테와 베아트리체를 감싸며 에워싼 모습이 마치 달무리와 같다. 토마스 아퀴나스가 면류관을 이루는 영혼들을 단테에게 소개한다.

1　영원한 기운을 불어넣으시는 분과 또 한 분이
성령의 사랑으로 당신 아들을 바라보시며,
으뜸이시며 말로 다할 수 없는 권능을 지니신 분께서

4 정신과 물질을 초월하여 이 모든 것들을
오묘한 질서로 창조하셨나니, 이를 바라보는 자
그분을 맛보지 않고선 알 수 없으리로다.

7 그러므로 독자여, 나와 함께 눈을 들어
저 높은 하늘의 순환을 주목할지니,
적도와 황도가 맞닿는 점에 있는 태양을 보라.

10 그리고는 그것에서 시선을 떼지 않으시는,
우주를 열렬히 사랑하시는 여호와의
신묘막측神妙莫測하신 재주를 관조觀照해 보아라.

13 그리하면 유성들을 이끌어가는
비스듬히 기울어진 원이 세상을 만족게 하려고
춘분점으로부터 가지 뻗은 모습을 보게 되리니,

16 만일 저들의 길이 휘어지지 않았더라면
하늘의 막강한 권능도 헛될 뻔했고
계절의 변화와 세상 신비도 스러졌을 것이로다.

19 또 직선에서 갈려 나온 경사의 기울기가
더 혹은 덜 기울어졌더라면
세상과 우주의 질서가 상당히 무너졌으리라.

22 독자들이여, 그대들이 맛본 이것들을
의자에 앉아 되새김질하며 묵상해 볼지니,
그리하면 인생길 지치기 전에 즐겁게 되리로다.

25 그리하여 내가 말한 이 사실들을
음미하며 기뻐하는 그대들 모습이
나로 힘을 쏟아 이 글을 쓰게 하는도다.

28 하늘의 능력으로서 세상에 하늘의 계획을 조각하고
그 빛으로 인간들에게 시간을 측량하게 만드는,
자연의 가장 위대한 심부름꾼인 태양이

31 내가 위에서 말한 그 교차 지점과 만나
선륜線輪을 따라서 나선상으로 돌며
춘분이 지나면 날마다 더 빨리 모습을 드러내도다.

34 내가 벌써 태양천에 와있었건만
그곳에 오른 것을 미처 알지 못했나니,
마치 생각이 생각하기도 전에 생각 속에 와있음과 같았다.

37 좋은 곳에서 더 좋은 곳으로 인도하는
여인의 행동이 어찌나 민첩하던지
시간을 초월하는 모습이었다.

40 우리가 들어온 이곳은 색채가 아닌
빛의 세계로 보였는데, 스스로 찬란한
빛을 발하는 것 같아 더욱 놀라웠다.

43 천재적이며 예술적이라는 말로
표현한다고 한들 부족하고, 또 상상할 수도 없는
장면이었기에 그냥 믿어야 하리로다.

46 사실 우리의 상상력이 태양 저편을
헤아려 본 일이 없기에 이런 놀라움 앞에서
이상하게 여길 것도 없겠노라.

49 거기에서 지고하신 아버지의 네 번째 권속眷屬들이
빛을 발하고 있었는데, 성부께서 성자를 낳으시고
성부와 성자가 성령을 불어넣으시는 은혜가 그들을 기쁘게 하더라.

52 그때 베아트리체가 말하길,
"은총으로 그대를 이곳으로 이끌어 올리신
하나님의 자비하심에 감사를 드려요."

55 일찍이 누군가에게 믿음이 충만하여
온 마음과 정성과 뜻을 하나님께 바치기로
제아무리 빠르게 다짐한다고 한들

58 그 말을 듣고 내가 한 것처럼은 못 했을 것이니,
나의 사랑을 오직 하나님께 드리므로
내 여인의 모습마저 흐릿해졌도다.

61 그러나 미소 짓는
그녀의 빛나는 모습을 보며
다시 내 마음이 여러 갈래로 나뉘었노라.

64 보기에 찬란하고 듣기에도 달콤하며
더욱 부드럽고 생생한 수많은 광채들이
우리를 에워싸며 면류관을 이루고 있었는데,

67 그 모습이 마치 대지에 습도가 높아
안개로 배부를 때에 달이 실을 잡아당겨
자신의 허리띠로 삼은 달무리와 같았다.

70 내가 지나온 하늘 궁전에는
그 나라에서 가지고 나올 수 없는
진기한 보석들이 널려져 있었나니,

73 광채 나는 영혼들의 노래도 그러했는데,
믿음의 날개가 돋지 않아 위로 날 수 없는 자들은
벙어리에게서나 저 위 소식을 듣게 되리로다.

76 불타는 영혼들이 노랫가락에 맞추어
우리 주위를 세 번 돌고 난 뒤에
마치 움직이지 않는 양극의 별들처럼,

79 또 춤추던 여인이 새로운 노래가
시작되기를 기다리며 자리를 지키는 것같이
그들이 그렇게 걸음을 멈추었다.

82 그들 중 하나가 내게 말하길,
"진실한 사랑에 불을 붙여주시는 하나님께서
그대를 더욱 사랑해 은총의 빛줄기를 부어

85 겹겹이 차오르게 하여
이 별에 오르게 하셨나니,
마치 바다로 흘러가는 강물처럼

88 한 번 오르면 내려갈 수 없는 이곳에서
그대 갈증을 풀기 위한 포도주 따르는 것을
어느 누가 마다할 수 있겠느뇨.

91 지금 그대가 알고 싶은 것은
그대를 인도하는 여인을 면류관처럼 둘러싸며
사랑스럽게 바라보는 영혼들이라오.

94 나는 도미니크 성인께서 이끄시던
거룩한 양 무리 중 하나였는데,
양 떼는 목자를 따르기만 하면 살찔 수 있다오.

97 내 오른쪽에 계시는 분은 사제이며
나에게 가르침을 주었던 쾰른의 알베르토이고
나는 토마스 아퀴나스라오.

100 다른 이들을 알고 싶거든
내 말을 잘 듣고 눈을 들어
저 화환 위에 있는 영혼들을 볼지니,

103 저 불꽃은 법률가 그라치아노가 미소 지어 발하는 빛인데,
저는 세상 법과 하늘의 법을 아름답게 조화시켜
하나님을 기쁘시게 하던 자라오.

106 그의 곁에서 우리 합창대를 장식해 주는 불꽃은
피에트로라오. 그는 가난한 과부의 심정으로
모든 것을 주님 몸이신 교회에 바쳤소.

109 가장 아름다운 다섯 번째 빛은 솔로몬이오.
세상에 그윽한 사랑을 불어넣은 분으로서
사람들이 가장 알고 싶어 한다오.

112 그의 안은 예지叡智, wisdom로 충만하여
숭고한 얼을 담고 있으며, 그가 진실을 말하면
진리가 되기에 그에 미치는 현자賢者는 다시없다오.

115 그의 옆에서 타오르는 불꽃은
천사의 성품과 소임에 대해 깊이 알고자 했던
바울의 제자 디오니시오라오.

118 그다음 빛 속에서 웃음 짓는 영혼은
기독교 초기 법률가로서 그의 저술이
어거스틴에게 많은 영향을 미쳤소.

121 이제 그대 시선이 내 말을 따라 이동했다면
그대는 여덟 번째 불꽃을 주목하며
궁금해할 것이오.

124 저 거룩한 영혼은 선을 즐거워하며
그의 말을 듣는 자들에게 거짓된 세상을
분명하게 드러내 보인 보에티우스라오.

127 세상에서 버림받은 그의 몸이
치엘다우로 베드로 성당에 누워있는데,
그는 유배와 순교를 통해 이 평화의 곳으로 왔다오.

130 저기에 이시도로와 비이드가 있고,
또 사색에 있어서 인간 이상의 능력을 발휘했던
릭카르도의 뜨거운 열정이 불타고 있소.

133 지금 그대 눈길을 나로 향하게 만드는 저 불꽃은
무던히도 무거운 사색 가운데
자신에게 죽음이 더디 오는 것을 탄식했던 자라오.

136 저 영혼이 바로 시지에리인데,
파리 대학의 발상지이며 영원한 빛을 상징하는
짚가리 거리에서 미움을 산 진리를 논증했던 자라오."

139 하나님의 신부인 교회가 신랑에게
구애의 노래를 들려주는 새벽이 될라치면,
성도들을 부르기 위해

142 종탑의 한쪽 줄을 잡아당겨
감미로운 가락을 하늘을 향해 울려 퍼지게 하여
사랑에 겨운 영혼들을 부풀게 하는 것처럼,

145 그 영광의 하늘에서 내가 들은 것은
형언할 수 없는 감미로운 노래였나니,
소리가 소리를 받아 어우러지며 하모니를 이루는

148 환희는 그곳이 아니면 경험할 수 없겠더라.

• 1~6

단테가 태양천에 이르며 성부와 성자 하나님이 성령을 통해 하나님의 아들 예수 그리스도를 바라보고 계시다 말하며, 정신세계와 물질세계를 초월한 우주에 질서를 부여하시고, 질서를 붙잡고 계시는 창조주의 놀라운 능력을 맛보라 한다.

• 7~21

태양천에 이른 단테가 적도와 황도를 관조한다.
단테가 황도와 적도가 맞부딪치는 지점을 주목한다.
지구에 빛을 골고루 공급해 주시는 하나님의 위대한 섭리를 본다.
태양이 춘분이 지나면 적도에서 멀어져 그 가는 길이 굽어진다.
황도와 적도가 똑같았으면 계절의 구분이 없어진다.
경사의 기울기23.5도가 조금이라도 달랐다면 우주 질서가 무너진다.

• 22~48

태양이 하나님의 계획을 행동으로 실천하는 역할을 한다.
태양이 적도와 황도가 교차하는 지점에서 나선상으로 돈다.
춘분이 지난 후부터 태양은 날마다 일찍 솟아오르기 시작한다.
낮의 길이가 길어지고 온도가 올라가 식물의 성장에 도움을 준다.
말로 표현할 수 없는 경이로움을 보며 단테가 하나님을 노래한다.

• 49~69

단테가 네 번째 하늘인 태양천에서 삼위일체 하나님의 신비에 취한다.
믿음은 자신의 정성과 노력에 기인한 것이 아닌 하나님의 은혜다.
단테가 하나님의 사랑에 취해 옆에 있는 베아트리체 마저 망각한다.
곁에 있는 수많은 영혼들이 춤을 추고 노래하며 면류관을 이룬다.
찬란하게 빛나는 광채가 가득하고 감미로운 노래가 들려온다.
영혼들이 단테 곁을 돌며 그리는 면류관이 달무리와 같다.

• 70~99

단테가 태양천에서 위대한 신학자들과 교부敎父들을 만난다.
토마스 아퀴나스1224~1274가 단테에게 접근하여 관심을 드러낸다.
단테가 면류관을 그리는 불꽃같은 영혼들이 누구인지 궁금해한다.
산 채로 천국을 여행하는 단테 요청은 거부할 수 없는 일이라 말한다.
토마스 아퀴나스가 그곳에 모여있는 신학자들과 교부들을 소개한다.

• 100~138

율법과 민법을 조화시킨 그라치아노와 교회에 보물을 헌납한 롬바르도와 천사의 성품을 연구한 바울의 제자 디오니시우스를 소개한다.
다섯 번째 빛은 탁월한 현자로서 하나님 주신 지혜로 살던 솔로몬이다.
"솔로몬이 지혜를 구하매 그 말씀이 주의 마음에 맞은지라." 왕상3:10

“내가 네 말대로 하여 네게 지혜롭고 총명한 마음을 주노니 너의 전에도 없거니와 너의 후에도 너와 같은 자가 일어남이 없으리라.” 왕상3:12

아우구스티누스354~430는 어거스틴으로 이단 종교 마니교에 빠진 방탕아였으나 어머니 모니카의 헌신적인 기도로 기독교 역사상 가장 위대한 학자가 되어 삼위일체와 원죄설, 구원설을 정립시켰다.

• 139~148

신부가 신랑에게 구애를 하듯 신부인 교회가 그리스도를 사랑한다. 이른 새벽 잠자는 영혼을 깨우기 위해 교회의 종 줄을 감아쥐고 당겨 감미로운 소리를 울려 퍼지게 하는 것처럼, 하늘의 영혼들이 달콤하기 그지없는 노래로 하나님 앞에 찬양과 영광을 올려드린다. 빛나는 영혼들이 자아내는 천상의 노래로 단테가 환희를 맛본다.

제11곡

청빈한 삶에 대한 촉구

단테가 토마스 아퀴나스의 말을 듣고 두 가지 질문을 한다. 그가 첫 번째 물음에 대한 대답으로 프란체스코 성인과 그의 제자들의 삶을 이야기한다. 청빈의 삶을 살았던 성인이 마지막 삶을 순교로 마무리하기 위해 십자군을 따라 이집트로 가서 복음을 전한다. 토마스 아퀴나스가 자기가 소속된 도미니크회 수도자들의 부패한 생활상을 고발한다.

1 오, 인간들의 무분별한 헛수고여!
그대들로 날갯짓하다 추락하게 만드는
저 삼단논법의 추론이 얼마나 결함투성이인가.

4 누구는 법률을 좇고 누구는 격언을 따르며
더러는 사제직에 연연하고
혹은 폭력과 궤변으로 무장해 통치하고,

7 또 누군가는 도둑질하고
더러는 나랏일에 또는 육체의 쾌락에 탐닉하여
피로에 젖고 안일에 빠진 가운데,

10 나는 이런 모든 일에서 벗어나
이토록 영광스러운 영접을 받으며
베아트리체와 함께 하늘 위에 있도다.

13 우리를 둘러싸고 있던 빛들이
이전 자리로 돌아가
마치 촛대 위의 촛불처럼 빛나고 있었는데,

16 조금 전 나를 향하던 불꽃들 중
유난히 맑은 빛을 가진 토마스 아퀴나스가
미소 지으며 다시 말하길,

19 "영원하신 빛으로 인해 내가 빛을 발하듯
내가 영원한 빛을 바라보므로
그대 생각이 내게로 들어온다오.

22 이제 그대가 궁금해하는 것들을
이해할 수 있도록
내가 명료한 말로 설명하리니,

25 내 말 중 '통통하게 살찌느니라.'고 한 것과
'그에 도달한 현자는 다시없다.'란 말을
그대가 알 수 있도록 설명하리다.

28 하늘의 뜻이 피조물의 눈에 가려져
희망을 가질 수 없을 때
우주를 다스리시는 하나님의 섭리가

31 십자가 주님의 보혈을 통해
당신의 신부인 교회를 마련하시고,
그 신부로 사랑하는 임에게 가까이 나아가

34 충성하게 하고자
고귀한 왕자 둘을 세우시고,
그들로 당신의 뜻을 가르치는 안내자로 삼았다오.

37 한 분은 열정에 사로잡혀 세라핌 천사처럼
사랑으로 불타오르는 인생을 사셨고,
다른 이는 천사 케루빔과 같이 지혜의 삶을 살았소.

40 그러나 두 분이 동일한 목적으로 사셨기에
한 분을 칭송하는 것은
결국 두 분을 높이는 일이 된다오.

43 주교였던 우발도 성인이 머물렀던 언덕에서
물줄기가 흘러내려 강을 이루는데, 그 강과
투피노 강 사이의 산 위에 비옥한 산자락이 있소.

46 그 산으로 페루자는 여름이면 무덥고
겨울엔 강한 추위를 겪는데, 그 뒤에 자릴 잡은
노체라와 구알도는 페루자에 예속된 멍에로 울었다오.

49 그런데 그곳 산줄기가 험하게 깎인 곳에서
한 분이 태어나 세상에 광명을 가져왔나니,
그 빛이 동방의 갠지스까지 미치므로

52 사람들은 그곳을
'산'이라는 아시시Ascesi라 이르지 않고
'해가 뜨는 동방'이란 뜻의 오리엔트Oriente라 불렀소.

55 그가 태어나서 그리 오래되지 않아
위대한 덕행을 통해
세상으로 위안을 얻게 했는데,

58 마치 죽음인 양 모든 이가 미워하여
문을 닫아걸고 열어주지 않는 한 여인을
아버지 반대에도 불구하고 사랑했다오.

61 그가 영적인 법정에서
하늘 아버지를 모시고 그녀를 아내로 맞이하여
날마다 굳게 사랑할 것을 서원했소.

64 첫 남편을 잃은 이 여인이 오랜 세월
세상으로부터 업신여김을 당했고
누구의 관심을 받아본 적도 없었다오.

67 세상을 두려움에 떨게 한 카이사르의 목소리를 듣고도
태연했던 아미클라스와 더불어 이 여인이 침착했다는
소문이 있었지만 그래도 그녀는 언제나 혼자였소.

70 성모 마리아께서 세상에 계실 때
이 여인이 늘 예수님과 동행을 했지만
아무에게도 사랑을 받지 못했다오.

73 이제 내가 너무 비유로 나아가지 않기 위해
말하노니, 그분은 바로 프란체스코이고
이 여인은 청빈清貧이라오.

76 이 둘이 나눈 사랑의 신비와
감미로운 시선과 조화는 많은 이들에게
감동을 주었고 거룩한 마음을 갖게 했다오.

79 부유하게 살던 베르나르도가 세상 신발을 벗고
그분을 따라나선 첫 번째 제자가 되어
달리면서도 부족한 것 같아 늘 각성했다오.

82 오, 잊힌 재화財貨여! 오, 풍성한 보화여!
에지디오도 부富의 신을 벗었고, 탐욕스러운 실베스트로가
맨발이 되어 신랑을 따르며 신부인 교회를 섬겼소.

85 그 뒤에 영적인 아버지이자 스승인 그가
청빈의 끈으로 권속들의 허리를 동여매고는
로마로 가서 교황으로부터 수도회 인준認准을 받았다오.

88 가난한 피에트로 베르나르도의 자식이라 하여,
또 비웃음을 살만한 초라한 몰골로 인해
그의 마음과 눈썹은 조금도 눌리지 않았고,

91 왕과 같은 의연한 의지를
교황 인노켄티우스 3세에게 밝혀 그로부터
수도회에 대한 첫 번째 수결手決, seal을 받아냈다오.

94 청빈한 삶으로 하늘 영광을 바라본
수많은 무리가 그의 거룩한 삶을 따르려
욕심 없는 생활을 선택했다오.

97 이 수도회 원장의 거룩한 생애가
성령의 역사를 통해 호노리우스 교황으로
두 번째 인준을 내리게 하셨소.

100 그 뒤에 그는 순교에 대한 열망으로
오만한 이슬람 술탄의 면전에서
그리스도와 그분 제자들에 대해 설교하고는,

103 그가 개종하기에 너무 설익은 것을 알고는
헛되이 머무르지 않고
이탈리아 영혼들을 위해 돌아와,

106 테베라 강과 아르노 강 사이의 거친 바위에서
그리스도의 두 손과 두 발과 옆구리의 오상五傷을 본받아
두 해 동안 주님 흔적을 자기 몸에 새겼다오.

109 이렇게 큰 은혜를 베푸신 하나님께서
자신을 낮추는 그의 공덕을 기억하시고
그를 기꺼이 하늘로 이끌어 올리실 때에,

112 그가 믿음의 형제들에게
자기 여인을 유업으로 부탁하며
그녀를 지극히 사랑할 것을 유언으로 남겼소.

115 그가 여인의 품을 떠나
자기 왕국으로 돌아가면서
자신의 주검을 위해 어떤 관棺도 마련하지 않았다오.

118 이제 그대는 그분의 동료를 생각한다오.
사람 낚는 어부였던 베드로가 남긴 배를 풍랑 이는 바다에서
목표를 향해 끌고 간 또 다른 자가 누구였는지를.

121 교회를 새롭게 하신 다른 분은 바로 도미니크이셨나니,
그분의 가르침을 따른 자들은 좋은 짐을 지고
길을 간 것임을 그대가 알리다.

124 그러나 나의 스승이신 도미니크 사후死後에
양 떼들이 세상 재물과 명예에 입맛이 길들여져
사방으로 흩어지고 말았소.

127 그리하여 양 무리가 그분의 가르침에서 멀어져
뜨내기 신세가 되어 유리하다가
결국 텅 빈 젖통으로 돌아왔다오.

130 길을 잃을까 염려해 목자에게 매달린 자들이
더러 있기는 했지만 그러나 그 숫자는
수도복을 깁는 헝겊 조각에 불과했다오.

133 그대가 정녕 내 말에 귀 기울여
내가 한 말이 그대에게 쉰 목소리가 아니 되어
그대 마음속에서 살아 숨 쉰다면

136 이제 그대 소망이 채워졌을 것이니,
어떻게 양 무리가 갈라졌는지를 알게 되었고
또 '목자를 따르기만 하면 통통하게 살찔 수 있다.'란

139 말을 이해하게 되었을 것이오."

• 1~36

열두 영혼이 제자리로 돌아가 면류관을 만든다.
단테가 천국의 찬란함과 감미로움을 맛보며 세상을 연민한다.
불완전한 논리와 얕은 지식으로 판단하는 무지를 아파한다.
이익과 명성과 재물을 좇다가 허망함에 침륜하는 세상을 탄식한다.
육신과 안목의 정욕에 함몰된 무기력한 인생을 불쌍히 여긴다.
토마스 아퀴나스1224~1274가 다가와 단테의 궁금증을 풀어준다.
솔로몬과 성 프란체스코1182~1226와 도미니크1170~1221 성인에 대하여 이야기를 시작한다.

• 37~75

성 프란체스코는 험준한 산들이 자리 잡은 아시시에서 태어났다.
그가 한 여인을 죽도록 사랑했다.
세상 사람들은 이 여인이 두렵고 무서워 피하는 자였다.
아버지도 그녀와의 결합에 반대했으나 그는 그녀를 더욱 사랑했다.
그녀는 자신을 사랑했던 첫 남편 예수를 잃고 긴 세월을 홀로 지냈다.
그녀를 돌아보는 자가 없었고, 로마의 시저 앞에서 조금도 흔들리지 않았던 청빈한 어부 아미클라스처럼 그녀가 침착했지만 그녀는 언제나 혼자였다.
주님이 십자가를 지고 골고다에 오르실 때 모두가 주님 곁을 떠났지만 그녀는 주님과 함께했다. 마구간에서 태어난 예수가 청빈이라는 이 여인을 사랑했듯, 프란체스코도 이 여인과 아름다운 사랑을 나누었다.

• 76~99

프란체스코 성인의 가난한 삶이 많은 사람들에게 감동을 주었다.
제자들이 세상 재물의 신발을 벗고 하늘의 보화를 가슴에 품었다.
성당 수리에 돌을 팔던 실베스트로가 감화되어 그의 제자가 되었다.
청빈한 생활을 위한 수도회 결성을 교황이 허락했다.

• 100~117

토마스 아퀴나스가 프란체스코의 마지막 삶을 소개한다.
순교에 대한 열망으로 십자군을 따라 이집트로 가서 복음을 전했다.
이슬람교도인 사라센인들에게 복음을 전했지만 아직 때가 아니었다.
이탈리아로 돌아온 그가 그곳에서 복음을 전하는 일에 전념한다.
인류를 향한 그리스도의 사랑을 두 손과 두 발과 옆구리에 새겼다.
하나님의 부르심을 받으며 제자들에게 청빈한 삶을 유언했다.
자신의 죽은 몸을 위해 관도 준비하지 않았다.

• 118~139

성인 사후에 제자들이 명예와 재물을 탐하여 각기 제 길로 갔다.
영혼의 양식인 그리스도의 말씀이 그들 심령에서 고갈되었다.

사제들이 진리의 양식을 잃고 유리하는 신세가 되었다.

양들은 목자를 따라가면 풍성한 삶을 살게 된다.

제12곡

교회의 부패상 소개

1300년 3월 31일 수요일 저녁 9시경이다.

단테를 에워싼 한 겹의 영혼들을 또 다른 무리가 면류관을 이루며 감싼다. 두 개의 원이 헤라가 분부하여 만든 쌍무지개와 같고, 미소년 나르키소스를 사랑하며 죽어간 에코의 메아리와도 같다. 이젠 보나벤투라가 도미니크 성인과 그의 제자들의 공로를 칭송하다 자기 수도회의 부패상을 고발한다.

1 축복받은 불꽃이 말을 마치며
거룩한 열두 영혼들이 원을 이루어
맷돌처럼 돌기 시작하는데,

4 그 무리가 한 바퀴 돌기도 전에
또 다른 원이 면류관을 이루어 첫째 원을 감싸며
동작은 동작에, 노래는 노래에 포개지더라.

7 본래의 광선이 반사되는 빛보다 더 강렬하듯이
그들이 부르는 감미로운 노래가
뮤즈나 세이렌을 무색하게 하였다.

10 헤라가 시녀 이리스에게 분부할 때
얇은 구름을 가로질러 만들어지는
쌍무지개와도 같이,

13 또 사랑 때문에 죽어간 뜨내기 여인 에코의,
아침 햇살에 스러지는 증기와도 같은 메아리처럼
안의 원으로부터 밖의 원이 생겨났는데,

16 문득 하나님이 노아와 맺은 무지개 언약으로
사람들은 홍수의 범람을 염려하지 않아도 됨이
내 머릿속에서 떠올랐다.

19 영원히 시들지 않을 안과 밖의
두 겹 장미꽃 화환이 서로 화답하면서
우리 주위를 빙빙 돌다

22 축복받은 빛들과 빛들이 함께 어우러져
춤과 노래로 찬란한 향연을 즐기다가
일시에 잠잠해졌는데,

25 그 모습이 마치 두 눈꺼풀이
그것을 움직이는 자의 마음을 따라서
감겨지는 것과 같더라.

28 새로운 열두 빛들 중에 한 목소리가 흘러나와
별을 향하는 나침판의 바늘처럼
내가 그를 주목했는데,

31 그가 이르기를, "나를 아름답게 하신 사랑이
나를 이끌어 내 길잡이에 대해 말씀하신
그분의 스승을 말하게 한다오.

34 싸우기를 함께 하신 분이기에 한 분이 계신 곳에
다른 분도 함께 모시는 것이 마땅하며,
그분들의 영광도 동일하게 빛나야 하리다.

37 값비싼 대가를 치른 그리스도의 군대가
다시 무장하여 십자가 기치旗幟, banner 아래
조마조마한 심정으로 걷고 있을 때,

40 영원히 다스리시는 만왕의 왕께서
위험에 처한 군대를 가치가 있어서가 아닌
은총으로 보살펴 주셨고,

43 또 앞에서 말한 두 용사로
그리스도의 신부인 교회를 돌보게 하셔
양들이 다시 모이게 되었다오.

46 싱그러운 나무의 잎사귀를 틔워
유럽을 새롭게 단장하려고
감미로운 바람이 일어 파도치는 곳,

49 태양이 하루의 긴 여정의 끝에서
사람을 피해 자기 모습을 숨기는
그 바닷가에서 멀지 않은 곳,

52 엎드린 사자와 엎드리게 한 사자의 모양이 새겨진
위대한 카스티야 방패의 보호 아래
행복에 겨운 칼라루에가 자리를 잡은 그곳 스페인에서

55 그리스도를 열렬히 사랑하는,
자기편엔 너그럽고 적에게는 매섭기 그지없는
거룩한 용사가 태어났다오.

58　그가 뱃속에서부터
생기가 넘치고 비범한 능력을 가지므로
자기 어머니를 예언자로 만들었소.

61　갓 태어난 그와 그리스도와의 혼약이
거룩한 샘터에서 죄를 씻는 세례를 통해
이루어진 후에,

64　그를 대신해 서약했던 모친이
꿈속에서 그와 그의 후손들이 거두게 될
기묘한 열매를 보았다오.

67　꿈에서 아이가 했던 그대로 될 수 있도록
하늘로부터 하나님의 영이 내려와
당신Dominus의 소유격으로 이름을 짓게 하여

70　그의 이름을 도미니크Dominic라 했나니,
그리스도께서 당신의 포도원을 일구시는 데
당신을 돕도록 그를 농부로 택하신 것이었소.

73　그리하여 그가 그리스도의 심부름꾼이 되어
행한 첫 번째 사랑이
주께서 권고하신 청빈을 준행한 일이었소.

76 그의 유모에 따르면 그가 태어나면서
초롱초롱한 눈을 껌뻑거리며 여러 차례
'나는 이 일을 위해 왔노라.' 했다오.

79 그의 부모 이름을 보면
아버지 펠리체는 '복되다'는 뜻이고,
어머니 조반나는 '하나님 사랑'이었소.

82 그는 오스티아 사람 율법학자 엔리코 디와
의사 타데오의 뒤를 이어 안달이 난 세상에
하늘의 만나를 공급하려

85 삽시간에 위대한 스승이 되었나니,
포도원을 시중드는 농부가 잠시만 소홀히 하면
허옇게 시드는 나무를 그가 돌보았다오.

88 일찍이 가난한 자들에게 너그러운 바티칸이었는데,
지금은 목자장의 탐욕으로
타락해 버린 그곳을 향해

91 그는 여섯 가운데 둘이나 셋을 감해달라 하지 않았고,
또 비어있는 높은 자리를 구하지도 않았으며
오직 가난한 자들을 돌보는 일에만 전념했다오.

94 그는 혼미해지는 세상에 맞서
싸울 권리만을 요구하여 마침내 자신을 둘러싼
스물네 그루의 나무를 이 천국에 솟게 했다오.

97 그 뒤 그는 교리와 사도적인 직책으로 무장해
폭포수와 같은 뜨거운 열정으로
불의에 맞서 싸우면서

100 이단의 덤불 속을 격렬하게 내달렸고,
저항이 치열한 곳에서는 더욱 분발하여
격정을 불태웠다오.

103 그리하여 그에게로부터 새로운 물줄기가 흘러나와
그리스도의 과수원에 생수가 흘러넘쳐
숲이 더욱 무성하게 되었소.

106 만일 내가 말하는 수레의 바퀴 하나가
거룩한 교회를 지키고
전장戰場에서 적을 무찌른 것이라면,

109 나 이전에 토마스 아퀴나스가 친절하게 전한
다른 한쪽 바퀴의 위대함도
그대가 분명 기억해야 하리다.

112 그러나 마차 바퀴가 남긴 자국이
흐려지고 있는 오늘날 성찬聖餐을 위한
포도주 담은 가죽부대에 곰팡이가 피었나니,

115 나의 스승이신 프란체스코의 제자들이
그분의 족적을 따라 곧은길을 걷다가
머지않아 그들 발가락이 발뒤꿈치에 놓였다오.

118 가라지가 곳간에 들어가지 못함을 탄식하는
심판의 때가 되면 자신들 잘못으로
포도원이 얼마나 황폐케 되었는지 알게 되리다.

121 수도회가 기록한 책장을 한 장 한 장 넘기다 보면
'나는 언제나 그 모습 그대로다.'라는
말을 발견하게 되는데,

124 그러나 카살레와 아콰스파르타에서는
그렇지 못했나니, 한 곳은 계율을 너무 느슨하게,
다른 곳에서는 너무 빡빡하게 풀이했다오.

127 나는 바뇨레제오 지방에 살던 보나벤투라요.
하나님께서 나에게 사명을 주시어
세상일을 뒷전에 둘 수 있었소.

130 일루미나토와 아우구스틴이 여기에 있는데,
그들은 맨발로 청빈의 허리띠를 동여매고
하나님과 동행했던 초기의 가난뱅이들이었소.

133 산 비토레의 수도원장 우고와
피에트로 만자도레와 열두 권의 책으로 세상을 밝힌
피에트로 이스파노가 우리와 함께하고,

136 선지자 나단과 대주교인 크리소스토모와 안셀무스,
일곱 학예學藝 중 첫 번째인 문법을 훌륭하게
손질해 놓은 도나투스도 이곳에 있다오.

139 또 신학자 라바누스와 예언의 영감을 받았던
칼라브리아의 수도원장 조아키노가
내 곁에서 빛을 발하고 있소.

142 수도자 토마스 아퀴나스의 겸손한 자세와
사려 깊은 말씀을 통해 감동을 받아
내가 위대한 용사 도미니크 성인을 노래했나니,

145 여기 있는 자들도 다 감동했을 것이오."

• 1~18

열두 명의 축복받은 영혼들이 한 겹의 면류관을 만든다.
또 다른 열두 영혼들이 면류관을 이루며 단테 주위를 돌며 노래한다.
음악의 신 뮤즈보다, 죽음을 유혹하는 세이렌의 노래보다 더 감미롭다.
두 원이 제우스의 아내 헤라가 분부하여 만든 쌍무지개와 같고, 새로 생기는 원이 미소년 나르키소스를 사랑하지만 마음을 전하지 못하고 메아리만 남기고 죽어간 에코의 목소리와도 같다.
하나님이 노아와 맺은 무지개 언약을 단테가 떠올린다.
"내가 다시는 사람으로 말미암아 이 땅을 저주하지 아니하리니." 창8:21

• 19~45

두 번째 원 속의 보나벤투라1217~1274가 단테를 끌어당긴다.
지금까지 토마스 아퀴나스가 성 프란체스코를 칭송했는데,
이제부터는 보나벤투라가 성 도미니크에 대하여 말을 한다.
프란체스코와 도미니크 두 사람을 하나님께서 교회를 위해 예비하셨다.
그들을 통해 주님의 몸이신 교회의 성도를 바른길로 인도하셨다.

• 46~75

도미니크 성인은 유럽의 봄이 시작되는 스페인의 바닷가에서 태어

났다.
탄생하면서부터 그리스도의 특별한 은총으로 신앙의 사람이 되었다.
영세를 받던 날 모친이 비범한 꿈을 꿔 도미니크주님의 것라 했다.
그가 젊은 시절 가난한 사람을 돕기 위해 가지고 있는 책을 팔았다.
그가 “사람이 굶어 죽는데 죽은 양피지를 가지고 연구하고 싶지는 않다.”고 했다. 그는 교회를 이교도로부터 보호하려 하나님이 택한 인물이었다.

• 76~105

보나벤투라 성인이 단테에게 중세 교회의 실상을 이야기한다.
교황의 자리는 신성한 것이지만 그 위에 앉아있는 자가 타락했다.
그런 교황에게 도미니크는 자신을 위해 아무것도 요구하지 않았다.
십일조는 구제를 위해 쓰여져야 하므로 감해달라고 하지 않았다.
성 도미니크가 교회를 이단으로부터 보호하기 위해 혼신을 다했다.
중세 이탈리아 북부와 프랑스 남부에 이단 알비Albi파가 있었다.
그들은 물질세계를 악한 것으로 보고 중세 교회의 건물과 성물, 십자가 등 모든 것을 부정하게 여기며 엄격한 금욕 생활을 했다.
성 도미니크가 이런 자들로부터 교회를 보호하는 데 큰 공헌을 한다.
그로 인해 태양천의 스물넷의 지복자들이 탄생하게 되었다.

• 106~120

보나벤투라가 도미니크의 교회를 향한 헌신을 말한다.
또한 성 프란체스코의 위대한 공로를 또다시 언급한다.
그의 제자들이 스승이 간 길을 걷지 않고 논쟁에 휘말린다.
신앙은 말씀과 기도로 깨어있지 않으면 곰팡이가 핀다.
프란체스코의 규범에 대하여 온건파와 강경파의 대립이 치열했다.
악이 선을 대신하며 교회가 신속하게 황무지로 변해버렸다.
심판의 날에 교회를 황폐케 한 자들에게 준엄한 대가가 주어진다.

• 121~145

교회를 바른길로 인도하려 불의와 싸운 성 도미니크를 소개한다.
태양천 바깥쪽 둘레에 있는 십이 영혼들이 등장한다.
그중에 우리야의 아내 밧세바를 범한 다윗을 혹독하게 비난했던 나단 선지자가 있다.
"나단이 다윗에게 이르되 당신이 그 사람이라. 이스라엘의 하나님 여호와께서 이처럼 이르시기를 내가 너로 이스라엘 왕을 삼기 위하여 네게 기름을 붓고 너를 사울의 손에서 구원하고 네 주인의 집을 네게 주고 네 주인의 처들을 네 품에 두고 이스라엘과 유다 족속을 네게 맡겼느니라. 만일 그것이 부족하였을 것 같으면 내가 네게 이것저것을 더 주었으리라. 그러한데 어찌하여 네가 여호와의 말씀을 업신여기고 나 보기에 악을 행하였느뇨. 네가 칼로 헷 사람 우리아를 죽이되 암몬 자손의 칼로 죽이고 그 처를 빼앗아 네 처를 삼았도다." 삼하12:7, 8

제13곡

분별력 있는 삶의 중요성

넷째 하늘인 태양천에서 토마스 아퀴나스가 단테의 두 번째 의문을 풀어준다. 죄를 짓기 이전의 아담과 둘째 아담인 그리스도는 완전하게 창조되었기 때문에 인간 존재와는 거리가 멀고 그들의 지혜는 완전했으며, 그런 지혜로 하나님께서 솔로몬과 함께하셨다 말한다.

1　독자여, 내가 본 것들을 이해하려거든
그대 상상력이 굳건한 바위와 같이
깊이 뿌리를 내려야 하리니,

4　하늘의 여러 층들 가운데

서로 다른 위치에서 가장 유별난 빛으로
불 밝히는 열다섯 개의 별들과,

7 북쪽 하늘에 자릴 잡고는
밤낮없이 원동천을 따라 돌면서
지치지 않는 일곱 개의 큰곰자리별과

10 삐죽한 입부리와 같은 모양으로
하늘 한쪽 끝을 도는 작은곰자리별 둘을 합한
스물네 개의 별들을 그려볼지니,

13 그리하면 죽음의 한기寒氣에 휩싸인 아리아드네의 화관花冠이
하늘의 별이 된 것처럼 스물네 영혼들이 불꽃이 되어
이 태양천에서 두 개의 표적sign을 이루고 있음을 보리로다.

16 하나가 다른 하나 속에서 빛을 발하며
둘이 함께 돌고 있었는데, 하나가 먼저 가고
다음 것이 뒤를 따르는 형국이었다.

19 하늘에서 권역을 이루어 도는
스물네 개의 별들과 두 겹으로 돌고 있는
스물넷 영혼들의 이미지가 유사했으나

22 하늘의 풍속은 세상 풍속과는 달랐나니,
이는 마치 모든 것을 앞질러 가는 하늘의 빠름이
느린 키아나 강의 흐름과는 다른 것과 같았다.

25 또 저 하늘에서는 박쿠스나 아폴론이 아닌
오직 하나님 성품 안에 있는 삼위와 일체의
거룩한 신성과 인성만을 찬양하더라.

28 그리스도를 향한 소임을 다하려
노래하고 원을 그리며 춤을 추던 영혼들이
이젠 우리를 향해 관심을 드러냈는데,

31 조금 전 하나님 앞에서
청빈을 준행한 프란체스코를 노래하던 자가
빛들 중에서 침묵을 깨며 다시 말하길,

34 "벼를 타작하고 알곡을 곳간에 거둬들이니
그 달콤한 사랑은 나에게
또 다른 볏단을 타작하라 일렀다오.

37 선악과를 입맛 다심으로
세상을 망친 여인의 볼을 짓기 위해
갈빗대가 뽑혔던 아담의 가슴 안에서나,

40 창에 찔려 이전과 이후의
모든 죄를 변제辨濟하여 주신
그리스도의 가슴 안에서

43 인간의 본성이 갖는 지혜의 빛은
그들을 빚으신 하나님 능력에 의해
비롯된 것을 그대가 아는 바라오.

46 그러나 다섯 번째 빛인 솔로몬의 지혜가
다른 자들과 비교할 수 없다는 말에
그대가 의아해하고 있는데,

49 이제 그대가 내 말에 귀를 기울이면
그대 믿음과 내 말이
진리 안에서 하나가 되리다.

52 죽는 것이나 죽지 않는 것이나 모두는
하나님 아버지께서 낳으신
그리스도의 빛이 아니고는 존재하지 못하나니,

55 근본이신 성부 하나님으로부터 유래하는 이 빛은
성자로부터 나뉘지 아니하고
삼위를 이루시는 성령과도 분리되지 않는다오.

58 삼위를 이루시어 영원히 하나로 계시는
하나님의 은총의 빛은 마치 거울을 비추듯
아홉 무리의 천사들을 향한다오.

61 삼위로부터 내리는 살아있는 이 빛은
하늘과 하늘을 지나 지상에 내려와
사소한 것들에게까지 미치게 되는데,

64 이 사소한 것들이란 하늘이 운동을 하며 생긴
생명 없는 광물과 씨와 함께 생성된
모든 식물과 동물을 말하는 것이오.

67 이런 물질로서의 밀랍蜜蠟은
그것을 만드는 하늘의 힘이
더 미치기도 하고 덜 미치기도 하여

70 한 나무에서 좋은 열매와 나쁜 열매가
함께 맺히는 것이나니,
이처럼 인간들도 서로 다른 재능으로 태어난다오.

73 물질인 밀랍이 정확히 자리를 잡고
하늘이 최고의 힘을 발휘하면
거기에 빛나는 열매가 맺힐 것이지만,

76 그러나 자연이 언제나 이런 힘을 전달할 수 없음은
마치 재주에 능한 예술가라도 때로는
놀리는 손이 떨리는 것과 같다오.

79 그러나 뜨거운 성령의 사랑이
으뜸이신 성부의 밝으신 모습인 성자를 마련하고
인장을 찍으면 거기에서 흠 없는 아담과 예수가 태어난다오.

82 그리하여 흙으로 완전한 존재를
이끌어 내셨고 또한 처녀가 잉태하여
아들을 낳는 역사를 이루셨다오.

85 인간 존재가 이 두 분과 같은
본성을 가져본 적이 없었고 이후로도
영원히 없을 것이라는 그대 생각이 옳소.

88 이제 내가 말을 마치려 하는데,
그대가 이렇게 질문하려 한다오.
'그러면 어찌하여 솔로몬과 견줄 자가 없는가?'

91 그대가 이것을 이해하려면 먼저
그가 누구였고 또 하나님께서 그에게
'구하라'고 하신 이유가 무엇이었는지 알아야 하오.

94 그가 왕이었다는 사실은 모두가 아는 바이지만
그가 좋은 임금이 되기 위해 하나님께
분별하는 지혜를 구한 것을 주목해야 하리니,

97 그는 천상을 움직이는 천사들의 숫자를
알고 싶은 것이 아니었고, 필연이 우연과 함께
왜 필연을 이루는가를 알려 하지 않았소.

100 그는 또 '원인이 없는 운동이 가능한가.'에
관심이 없었으며, '직각을 가지지 못한 삼각형이
반원을 만들 수 있는가.'를 고심하지 않았다오.

103 그러므로 내가 앞서 말한 것과
지금 언급하는 바를 통해 내 화살이 의도한 과녁은
바로 하나님 주신 완전한 지혜라오.

106 그대가 '군림한다.'라는 말을 들으면
그 내용이 왕에 관한 것인 것과 또 왕은 많아도
성군聖君이 드물다는 것도 그대가 아는 바라오.

109 이제 그대는 이러한 분별력을 바탕으로
인류의 첫 아비인 인간으로서의 아담과 우리의 환희이신
그리스도 예수에 대한 이해가 커졌을 것이오.

112 이러한 지혜가 그대 발걸음에 납덩이가 되어
'예'와 '아니요' 앞에서 몸을 가누지 못하는 사람처럼
신중하게 행동하는 자가 되어야 하리니,

115 분별력이 없이 이런 일에나 저런 일에
긍정하거나 부정하는 것은
참으로 미련한 짓이라오.

118 거듭되는 성급한 판단은 사람의 성향을
그릇된 방향으로 기울게 하여
마침내 감정이 이성을 묶어버린다오.

121 아무런 재주도 없이 진리를 낚으려 바다를 향해
떠나는 것은 어리석은 일로서, 떠날 때 모습으로
다시 돌아오는 것은 어려운 일이라오.

124 파르메니데스와 그의 제자 멜리소스가
그런 삶을 산 자들로서, 그들은 길을 갔지만
어디로 가는지도 모르면서 떠났다오.

127 얼굴을 칼에 비추면 모양이 뒤틀리듯
시벨리우스와 아리우스는 성경을 왜곡하는
이단에 빠져 어리석은 삶을 살았소.

130 인간들이여, 밭의 이삭이 미처 익기도 전에
수확을 계수하는 농부처럼 그렇게
안이하게 판단하는 자가 되지 마시라.

133 긴긴 겨울 앙상하고 억세기만 하던
가시나무 끝에 어느덧 장미꽃이
만발하는 모습을 내가 보았고,

136 또 바다를 종횡무진하며
쏜살같이 내달리던 배가 항구를 목전에 두고
갑자기 침몰하는 것도 목격했다오.

139 하나는 훔치고 다른 하나는 봉헌한다 해서
베르타 아씨와 마르티노 대감이
하나님의 섭리의 삶을 산다 생각하지 말지니,

142 누가 오르고 누가 추락할지를 인간들은 모른다오."

• 1~45

두 원의 스물넷 지복자至福者들이 하나님을 찬양하며 춤을 춘다.
열다섯 개의 별들과 큰곰자리와 작은곰자리 별 아홉 개를 바라본다.
테세우스에게 버림받고 박카스의 아내가 된 아리아드네가 별이 되었다.
영혼들이 단테와 베아트리체를 에워싸며 토마스 아퀴나스가 말한다.
그가 꼬리에 꼬리를 무는 단테의 의문을 간파하며 말을 이어간다.
하나님의 능력으로 부여된 아담과 그리스도의 최고의 지혜를 언급한다.

• 46~78

물질과 영원히 존재하는 천사와 인간의 근본은 그리스도다.
성부 하나님으로 말미암은 성자 예수님이 성령 안에서 성부 하나님과 더불어 영원히 나누어짐이 없이 하나인 삼위일체를 이룬다.
물질의 생성 원리는 자연을 비추는 빛이 일정하지 않아 불완전하다.

• 79~111

하나님께서 흙으로 사람을 지으시고 그 코에 생기를 불어넣으시어 아담을 만드시고, 처녀 마리아로 하여금 성령을 통해 예수를 잉태케 하셨다.
즉 으뜸이신 하나님께서 사랑이신 성령으로 완전하신 예수를 탄생하게 하셨다.
죄로 물든 인간은 하나님의 온전한 성품을 가진 아담과 예수 그리스도와 같은 지혜를 가져본 적이 없고 이후로도 그럴 것이다.
토마스 아퀴나스가 단테의 의중을 간파하며 솔로몬의 지혜를 언급한다.
'그의 안은 예지叡智가 담겨져 있고 숭고한 얼을 지니고 있어, 그가 진실을 말하면 진리가 되어 그를 따라 잡을만한 현자는 다시는 없었지요.' 천국 편 10곡 112~114
토마스 아퀴나스가 말한 바를 단테가 기억하며 솔로몬의 지혜와 아담과 그리스도의 지혜에 대하여 의문을 품는다.
솔로몬이 구한 것은 천상에 대한 궁금증이나 세상 학문에 대한 것들이 아닌 백성들을 치리하기 위한 왕으로서의 지혜였다.
죄를 짓기 이전의 아담과 둘째 아담인 그리스도는 인간 위의 존재로 완전하게 창조되었기 때문에 인간과는 거리가 멀 뿐만 아니라 그들 지혜는 완전한 것이었다. 그런 완전한 지혜로 하나님이 솔로몬에게 함께하셨다.

• 112~142

토마스 아퀴나스가 단테에게 매사에 분별력 있는 삶을 강조한다.
모든 일에 신중하게 헤아리는 조심성 있는 삶의 태도를 가지라 말한다.
성급한 판단은 사람으로 오류를 범하게 만든다.

진리를 구하면서도 찾을만한 재주가 없어 얻지 못하는 자도 있다.

인생은 하나님의 섭리 중에 오를 때도 있고 추락할 때도 있다.

제14곡

믿는 자의 공덕과 하나님 은혜

1300년 3월 31일 수요일 오후 9시가 조금 지난 시간이다.

베아트리체가 단테를 대신해 지복의 영혼들에게 질문한다. 예수님의 재림 이후에 다시 회복되는 몸이 서로의 광채를 견뎌낼 수 있을지 묻는다. 이에 부활한 육체가 발하는 빛은 영혼의 빛보다 더 눈부시다고 솔로몬이 대답한다. 단테가 다섯 번째 하늘인 화성천에 올라 그곳 영혼들을 만난다.

1　물 담은 그릇을 밖에서 치느냐
안에서 치느냐에 따라 파문波紋이 가에서 복판으로,
복판에서 가장자리로 퍼져나간다는 생각이

4 영광스러운 토마스 아퀴나스의 영혼이
침묵하고 있을 때 내 안에서
파동을 치며 일어났다.

7 그것은 원의 가장자리에 있던 그와
원의 중심에 머물던 나와 베아트리체 때문이었는데,
그의 말에 이어 여인이 이르기를,

10 "이 사람이 진리를 알고자 하면서도
자신의 의문을 말하지 못하고
또 자기 생각마저 드러내지 못하고 있노니,

13 당신들의 실체를 꽃피우는 불꽃이
지금처럼 영원히 빛을 발하고 있을 것인지를
이 순례자에게 밝혀주소서.

16 만약 그렇다면 다시 육신을 입는
최후의 심판 때에 서로의 찬란한 빛으로
시력이 상하지 않을지를 이자가 염려하나이다."

19 빙글빙글 원무圓舞를 즐기는 무희들이
즐거운 몸짓을 하며 흥에 겨워
소리를 높이는 것처럼,

22 원을 이룬 거룩한 영혼들이
베아트리체의 간청에 기쁨이 충만하여
힘 있게 노래를 불렀다.

25 세상에서 죽음을 보며 비통에 젖는 자들은
다함이 없는 하늘의 환희를
맛보지 못해서 그러하리니,

28 영원히 셋과 둘과 하나로 모든 것을 주관하시는
살아 계시는 하나와 둘과 셋은
모든 것을 감싸면서도 스스로는 싸이지 않노라.

31 영혼들이 공로에 합당한 상급으로서의
아름다운 선율로 하나같이
삼위 하나님께 세 번 노래를 부르는 가운데,

34 찬란한 빛 속에서
가브리엘이 마리아에게 아뢰던 음성과도 같은
솔로몬의 절제된 목소리가 들렸다.

37 "천국의 축제가 길어질수록
타오르는 사랑도 깊어져
그분의 찬란한 빛으로 우리 옷을 삼는다오.

40 우리의 밝음은 뜨거운 열기로 말미암고
열기는 직관直觀, sight으로부터 비롯되는데,
이는 공덕을 초월하는 은총에 기인한다오.

43 우리가 죄를 씻고 거룩한 옷을 입을 때
우리 몸은 완전하게 회복되어
아름답고 복된 모습으로 변하리니,

46 이로써 지고至高의 선께서 주시는
영광의 빛은 더욱 커질 것이며
우리는 그 빛으로 하나님께 나아간다오.

49 그러므로 우리의 직관直觀도 자라야 하고
또 직관으로 인해 타오르는 열기도 더해야 되며,
이에서 비롯되는 빛도 더 밝아져야 하리다.

52 숯덩이가 불꽃을 피어오르게 하면서도
숯불보다 더 이글거리는 모습을 잃지 않고
형상을 그대로 간직하는 것처럼,

55 우리를 감싸는 이 빛보다
오랫동안 땅속에 묻혀있는 우리 육신이
더 찬란한 빛을 얻게 되리다.

58 그러나 부활한 육체가 발하는 빛은
영혼의 빛보다 더 눈부실 것이지만
서로를 지치게 하는 빛이 아니라오."

61 솔로몬이 말을 마치자 두 줄로 둘러서서
합창을 하던 영혼들이 "아멘" 했는데,
모두들 잃은 몸을 회복하려는 열망이 가득하더라.

64 이는 자기들뿐만이 아니라 어머니와 아버지
그리고 그들이 영원한 불꽃이 되기 전에
사랑했던 자들이 그리워서 그러하리라.

67 그때 여명이 지평선 위로 솟아오르듯
또 한 무리가 불꽃처럼 나타나
우리를 둘러싸는데,

70 마치 여름날 초저녁 밤하늘에
뭇별들이 제 모습을 드러낼 때에
어슴푸레한 것과 같았다.

73 새로운 실체들이 다가오는 듯하더니
두 개의 둘레 밖으로
또 하나의 원을 그리기 시작하는데,

76 오, 성령의 충만한 반짝임이여!
찬란한 빛들을
내 눈이 감당할 수가 없도다.

79 그러나 지복의 혼들보다 더 빛나는
여인의 미소를 보며 내 눈이 힘을 얻고는
그 모습을 천상의 것들과 영원히 간직하고 싶더라.

82 나는 그녀로 인해 더욱 새로워졌고,
또 나의 여인과 함께할 천상을 우러르며
보다 높은 구원의 세계를 꿈꾸었노라.

85 문득 다른 곳보다 더 붉게 웃음 짓는
별빛의 미소가 내가 더 높은 하늘에
올라와 있음을 알게 했는데,

88 나는 온 마음을 다해 모두가 갈망하는
영혼의 새로운 언어로 은총에 합당한 번제를
하나님께 올려드리고 싶었다.

91 그리하여 내 가슴속 하나님 앞에 봉헌한 열정이
모두 다 불타오르기도 전에 이미 상달되고
흠향되어졌음을 내가 느끼고 있을 때,

94 강렬한 두 줄기 빛이 더욱 밝기도 하고
붉어 보이기도 하여 나도 모르게 외치길,
"오, 이렇듯 저들을 꾸며주시는 은총이시여!"

97 더하고 덜한 빛들과 함께하는 은하수가
우주의 양극 사이에 두드러지게 뻗어있어
어떤 현자賢者들이 그것을 별로 보는 것처럼,

100 우리 앞에 나타난 빛들도
화성 속의 별들인 양 모여서 십자가 형태로
매듭을 이루고 있었는데, 그 모습이 찬탄할 만했다.

103 여기에서 내가 지성이 기억을 이기지 못함을 알았노니,
이는 찬란하게 빛나던 그 십자가 모양을
내가 지금 묘사할 길을 찾지 못했음이라.

106 그러나 자기 십자가를 지고 주를 따르는 자들은
십자가 형상이 발하던 빛을 보고도
그리지 못하는 나를 용납하리로다.

109 빛들이 십자가 끝의 네 지점에서
서로 만나기도 하고 지나가기도 하면서
한데 어울려 유별나게 반짝였는데,

112 그 모습이 마치
빛을 차단하려 걸어놓은 주렴珠簾의
틈새를 뚫고 들어온 빛줄기 속을

115 미분자微分子들이 반짝거리면서
곧기도 하고 굽기도 하며, 빠르기도 하고
느리기도 하면서 서로 교통하는 모양과 같더라.

118 잘 조율된 양금과 하프가
아름다운 하모니를 이루어
음을 분별하지 못하는 자에게도 달콤함을 주듯이,

121 십자가 모양 속의 순교한 빛들로부터
울려 퍼지는 멜로디가 가사조차 알아듣지 못하는
나를 완전히 사로잡았다.

124 내가 그 노래를 이해하지 못하다가
"일어나소서."와 "이기소서."란 말이 들려
그 노래가 숭고한 찬양인 것을 알고는

127 내가 그 노래에 매료되었는데,
이제껏 내 영혼을 그렇게 달콤한 사슬로
맨 것은 아무것도 없었다.

130 어쩌면 내 말이 지나칠 수 있겠지만
그때 내가 그 영혼들에 취해 내 마음을 평정시키는
여인의 눈길조차 잊고 있었다.

133 온갖 싱싱한 표적sign들인 이 하늘이야말로
오르면 오를수록 더 아름다웠는데, 내가 아직도
그녀를 돌아보지 않음을 본 자가 있었더라면

136 이렇게 변명하는 나를 이해할 것이고,
또 내가 진실을 말하고 있음도 알리로다.
그곳엔 거룩한 아름다움이 있었고

139 오르면 오를수록 더 순수해지는 곳이었다.

• 1~27

지복의 영혼들이 단테와 베아트리체를 둘러싸고 있다.
서로의 말이 가장자리에서 중심으로, 중심에서 가장자리로 향한다.
베아트리체가 단테의 궁금증을 지복의 영혼들에게 말한다.
예수의 재림을 통해 육신을 회복하고 최후의 심판을 받은 이후에
서로의 광채를 눈이 견뎌낼 수 있을지를 단테가 궁금해한다.
단테가 하늘의 복을 모르는 인간들을 안타까워한다.

• 28~51

천상의 복 받은 영혼들이 삼위일체 하나님을 향해 찬송을 부른다.
삼위이며 하나이신 성부와 성자와 성령 하나님이 모든 것을 주장한다.
빛의 밝기는 하나님을 사랑하는 열기에 비례한다.
빛은 사랑의 열기에 의해 일고, 열기는 직관으로 하나님을 대하며
일어나고, 하나님의 은혜는 우리의 공덕이 아닌 은총 때문이다.
오랫동안 관찰하고 조용히 통합하여 얻는 순간적인 직관直觀 속에서
구원으로 나아가려는 의지를 발휘함으로 신앙의 열기를 가질 수 있다.
하나님 은총으로 육체가 부활해 찬란한 빛을 발하며 주를 뵐 수 있다.
사랑의 열기와 빛의 열기와 찬양의 노래로 단테가 황홀감을 맛본다.

• 52~84

숯덩이가 자신을 둘러싼 불꽃보다 더 밝게 타오르며 형체를 잃어버

리지 않듯, 심판의 때에 우리가 새로운 몸을 입고 부활하여 갖게 될 빛이 영혼의 빛보다 더 강렬하며, 또한 육체의 모든 기관의 부활을 통해 영혼들이 기쁨을 맛볼 것이라 솔로몬이 말한다. 천국에서 맛보는 행복 중 세상에서 사랑했던 자들과 새로운 몸으로 만나는 것도 있다.

하나님을 사랑하고 내 이웃을 내 몸처럼 사랑해야 천국의 행복을 맛볼 수 있다. 새로운 영혼들이 나타나는 중에 단테가 베아트리체를 향하며 힘을 얻는다.

• 85~117

단테가 베아트리체를 바라보며 화성에 도착했음을 깨닫는다.

더 붉게 타오르는 별들을 보며 하나님께 감사를 올려드린다.

화성의 영혼들이 그리스도의 십자가 형상을 이루며 빛을 발한다.

단테가 목도한 바를 자신의 지성을 동원하여 다 표현할 수가 없어, 그냥 기억에 의존하여 머릿속에 남아있는 것들을 적어낸다.

지복의 영혼들이 십자가의 네 모서리를 오가며 활동하는 모습을 주렴의 틈새로 들어온 빛들 속을 운동하는 미분자에 비유한다.

• 118~139

순교한 영혼들이 그리스도에게 합창을 올려 드린다.

십자가를 통해 흘러나오는 빛들의 선율을 단테가 바라본다.

현란한 빛을 발하며 노래하는 자들의 십자가 사랑에 단테가 매혹된다.

황홀한 노래에 취한 단테가 베아트리체의 존재를 망각한다.

하늘은 오르면 오를수록 더 아름답고 순수해지는 곳이다.

제15곡

순교한 자들

1300년 3월 31일 수요일 오후 9시에서 11시 사이다.
화성천의 영혼들 중에 순교한 단테의 고조부인 캇치아구이다가 앞으로 나오며 자신을 소개한다. 단테가 그를 통해 옛 피렌체의 미풍양속과 소박했던 백성들의 삶을 알게 된다. 그가 황제를 도와 예루살렘 성지 회복을 위해 싸우다가 교황과 사제들의 부패로 십자군의 사기가 저하되어 모슬렘에게 패배하고 순교한 것을 말한다.

1　탐욕이 불의를 은밀히 자극하듯
불타는 사랑이 영혼들로
선善을 행하도록 의욕을 불러일으키더라.

4 그리하여 하늘의 오른손이
저 감미로운 악기들로 거룩한 줄을 타게 하는 중에
갑자기 지복의 영혼들이 잠잠해졌는데,

7 이는 나로 자기들에게
말할 수 있는 용기를 갖게 하려
침묵한 것이었다.

10 아, 영원하지 못한 것을 갈망하여
하늘의 완전한 사랑을 버리는 자들은
영원히 통곡하리로다.

13 시시때때로 고요하고 청량한 밤하늘에
느닷없는 불꽃 하나가 온 하늘을 달음질쳐
무심한 눈길들을 사로잡고는,

16 자리를 옮겼으면서도
불붙었던 곳에서는 아무것도 변하지 않고
다만 그 불길만이 사그라지는 것처럼,

19 십자가의 오른쪽 부분에서
그 발치까지를 불 밝히던 별 하나가
달음질쳐 나에게로 내달았다.

22 그 보석이 끈에서 떨어지지 않은 채
불그레한 광선처럼 지나가므로
마치 등잔 위의 불꽃과 같았는데,

25 시인 베르길리우스가 기록한 대로
안키세스가 엘리시움에서 아들 아이네이아스를
만났을 때처럼 그 별이 나를 맞이했다.

28 "오, 나의 피여! 한량없는 은총이시여!
네가 아닌 어느 누구에게 하늘 문이
두 번씩이나 열릴 수 있겠느냐?"

31 이렇게 말하는 그 빛을 주목하다
내가 여인을 보았는데, 나는 이쪽에서도
저쪽에서도 그저 놀랄 뿐이었다.

34 그녀의 미소 짓는 모습을 보며
내가 하늘의 축복 가운데
천국의 바닥을 스치는 느낌이 들었는데,

37 듣기에도 보기에도 즐거운 영혼이
천상의 말에 이어
의미 있는 말들을 이어가더라.

40 그가 사용하는 말이
인간의 지성을 넘어서는 말이었기에
내가 잘 알아들을 수는 없었지만

43 그 영혼이 활시위를 떠나는
화살의 속도를 늦추므로
그의 말이 내 지성의 과녁 속으로 들어왔다.

46 내가 알아들은 그의 첫 번째 말은
'내 자손에게 이토록 너그러우신
삼위일체 하나님이시여!'이었다.

49 그가 다시 말하길, "하얀 것과 검은 것이
변함이 없는 하나님의 마음을 깨달음으로
너에게 일었던 갈증을

52 이 빛 속에서 풀 수 있으리니,
이는 너에게 날개를 입혀
이 높은 곳으로 인도한 저 여인의 덕이로다.

55 하나를 알면 다섯이나 여섯이 이해가 되듯
네 생각의 으뜸이신 하나님의 인도로
네가 나에게 이른 것으로 믿노라.

58 그런데 너는 내가 누구며,
모든 무리 중에서 내가 너를
더 기뻐하는 이유를 묻지 않는 도다.

61 네가 믿는 바와 같이
여기에 있는 작은 자들이나 큰 자들 모두가
네 마음이 드러나 있는 거울을 보노니,

64 내가 끊임없이 하나님을 바라보는 것은
하나님 사랑으로 나를 채우려 하기보다는
감미로운 열망이 나를 더욱 갈증 나게 하는 이유로다.

67 이제 너의 의지를 표명하고
네 마음의 의문을 말해보아라.
그에 대한 내 대답은 준비되어 있노라."

70 내가 베아트리체를 보았는데,
그녀가 내 마음을 알아차리고는
미소로 내 소망의 날개에 힘을 불어넣더라.

73 내가 그에게 말하길,
"하나님께서 당신의 모습을 드러내시고
그대들에게 사랑과 지성을 나눠주시어

76 마치 태양이 열과 빛으로
세상을 밝고 따뜻하게 만드는 것처럼
그대들로 온전히 성취케 하시나이다.

79 그러나 인간들의 생각과 지혜는
오직 그대들만이 아는 이유로
불완전한 날개를 달고 있나이다.

82 그런 인간인 제가 불균형 속을 살아
그대들의 어버이다운 환대를 받으면서도
감사한 마음을 다 표현할 길이 없나이다.

85 값진 보석으로 단장한 황옥 같은 분이여.
제가 간절히 비노니
그대를 알고 싶은 저의 열망을 채워주소서."

88 "오 나의 잎사귀여. 나는 너의 뿌리이고
너를 기다리는 것만으로도 행복했노라."
이렇게 말을 시작한 그가 다시 이르기를,

91 "너의 가문을 이룩한 자는
백 년도 넘게 연옥의 정죄 산의
첫 번째 둘레에 머물고 있노니,

94 그는 내 아들이고 너의 증조부니라.
네 기도를 통해 그의 오래된 피로를
덜어주는 것이 마땅하도다.

97 베네딕토 수도원에서 울리는
세 시와 아홉 시의 종소리를 듣는 피렌체는
평화와 절제와 정숙의 도시였노라.

100 백성들은 팔찌나 목걸이를 갖지 않았고
숙녀들도 꽃 모자나 고운 신을 신지 않았으며
자신을 돋보이게 하는 띠도 두르지 않았도다.

103 딸이 태어나도 염려하지 않은 것은
서로 나이나 지참금이
한도를 넘지 않았기 때문이며,

106 집들은 크지 않아 빈방이 없었고
도시엔 음란하고 방탕했던
사르다나팔루스와 같은 자도 있지 않았노라.

109 그러나 피렌체의 웃첼라토이오 산이
로마가 보이는 몬테말로 산보다 솟아오르는 데 졌듯이
추락하는 일에도 그러하리라.

112 옛날 피렌체의 무사 벨린초네 베르티가
가죽 띠로 몸을 질끈 동여매고 전쟁터로 나갔고,
그의 아내는 화장하는 거울로부터 떠났노라.

115 피렌체의 명문 가문 네를리와 벡키오 집안 사람들이
장식이 없는 가죽옷을 입었고
여자들도 물레와 베틀만으로 족하여 했도다.

118 이 행운의 여인들은 나라 안의 다툼으로
죽음을 염려할 일이 없었으며, 장사하러
프랑스로 떠난 남편을 기다리며

121 요람을 외롭게 지키기보다는
어린아이를 달래며 즐겁게 하려고
아이 목소리를 흉내 내며 웃었도다.

124 또 여인들이 실꾸리에서 실을 뽑아내면서
가족들과 함께 트로이 사람들과 피렌체와
로마 역사를 이야기했노라.

127 그때는 방탕했던 과부 치안겔라나와 낭비가 심했던
라포 살테렐로가 요즘의 정직한 집정관 킨킨나투스나
정숙한 여인 코르넬리아와 같이 화젯거리가 되었도다.

130 이처럼 평온하고 아름다운 백성들 가운데,
또 가정의 굳건한 믿음과
포근한 분위기 속에서

133 나는 마리아를 부르는 모친의 절규 중에 태어나서
네가 영세를 받았던 성당에서 그리스도인이 되었고
캇치아구이다라는 이름을 얻었노라.

136 모론토와 엘리세오는 내 형제들이었고
내 아내는 포 강이 흐르는 계곡에서 내게 와
너의 성姓이 시작된 것이로다.

139 그 뒤에 나는 황제 쿠라도를 섬겼고,
그분은 내게 기사 직분을 내리셨으며
나도 그분을 충성스럽게 모셔 총애를 받았노라.

142 내가 황제를 따라 마호메트와 불의한 율법을 대적하려
십자가를 앞세우고 나갔는데, 부패한 사제들로 인해
군대 사기가 저하되어 정의를 사라센에게 강탈당했도다.

145 나는 사악한 무리들과 싸우다가
영혼을 더럽히는 거짓된 세상으로부터
영원히 풀려나

148 순교를 통해 이 평화의 곳으로 왔노라."

• 1~24

단테로 하여금 소망을 말하게 하려고 화성의 지복자들이 침묵한다.
세상에 대한 집착 때문에 하늘의 사랑을 포기한 자들을 안타까워한다.
영혼들이 십자가 형태를 이루며 어우러져 보석을 엮어놓은 듯하다.
자리를 바꾸는 유성처럼 지복至福의 영혼이 단테 곁으로 다가온다.
그 빛나는 영혼이 석고로 만든 등잔 위의 불꽃과 같다.

• 25~48

단테 고조부인 캇치아구이다가 단테 곁으로 다가온다.
단테가 어리둥절하며 이쪽저쪽을 바라보며 황홀경에 빠진다.
그가 베아트리체의 아름다운 눈망울을 보며 천국의 행복을 맛본다.
캇치아구이다의 언어는 지성을 초월한 천국의 신비스러운 말이다.
어조를 조절하는 그의 배려로 단테가 말을 알아듣는다.

• 49~69

단테가 하나님의 마음인 성경 말씀을 헤아리며 갈증을 느낀다.
캇치아구이다가 천국에 오른 단테를 만난 것을 하나님께 감사한다.
천국의 복자들은 누리는 복에 관계없이 하나님만을 바라본다.
그가 과거와 현재, 미래를 아는 하나님의 거울로 단테의 마음을 읽는다.
캇치아구이다가 단테에게 궁금한 것들을 질문하라고 한다.

• 70~96

공평하신 하나님은 인생을 구별하지 않으신다.
그래서 지복의 영혼들은 하나님을 대할 때 균형을 잃지 않을 수 있다.
그러나 인간들은 서로 다른 생각을 가져 서로 불완전하게 살아간다.
지복자들은 그 이유를 알고 있지만 인간들은 모른다.
단테가 환대하는 캇치아구이다에게 마음으로 감사한다.
황옥과 같이 아름다운 그의 존재를 밝혀달라고 간청한다.
캇치아구이다가 자신은 단테 고조부이며 단테는 그의 후손이라 말한다.

• 97~148

캇치아구이다가 연옥의 증조부를 위한 기도를 부탁하며 피렌체의 미풍양속과 태평성대를 회고한다. 옛 피렌체의 여인들은 믿음으로 살았으며 평안한 분위기 속에서 소박했다.
그는 성 요한 성당에서 캇치아구이다라는 영세명을 얻었고 장성하여 황제의 신임을 받아 그를 보좌하는 기사가 되었다.
그가 황제를 도와 예루살렘 성지 회복을 위해 모슬렘 교도들과 싸웠으나 목자인 교황과 사제들의 타락으로 사기가 저하된 십자군이 전쟁에서 패한다.
캇치아구이다가 순교하여 이 평화의 화성천에 올랐다.

제16곡

정치와 종교의 불화로 인한 혼란

캇치아구이다가 단테에게 고귀한 혈통은 날마다의 쉼 없는 공덕을 통해 얻어지는 것이라 말한다. 고조부가 단테에게 옛날 피렌체 모습을 들려준다. 부패한 교회의 성직자들과 황제가 불화하여 피렌체의 분열이 시작되었다고 말한다. 결국 정치와 종교의 분쟁을 통해 피렌체가 구렁텅이에 빠진다.

1 오, 보잘것없는 혈통의 고귀함이여!
우리 애정이 점점 시드는 이 세상에서
이것을 기리라 한들

4 내겐 조금도 놀랄 일이 못 되었나니,
욕망이 뒤틀리지 않는 하늘에서도
내가 나의 혈통을 자랑했었노라.

7 그러나 이것도 쉽사리 짤막해지는 망토이기에
날마다 새로운 공덕功德의 천으로 덧대지 아니하면
시간이 가위를 들고 주변을 맴돌리라.

10 로마에서 처음 사용되었으나
그다지 오래가지 못한 이인칭 대명사이자
극존칭인 당신VOI으로 내가 말을 시작하매,

13 곁에 있던 여인의 미소 짓는 모습이 나로
왕후 귀네비어에게 입맞춤하려는 기사騎士를 보며
기침소리를 내던 하녀의 모습을 떠올리게 했다.

16 "당신은 저의 선조先祖이시며
저로 말할 수 있는 용기를 갖게 하시고
저를 실제 이상의 저로 이끌어 올리시나이다.

19 부디 생수의 물줄기를 공급하시어
제 마음을 기쁨으로 충만케 하시고
무한한 즐거움을 맛보게 하옵소서.

22 사랑하는 할아버지여, 제게 말씀하소서.
우리 조상들은 누구셨으며
당신께서 유년기를 보내신 세월은 어떠했는지요?

25 또 세례 요한을 수호성인으로 모셨던
피렌체는 얼마나 넓었고
존경받던 자들은 누구였는지요?"

28 불꽃 속의 숯덩이가 바람이 부는 대로
활활 타오르는 것처럼
그 불꽃이 내 물음에 밝은 빛을 더하므로

31 그 모습이 더 아름답게 보였고
목소리는 더욱 즐겁고 다정스럽게 들렸다.
그가 요즘 언어가 아닌 말로 대답하길,

34 "가브리엘이 아베Ave를 말하며 마리아의 수태를
고한 날로부터 지금은 천국의 성녀聖女가 된 내 모친께서
나로 인해 무거운 몸을 풀고 해산하기까지,

37 이 불덩어리 화성火星이 자기 발바닥에
불을 붙이려고 다시 사자자리로 돌아오기를
오백오십 하고도 서른 번을 더했도다.

40 옛 조상들과 나는
세례 요한의 축일에 달음박질을 출발하는
6구역의 그곳에서 태어났노라.

43 조상들이 누구였고
그들이 어디에서 왔는지에 대해선
내가 말하지 않겠노라.

46 그 시절 무기로 무장할 수 있는 자들은
피렌체 중심부인 베키오 다리와 세례 요한 성당 사이에
살고 있는 자들의 오분의 일에 불과했노라.

49 지금은 캄피와 체르탈도와 필리네가
피렌체에 속하므로 도시가 뒤죽박죽이 되었다만,
그 전엔 막일을 하는 일꾼들까지도 순수했노라.

52 이런 착한 자들을 이웃으로 삼고
갈루초며 트레스피아노와
경계를 긋고 살았으면 얼마나 좋았겠는가.

55 그러나 이후에 눈을 부라리는 악당 굴리오네와
사기를 치려 머리를 굴리는 시냐의 악취를
견뎌내는 것이 참으로 고통이었도다.

58 성직자들이 세상 정치에 물들지 않아서
카이사르의 의붓어미와 같은 노릇을 하지 않고
어린 자식을 사랑하듯 백성들을 대했더라면,

61 피렌체 시민으로 장사해 부자가 된 자들이
할아버지가 구걸하던 시미폰티에서
여전히 살았을 것이로다.

64 또 몬테무를로 성은 아직도 그곳 백작들 소유였을 것이고
악당 체르키도 아코네 교구에 그대로 머물렀을 것이며,
정녕 부온델몬테도 발디그레베에서 그러했으리라.

67 도시가 이방 잡족들과 뒤섞임으로
나라의 불행이 초래되었나니,
그것은 마치 몸에 지나친 음식과 같았도다.

70 다섯 자루의 작은 칼보다 큰 칼 하나에
더 잘 벨 수 있고, 눈먼 황소가 눈먼 고양이보다
더 빨리 거꾸러지는 법이로다.

73 루니와 우르비살리아 도성이
어떻게 무너졌으며 키우시와 세니갈리아가
어떻게 사라졌는지를 네가 알게 된다면,

76 도시의 운명이란 반드시 끝이 있고
가문의 혈통이 단절되는 것은
이상하거나 대단한 일이 아님을 알리로다.

79 인생이 길 것 같지만
죽음이란 복병이 신속히 찾아오므로
삶은 참으로 짧은 것이로다.

82 달의 운행이 밀물과 썰물을
끊임없이 순환하게 만드는 것처럼
백성들의 운명도 도시와 함께 그러했도다.

85 그러므로 시간이 흘러 명성이 사라진
저 위대했던 피렌체에 대하여
이상하게 여길 것이 없노라.

88 나는 후손이 끊긴 우기 가문과
카텔리니, 필립피, 그레치, 오르만니 등
이미 몰락하는 유명한 집안들을 보았고,

91 산넬라의 그이, 아르카의 그이,
옛 사람들처럼 그렇게 훌륭하던 솔다니에리,
아르딘기, 보스티키가 무너지는 것도 보았도다.

94 피렌체에서 백당을 추방한 대죄大罪로
돛단배에서 내동댕이쳐야할 체르키가 살았던
베드로 성당 문 곁에

97 라비냐니 가문이 거했는데, 그 문중에서
구이도 백작과 지체 높은
벨린치오네가 태어났노라.

100 기벨리니 당원인 프렛사는 일찍이 잘 다스리는
법을 알았고, 같은 당원인 갈리가이오는
금으로 도금한 칼을 지니고 살았으며,

103 필리 가문과 사케티, 주오키, 피판티 집안과
바롯치와 갈리 그리고 소금을 팔며 됫박을
속여 얼굴을 붉혔던 키아라몬테시 가문도 있었노라.

106 칼풋치가 태어난 도나티 문중이
일찍부터 유명했고, 시지이와 아리굿치 집안은
높은 벼슬자리로 부름을 받았었노라.

109 피렌체가 꽃을 피우던 시절, 그들 방패에 박혀있던
황금 구슬이 얼마나 빛을 발했던가! 그러나 교만으로
이런 가문들의 무너짐을 보며 내 마음이 어떠했겠느냐.

112 교회 주교가 죽어 공석이 될 때에
추기경 자리를 차지하여 재정을 관장하며
자기 뱃살을 살찌우던 집안도 있었고,

115 도망치는 자 뒤에서 용처럼 위협하던 아디마리 종족이
돈주머니를 보여주는 자들 앞에선
순한 양으로 변했도다.

118 일찍부터 탁월했지만 지체가 낮은 가문의
우베르티노 도나토는 훗날 장인이 아디마리 집안과
인척이 되려는 것을 달갑지 않게 여겼노라.

121 명문 가문이었던 카폰사키는 피에솔레에서
저잣거리로 내려앉았고, 쥬다와 인판가토는
벌써 훌륭한 평민으로 자릴 잡았도다.

124 믿기지 않지만 사실인 것을 내 말하노라.
페라 가문의 이름으로 명명命名된 문을 통해
모든 이가 도시로 들어올 수 있었는데,

127 예수의 제자 도마를 기념하는 축일에 죽어
더욱 추모를 받게 된 남작 우고의
아름다운 휘장을 지닌 자는 누구나

130 남작으로서의 자격과 특전을 부여받게 되는데,
그 휘장에 금으로 된 술을 달아주었던 자가
가난한 자들 편에 섰다는 이유로 쫓겨났노라.

133 이 도시가 낯선 자들의 유입을 막았더라면
피렌체의 옛 귀족 구알테로티와 임포르투니가
아직도 평온하게 지냈을 것이로다.

136 정당한 복수로 원수를 죽이므로
행복하던 피렌체 평화에 종지부를 찍고
온 나라를 파국으로 내몬 집안은

139 존경을 받던 명예로운 가문이었노라.
오, 부온델몬테여! 남의 꼬임에 빠져
자기 혼사를 파한 것은 얼마나 잘못된 일인가.

142 네가 처음 피렌체에 들어올 때에
하나님께서 너를 에마 강에 넘겨주셨더라면
지금 슬퍼하는 자들이 많이 기뻐했을 것이로다.

145 피렌체의 평화가 끝나갈 무렵 도시를 흐르는
에마 강의 일그러진 돌덩이 마르스Mars 상에
네가 희생 제물로 바쳐지는 꼴이 되었도다.

148 그러나 이 도시와 함께 하는 수많은 자들이
눈물을 흘려야 할 이유가 없는,
그런 안정된 피렌체를 내가 꿈꾸노라.

151 이 무리와 더불어
높다란 깃대 위의 백합화가 다시는 꺾이지 않고,
분열로 인해 붉게 물들지 않는 그런

154 의롭고 자랑스러운 조국을 내가 바라보도다."

- 1~39

단테가 고조부인 캇치아구이다로부터 자신의 혈통에 대해 듣는다.
조상으로부터 하나님께 영광을 올린 혈통에 단테가 자부심을 갖는다.
고귀한 혈통은 쉼 없는 날마다의 공덕을 통해서 얻어진다 말한다.
단테가 고조부를 부르는 호칭이 '당신'이라는 극존칭으로 바뀐다.
분수처럼 솟는 기쁨을 맛보며 자신을 새롭게 각성한다.
단테가 마음속에서 샘솟는 여러 가지 호기심을 주체할 수가 없다.
캇치아구이다는 1091년에 태어났다.
화성의 공전 주기는 686일 22시 24분이다.

- 40~66

단테의 고조부 캇치아구이다가 옛날 피렌체를 회상한다.
막노동을 하는 일꾼들마저 모두가 순수한 사람들이었다.
부패한 교회의 성직자들과 황제가 분쟁하므로 피렌체가 분열되었다.
그로 인해 이방인들이 피렌체로 유입되고 그들이 도시를 장악한다.
피렌체 근처의 아굴리오네 사람 굴리오네가 궐석 재판에서 단테에게 화형 선고를 내렸다.
피렌체의 법률가 시냐는 매관매직을 일삼았다.
종교와 정치의 불화로 피렌체가 분열의 구렁텅이에 빠진다.

• 67~108

캇치아구이다가 피렌체의 멸망에 대한 단테의 질문에 대답한다.
순수했던 피렌체가 유입된 이방 족속에 의해 부패가 시작되었다.
이방인들이 사회를 주도하며 피렌체가 분열되었다.
미천했던 이방인들로 인해 도시국가가 비대해져 무너졌다.
달이 밀물과 썰물을 일으키는 것처럼 인간의 운명도 기복이 있다.
사람의 운명이 끝이 있는 법이어서 혈통이란 것도 오래가지 못한다.
피렌체의 명문 가문들이 시간의 흐름 속에서 속절없이 무너졌다.

• 109~154

캇치아구이다가 명성이 자자했던 피렌체의 멸망에 대해 말한다.
피렌체의 명문 집안이었던 우베르티 가문이 교만으로 무너졌다.
방패 위에 황금 구슬을 수놓았던 람베르티 가문이 몰락했다.
피렌체 교회의 재산을 관리하던 성직자들이 주교가 공석이 될 때마다 주님의 몸이신 교회에서 뇌물을 받고 헌물을 갈취했다.
피렌체에서 추방당한 단테 집안의 재산을 몰수하고 단테의 귀향을 극렬히 반대했던 아디마리 가문의 비열한 모습을 단테가 비판한다.
부온델몬테 집안은 외부에서 피렌체로 이주해 온 가문이다.
부온델몬테가 피렌체의 명문 가문인 아미데이 가문의 딸과 정혼한다. 그가 결혼식 날 도나티의 부추김으로 결혼을 파기하고 도나티 딸과 결혼한다. 모욕을 당한 아미데이 가문이 에마 강의 석상 마르스 아래에서 그를 살해한다. 이 사건을 통해 피비린내 나는 파벌 전쟁이

꼬리에 꼬리를 물고 일어난다. 캇치아구이다가 피렌체의 불행의 원인을 에마 강을 건너온 부온델몬테에서 찾는다. 결국 그의 시신이 마르스 석상에 드려지므로 전쟁의 불이 당겨졌다.
캇치아구이다가 피렌체의 회복과 안정과 평화를 간절히 기원한다.

제17곡

미움과 원망을 멀리하는 삶

단테가 고조부에게 자신의 미래를 말해달라고 부탁한다. 주어진 운명을 미리 듣고 알아서 의지를 발휘하여 극복하려고 한다. 고조부의 말을 통해 교회의 성직과 성물을 파는 자들에 의해 자신이 추방되고, 망명지에서 동료들의 배신으로 고통당할 것을 알게 된다. 그러나 단테가 자신의 인생을 하나님께서 엮고 계심을 깨닫는다.

1　파에톤이 자기가 신의 아들이 아니라는 친구 말에
　자신이 아폴론의 아들인 것을 어머니에게 듣고는
　아버지의 태양 마차를 몰다가 죽어 애비 속을 태운 것처럼,

4 나도 어미에게 묻는 파에톤과 같이
내 미래가 몹시 궁금했고 베아트리체와
거룩한 불꽃도 그런 내 마음을 아는듯했다.

7 여인이 말하길
"그대 소망의 열기를 발산하여
그대 갈망이 무엇인지 드러내야 하리니,

10 이것은 앎으로 지식을 더하고자 함이 아니고
그대가 밝힌 진리로 누군가
그것을 배우고 따르게 하려 함이라오."

13 내가 말하길, "오, 나의 고귀한 뿌리시여!
사람들이 삼각형 속에 두 개의 둔각이
들어가지 못함을 알고 있는 것처럼,

16 모든 시간이 사라지고 오직 현재만이 지속되는
이 하나님 나라에서 당신은 아직 드러나지 않은
세상 우연을 다 보고 계시나이다.

19 제가 베르길리우스를 따라
죽은 자들의 세계로 내려가고
또 영혼들이 죄를 씻는 정죄 산을 오르면서

22 제 앞날에 대한 불길함을 들었습니다만,
그러나 제 앞길에 닥치는 어떤 타격에도
저는 흔들리지 않는 사각형임을 믿나이다.

25 따라서 제가 어떤 운명에 직면한다 해도
저의 의지는 기쁨에 넘치리니,
이는 미리 본 화살은 더디게 날아오는 까닭입니다."

28 나에게 말하는 빛을 향해
베아트리체가 이른 대로
내 소망을 모두 고백 하니라.

31 이에 그분은 우리 죄를 사해주신
하나님의 어린양 예수 그리스도 이전의,
어리석은 백성들을 홀리던 허탄한 신화의 말이 아닌

34 분명한 언어와 어법을 구사하여
어버이다운 사랑을 담아
미소로 내게 말을 시작했다.

37 "인간이 경험하는 우연한 일들은 물질의 수첩 그 밖을
벗어나지 못하지만 하나님 안에서는 그것들이
그분의 영원한 통찰력 안에 적혀있노라.

40 사람은 강을 따라 내려가는 배를
눈으로 보고 나아가는 방향은 알 수 있어도
그 배의 미래는 모르노라.

43 아름다운 하모니가 오르간에서 흘러나오듯
너에게 예비 된 미래가 영원한 바라봄을 통해
내 시야로 들어오나니,

46 모질고 악한 계모 때문에
히폴리토스가 아테네를 등진 것처럼
너도 피렌체를 떠나야 하리라.

49 이것은 하늘의 뜻이며
하루 종일 그리스도가 매매되는 곳에서
너를 쫓아낼 궁리를 하는 자들로 인한 것이로다.

52 항상 그렇듯이 커다란 비난은
패배한 편에게로 돌아가고, 그러나 복수는
잘못을 보복하는 하늘의 정의에 의해 이루어지노라.

55 네가 그렇게도 사랑하는 것들을
버려야 하리니, 이것이 곧 망명의 활이
너에게 쏘는 첫 화살이니라.

58 남의 빵을 얻어먹고 사는 것이 얼마나
가슴 아픈 일이며, 남의 집 계단을 오르내리는 일이
얼마나 힘겨운지를 네가 알게 되리라.

61 그러나 너를 억누르며 고통스럽게 할 자는
음침한 골짜기에 함께 떨어질 동료들일 것이니,
그들은 영악하고 감정이 무딘 패거리들이니라.

64 그들은 너에게 배신과 광증과 포학을
보여줄 것이나, 머지않아 그들 얼굴은
견딜 수 없는 부끄러움으로 붉어지리라.

67 그들 행동이 네게 짐승 같은 본성을 보여주리니,
너는 당黨을 떠나서
홀로 지내는 것이 명예로우리라.

70 너에게 예비 된 처음 거처는
위대한 롬바르디아 사람의 호의에서 나올 것이고
그 집 층층대에는 거룩한 새가 있으리라.

73 그는 너를 세심하게 보살필 것이며
다른 이들 사이에서 더디게 행해지는
베푸는 일과 청하는 일이 신속하게 되리로다.

76 너는 그곳에서 나면서부터 몸에
힘의 별인 화성이 낙인烙印 찍혀있어
위대한 업적을 성취하게 될, 영주의 동생을 만나리라.

79 그러나 하늘이 그의 주위를 아직
아홉 해밖에 돌지 않아
사람들이 그를 알아보지 못하겠지만,

82 구아스코 사람 교황 클레멘스가 지체 높은
하인리히 황제를 속이고 교황청을 아비뇽으로 옮기기 전에
그가 사랑의 수고와 부富를 경시하는 기개를 보이리라.

85 그의 탁월함이 널리 알려지므로
그를 대적하는 원수들조차 그를 부정하고
무시하는 혀를 놀릴 수 없게 되리니,

88 너는 그의 은덕隱德을 기대하여라.
그를 통해 많은 자들의 운명이 달라지리니
부자와 가난뱅이의 신분이 뒤바뀌리라.

91 그를 마음속에 깊이 간직하여라.
그러나 그것을 세상에 말하지는 말라."
그가 앞에서 들어도 믿기지 않는 말들을 하고는

94 또 이르기를, "아들아, 내가 네게
결론을 말하노니, 너는 몇 바퀴 뒤에
네 앞에 놓인 함정을 만나리라.

97 그러나 네 이웃을 미워하지 말라.
이는 너의 삶이 불신의 죄로 고통당할 저들보다
더 밝은 미래를 맞이하기 때문이로다."

100 내가 짓기 시작한 옷에
저 거룩한 영혼이 나의 날줄을 가로질러
씨줄을 이렇게 넣어주더라.

103 내가 의문 중에 있다가
올바로 보고 진실을 알며 사랑을 품은 자로부터
조언 듣기를 갈망하는 사람처럼 입을 열었다.

106 "내 아버지여, 미래를 준비하지 못한 자에게
혹독한 대가가 기다리는 것처럼
저에게 타격을 가하려 시간이 진격해 옴을 보나이다.

109 그러므로 제가 선견지명으로 무장하여
비록 소중한 조국을 잃게 될지언정
이 시를 통해 보화를 얻게 되길 원하나이다.

112 끝없는 고통의 연속인 저 아래 지옥을 거쳐
아름다운 여인의 미소가 이끈
연옥의 동산을 지나서

115 제가 빛에서 빛으로 연속되는 이 천국에 올라
많은 것들을 깨우치게 되었나이다.
그러나 제가 이것들을 밝히면 세상이 저를 미워할 것인데,

118 그렇다고 진리 앞에서 소심한 자가 되면
지금 이 시대를 옛날이라고 부르는 자들에게
제가 명예를 다 잃지 않을까 염려가 되나이다."

121 나의 보배이신 그분이
황금거울처럼 찬란한 빛을 발하고는
미소로 화답하기를,

124 "자신이나 친척의 수치스런 언행으로
양심이 화인火印 맞아 검게 타버린 자들은
너의 말을 싫어할 것이로다.

127 그리할지라도 일체의 거짓을 버리고
네가 본 것들을 모두 드러내 보여
사람들의 가려운 곳을 긁어주어라.

130 네 말이 처음엔 쓴맛이 될 수 있겠지만
차츰 귀에 익숙해지면
저들의 생명 양식이 되리로다.

133 너의 외침이 가장 절정일 때에
더욱 후려치는 비바람이 몰아치리니,
이는 네 명예가 비천하지 않은 까닭이로다.

136 이 하늘에서나 연옥의 정죄 산에서나
저 고통스러운 지옥의 골짜기에서
네가 만난 영혼들은 명성이 자자한 자들이었는데,

139 이는 듣는 사람의 마음이란
널리 알려지지 않은 예증으로나
분명하게 드러나지 않은 논증으로는

142 쉽게 열리는 법이 없기 때문이로다."

- **1~27**

단테가 순례를 통해 세상과 인간 운명에 대한 안목을 갖는다.
베아트리체가 단테의 열망을 부추기며 그로 사명을 갖게 한다.
인간이 경험하는 어떤 우연도 하나님 안에서는 그분의 섭리이다.
단테가 고조부에게 자신의 미래에 대해 알고 싶다고 말한다.
지옥과 연옥을 순례하면서 예견했던 자신의 불길한 미래를 묻는다.
주어진 운명을 미리 듣고 알아서 의지를 발휘하여 이겨내려 한다.

- **28~69**

하나님의 영원한 섭리는 물질세계의 우연을 삼켜버린다.
인간은 배를 볼 수 있고 방향은 알 수가 있지만 하나님이 조종하신다.
고조부가 부패한 성직자들에 의해 단테가 추방될 것을 예언한다.
세상은 여론으로 판단하지만 그러나 하나님께서 심판하신다.
단테가 피렌체에서 함께 추방된 백당의 무리들과 다시 절연한다.
그가 동료들의 배신과 포학으로 망명지에서 고통을 당한다.

- **70~111**

캇치아구이다가 단테에게 몇 해 후에 있을 망명을 예언한다.
단테가 베로나의 영주 집에 피신하고 그의 동생을 만날 것이라 말한다.
그자는 화성의 정기를 받고 태어난 자이기에 그의 은덕을 구하라

한다.
단테에게 자신을 추방한 자들을 원망하거나 미워하지 말라 한다.
이는 미움과 질투를 멀리하는 것이 승리하는 삶이기 때문이다.
고조부 예언을 통해 하나님께서 자신의 인생을 엮고 있음을 알게 된다.
단테가 내세의 비밀을 전하는 사명을 잃지 않으려 한다.

• 112~142

단테가 지옥의 골짜기와 연옥의 동산을 넘어 천국을 순례하며 깨우친 것을 세상에 밝히고자 하나 그들이 듣기를 꺼려 할 것을 염려한다.
고조부가 진리에 대해 침묵하는 것은 불명예스러운 일이라 말한다.
캇치아구이다가 단테에게 순례를 통해 본 것을 전하라 한다.
그들이 곤혹스러워하지만 결국 양심의 가책을 느끼며 변화된다 말한다.
복음의 씨앗은 생명력이 있기 때문에 심령을 변화시킬 수 있다.
복음 증거의 열정이 타오르면 타오를수록 강한 핍박이 따라온다.
이것이 전도자의 명예가 얼마나 고귀한가를 반증하는 것이라 말한다.
지옥과 연옥과 천국에서 단테가 만난 영혼들은 지상에서 유명한 자들인 이유는 세상은 분명하지 않고 알려지지 않은 것에 별 관심이 없기 때문이다.

제18곡

정의로 다스린 왕들

단테가 마음을 새롭게 하고 베아트리체의 얼굴을 보며 하나님의 영광을 맛보고는 세상 욕망으로부터 자유 한다. 단테가 세상에서 명성을 떨치던 여호수아와 마카비를 만난다. 그리고는 순식간에 하얀 빛을 내는 목성천에 올라 영혼들이 만드는 알파벳 문장을 본다.

1　거울이 되어 하늘 영광을 비추는 영혼이
즐거워하는 중에 나는 내 인생의
쓴맛과 단맛을 음미하며 저울질하고 있었다.

4　나를 인도하는 여인이 말하길,

"헛된 생각을 버리고 모든 허물을
씻어주시는 분이 함께하심을 믿어요."

7 나를 위로하는 여인에게로 내가 얼굴을 돌렸는데,
그녀의 거룩한 미소를
나는 지금 무어라 표현할 말이 없노니,

10 이는 내 언어가 내게 믿음을 주지 못하는 까닭이고,
또 누군가 나를 이끌지 않으면
오를 수 없는 길을 가며

13 내가 할 수 있는 말은
그녀로 인해 내가 세상 욕망으로부터
자유하게 되었다는 사실이다.

16 이는 영원한 즐거움이 내 여인을 비추어
우리가 대면할 수 없는 하나님을 그녀의 거룩하고
아름다운 모습을 통해 볼 수 있기 때문이로다.

19 그녀가 미소 지으며 말하길,
"이제 몸과 마음을 새롭게 할지니,
천국은 내 눈에만 있는 것이 아니라오."

22 감정이 끓어올라 격해질 때에
영혼을 송두리째 빼앗기는 모습이
눈을 통해 드러나는 것처럼,

25 곁에 있는 내 조상의 시선에서
무엇을 더 간절하게 말하려는 뜻을
내가 짐작할 수 있었다.

28 그가 다시 이르기를, "하늘로부터 생명을 공급받아
열매를 맺으며 잎사귀가 마르지 않는 나무의
다섯 째 가지인 이 화성에

31 축복받은 영혼들이 있나니,
그들은 세상에서 명성이 자자한 자들로서
시신詩神들이 그들로 인해 풍성했노라.

34 너는 저 십자가의 뿔을 주목하여라.
그리하면 내가 부르는 자들이
구름 속 날렵한 번개처럼 달려오는 것을 보리라."

37 그가 여호수아 이름을 부르자
한 가닥 빛이 십자가를 가로질러 나에게로 왔는데
말하는 것과 동시에 이루어진 것 같았다.

40 그가 또 위대한 마카비를 호명하자
빛 하나가 팽이처럼 빙글빙글 도는데,
팽이의 채찍이 맛보는 열락悅樂이 느껴지더라.

43 이어 샤를마뉴와 롤랑이 불리어지므로
내 시선이 날린 매를 주시하는 사냥꾼처럼
그 둘을 주목했고,

46 또 구일리엘모와 레노아르,
고드푸르아 공작과 루베르트 구이스카르도가
나를 그 십자가로 이끌었다.

49 내게 말하던 고조부가 이젠
그 빛들 속으로 들어가 함께 노래하며
자신이 하늘의 어떤 가수인지를 보여주었다.

52 내가 몸을 돌이켜 베아트리체를 보며
무엇을 해야 하는지를 묻고는
응답을 기다리는데,

55 내 눈에 비친 그녀 모습에서
경건하고 맑은 자태가 느껴지며
그녀가 더욱 아름답게 보였다.

58 사람이 선을 행하므로
즐거움을 맛보게 되고 자기 안에서
자라는 덕이 느껴지는 것처럼,

61 그녀 모습이 내 눈에서 더욱 빛나므로
하늘과 함께 도는 나의 회전이 점점 더
그 호弧를 넓혀가는 것 같았다.

64 여인이 부끄러움의 짐을 내려놓을 때
불그레한 얼굴이 눈 깜빡할 사이에
하얗게 변하는 것처럼

67 주위를 돌아보며 내 눈에도 그러했는데,
이는 나를 담고 있는 여섯 번째 하늘의
온화한 빛 때문이었다.

70 내 앞에 나타난 목성의 불꽃들이
우리가 사용하는 글자를
만들고 있었는데,

73 물가를 날아오르는 새들이
먹잇감을 발견하고는 흥겨워
둥근 원을 그리며 대열을 짓는 것처럼,

76 거룩한 영혼들이 노래를 부르며
빛 속을 날면서 D와 I와 L자 형상을
만드는 것이었다.

79 그들이 가락에 맞추어 흥얼거리면서
그리는 글자들이 모여 하나가 되며
불꽃들이 노래를 멈추었다.

82 오, 페가수스를 타고 나는 거룩한 시신詩神이여!
천재들로 주의 영광을 맛보게 하고 생명력을 부어
그들로 영원한 나라를 노래하게 하라.

85 또 나에게도 빛을 비추어
내 눈에 비친 저들의 찬란한 모습을 그리게 하여
그대 능력이 이 짧은 시구에 드러나게 하여라.

88 불꽃들이 다섯에 일곱을 곱한
모음과 자음으로 자기들 모습을 드러냈고
나는 그들이 그리는 것을 주목했는데,

91 DILIGITE IUSTITIAM정의를 사랑하라에 나타난 글자들은
동사와 명사였고, 그 뒤를 이은 문장은
QUI IUDICATIS TERRAM땅을 심판하는 자들이여이었다.

94 다섯 번째 낱말의 M자 속에 지복의 영혼들이
질서 중 나란히 머물고 있었는데,
목성이 황금을 입혀놓은 은처럼 빛났고

97 또 M자 위로 내려와 노래하는
다른 불꽃들은 자기들을 하늘로 이끄는
그분의 선善을 찬송하고 있었다.

100 얼빠진 점쟁이들이 점을 치려고
불붙은 통나무를 막대로 두들길 때에
수많은 불티가 하늘로 솟는 것처럼,

103 그곳에서 수천 개 빛들이 일어나서
그들을 타오르게 하는 해님이 정해준 길로
더 오르기도 하고 덜 오르기도 하다가

106 머지않아 자리를 잡고는
형상을 만들어 냈는데,
그것이 바로 독수리의 머리와 목이었다.

109 거기에 그림을 그리시는 하나님은
스스로를 인도하시며 새들의 둥지 트는 기술도
당신께서 직접 가르치는 분이시도다.

112 M자 위에 백합을 수놓으며 기뻐하던
영혼들이 이제는 가벼이 움직이며
독수리 모양을 완성시키더라.

115 오, 감미로운 별 목성이여!
우리들의 정의가 하늘이 정해준 것인 것을
얼마나 많은 보석 같은 영혼들이 보여주는가!

118 그래서 내가 힘과 덕의 근원이신 하나님께
연기를 뿜어 세상을 흐리게 만드는 곳을
감찰하여 달라 간청했나니,

121 이는 기적과 순교의 피로 건축한 성전에서
저 간악한 무리가 오늘날 또다시 사고팔기를 감행하여
하나님의 분노를 초래하기 때문이로다.

124 오, 내가 바라보는 하늘의 군사들이여!
길을 잃은 양떼를 위해 기도하여 주소서.
저들이 좇아 따르는 목자장이

127 예전엔 파문破門을 내리며 싸우기를 좋아하더니,
이제는 이곳저곳에서 하나님 허락하신
포도주와 빵을 금하며 노략질을 일삼는 도다.

130 오, 파문장을 지우고 또다시 기록하기를
남발하는 자여! 네가 망쳐놓은 포도원을 위해
죽은 베드로와 바울이 아직도 살아있음을 기억하라.

133 그러나 너는 이렇게 말하는 도다.
"광야에서 홀로 지내다 춤 때문에 끌려가 죽은
세례 요한을 새긴 금화만을 향해 내가 꿋꿋한 소망을 가졌나니,

136 나는 고기잡이도 모르고 바울도 모르노라!"

• 1~27

캇치아구이다가 하나님의 영광을 비추는 거울과 같이 빛난다.
단테가 고조부의 예언으로 근심하면서도 마음을 새롭게 한다.
단테가 함께하시는 하나님을 바라보라 말하는 베아트리체를 본다.
직관直觀할 수 없는 하나님의 얼굴이 그녀의 모습을 통해 드러난다.
단테가 그녀로 인해 하나님의 사랑을 맛보고 세속으로부터 자유한다.

• 28~67

캇치아구이다가 생명과 결실과 치료의 근원이 되는 주님을 말한다.
"강의 좌우 가에는 각종 먹을 실과나무가 자라서 그 잎이 시들지 아니하며 실과가 끊이지 아니하고 달마다 새 실과를 맺으리니, 그 물이 성소로 말미암아 나옴이라. 그 실과는 먹을만하고 그 잎사귀는 약재료가 되리라. 겔47:12
단테가 화성천에서 세상에서 명성을 떨치던 영혼들을 만난다.
불꽃들이 구름을 헤쳐나가는 번개처럼 화성 하늘을 찬란하게 만든다.
모세의 후계자로 이스라엘 민족을 가나안으로 이끈 여호수아가 그곳에 있고, 그리스로부터 유대를 해방시키려 반란군을 이끌며 독립을 이룬 마카비가 있다.
팽이를 돌게 하는 채찍의 열락으로 하나님의 기쁨을 생각한다.

• 68~96

단테가 붉게 타오르는 화성천에서 하얀빛을 내는 목성천에 이른다.
목성의 영혼들이 물가의 새들처럼 하늘을 날며 알파벳 모양을 그린다.
영혼들이 "DILIGITE IUSTITIAM정의를 사랑하라"는 문장을 만들고,
또 "QUI JUDICATIS TERRAM땅을 심판하는 자들이여"을 만든다.
목성의 영혼들을 보며 정의의 기운을 발하시는 하나님을 생각한다.
단테가 지복의 영혼들이 지닌 정의를 세상에 전하리라 다짐한다.
시詩의 신 뮤즈에게 시적 영감을 달라고 청한다.

• 97~136

황금을 두른 은처럼 목성이 독수리 형상으로 빛난다.
무리지어 나는 새들처럼 영혼들이 "정의를 사랑하라"는 글자를 만든다.
하나님께서 지복자들의 불꽃으로 독수리 형상을 만든다.
단테가 질서와 정의의 성취는 오직 한 군주를 통한 군주제Monarchia로 가능하다고 생각하며, M이 로마제국을 상징하는 독수리로 변한다.
단테가 성전의 부패한 교황과 성직자들을 정의의 이름으로 저주한다.
"예수께서 성전에 들어가서 성전 안에서 매매하는 모든 자를 내어 쫓으시며 돈 바꾸는 자들의 상과 비둘기를 파는 자들의 의자를 둘러엎으시고 저희에게 이르시되 기록된바 내 집은 기도하는 집이라." 마21:11,12
교황과 교회의 성직자들이 성물을 매매하는 고성죄를 범한다.

교황 보니파티우스 8세가 파문破門이라는 칼을 남발하고, 자신에게 불만을 가진 자들에게 주님의 몸과 피인 빵과 포도주를 먹고 마시는 성체聖體를 금했다.
석청과 메뚜기를 먹던 세례 요한이 헤롯 딸의 춤 값으로 죽었다.
교황이 순교한 세례 요한을 따르지 않고 당시 요한의 모습이 새겨진 금화만을 탐한다.

제19곡

인간 이성에 근거하지 않는 하나님의 법

1300년 4월 1일 목요일 오후 3시에서 9시 사이이다.

보석처럼 빛나는 목성천의 영혼들이 독수리 형상을 이루며 '나'란 단수로 말한다. 양심적으로 살며 범죄하지 않고 선하게 산 자가 구원을 받을 수 없는 것에 대해 단테가 질문하자 목성천의 영혼들이 이구동성으로 천국에 들어가는 기준을 말하며 하나님의 법은 인간 이성에 근거하지 않고 자연법과도 다르다고 말한다.

1 날개를 활짝 편 독수리 형상 속의 영혼들이
함께 어울려 열락悅樂을 맛보며
서로 즐거워하는 중에,

4　마치 홍옥인 양
찬란하게 타오르는 빛살이
내 눈으로 영롱한 빛을 반사하게 했다.

7　내가 지금 여기에서 말하는 것들은 일찍이
목소리로도 전해지지 않았고 잉크로도 기록되지 않았으며
상상으로도 짐작할 수 없는 것들로서,

10　내가 보기도 하고 듣기도 한 독수리의 부리가
한 인격체인 양 '우리'와 '우리의'라는 말을
'나'와 '나의'라는 단수로 말하더라.

13　"결코 욕망에 무릎 꿇지 않고
의롭고 너그러운 삶을 살아
이 거룩한 영광으로 높임을 받았노라.

16　내가 세상에 내 이름을 남겨놓았지만
사악한 자들이 내 명성을 찬미하면서도
내 가르침을 따르지 않는 도다."

19　불타는 숯이 많아도 오직 하나의 불꽃으로
타오르는 것처럼 하나의 목소리가
그 형상으로부터 나와서

22 내가 청하기를, “오, 다함이 없는
향기를 발하시어 저로 영원한 즐거움을
맛보게 하는 꽃님들이시여!

25 세상에서 아무런 양식을 찾지 못하고
오랜 굶주림과 기갈에 시달리는 자에게
영감을 주옵소서.

28 하나님의 빛이 하늘의 거울인 천사들을 통해
정의의 수호자인 당신들께
거침없이 비춰지고 있노니,

31 말씀을 듣고자 애타는
제 마음을 헤아려 오랫동안 지속된
저의 공복空腹을 채워주옵소서.”

34 덮개를 벗은 매가 머리를 흔들고
날개를 퍼덕이며 자태를 뽐내고는
사냥하려는 의지를 드러내듯이,

37 복 받은 영혼들이
한목소리로 하늘의 은총을 노래하고는
주님 영광의 깃발을 날개 치며 말하길,

40 “하나님께서 컴퍼스를
세상 끝에다 대고 돌리시어 그 속에서
환한 것과 어두운 것을 구별하시고는

43 말씀으로 질서를 붙잡아 두셨나니,
우주의 삼라만상은 아무리 심오하여도
그분의 예지叡智, precognition와 비교할 수 없도다.

46 피조물 중 가장 먼저 창조된 자가 교만하여
빛을 기다리지 않고
설익은 채로 떨어졌음이 이를 증명하나니,

49 온갖 피조 된 만물은 한계가 없으시고
자신이 자신의 척도가 되시는 하나님을 담기에는
너무 작은 그릇임이 이에서 드러나도다.

52 그러므로 모든 만물을 비추시는
하나님의 무한한 빛줄기 중 하나와 같은
인간의 나약한 시각으로

55 만물의 근원이신 하나님의 뜻을
분별하려 드는 것은
어리석은 일이로다.

58 그래서 인간의 눈으로
영원한 정의의 속을 헤아리려 하는 것은
바다의 끝을 꿰뚫어 보려는 것과 같도다.

61 사람이 물가에서 바닥을 볼 수 있지만
바다의 깊은 심연은 볼 수 없나니, 이는 바닥은 있으되
그 깊이가 그 끝을 감추고 있기 때문이로다.

64 빛은 언제나 고요의 하늘에서 오나니,
하나님의 빛이 아닌 것은 어두움이며
육신의 정욕이고 독毒일 뿐이로다.

67 지금까지 숨겨져 있던
살아계신 하나님의 정의가 이제
그대 앞에 활짝 펼쳐져 있노라.

70 이제 그대는 이렇게 묻는 도다.
'그리스도에 대해 말하거나 가르치거나
기록하는 이가 없는 저 인더스 강가에서 태어난 자를 보라.

73 인간의 이성으로 볼 때
그의 열정과 행동은 선했고
삶을 통해 죄짓지 아니하였는데,

76　그가 복음을 듣지 못해 세례를 받지 못하고
죽었다 하여 구원을 얻지 못함이 정의인지,
또 그가 잘못한 것은 무엇인지?'

79　한 치 앞을 내다보지 못하는 눈으로
의자에 앉아 천 리 너머를 보려는
그대는 누구인가?

82　만일 성경이 없었더라면
나와 함께 하나하나 캐고 따지려는 자들이
의심의 구렁텅이에서 헤어나지 못했으리라.

85　아, 피조물들이여! 미련한 정신이여!
선하신 최초의 의지께서는 최고의 선善이신
자신에게서 떠난 적이 없노라.

88　그분과의 조화가 의로운 것이며,
창조된 어떤 선善도 그분을 자기에게로 이끌 수 없고
오직 그분만이 비추시며 선을 낳으시는 도다."

91　둥지 위에서 원을 그리며 먹이를 주는
어미 새의 입을 주목하는
따오기 새끼처럼,

94 축복받은 거룩한 형상들이 하나의 의지로
나를 권하며 내 위를 맴돌 때
내가 눈썹을 치켜세우고는 그들을 향했다.

97 영혼들이 내 머리 위를 날며 이르기를,
"내 노래를 그대가 알아듣지 못하는 것처럼
인생은 영원한 심판을 알 수 없노라."

100 세상이 로마인을 우러르게 만든
독수리 형상 속의 성령 충만한 영혼들이
잠잠하다가 다시 말하기를,

103 "그리스도 십자가 이전에든 이후에든
그분을 믿지 아니한 자들은
누구라도 이 천국에 들어올 수 없노라.

106 그러나 많은 자들이 '주여! 주여!' 외치지만
심판 때에는 그들이 그리스도를 믿지 않던 자들보다
구원에서 더 멀리 있으리라.

109 또 이방 에티오피아 사람들이 그리스도인을 핍박할 때
박해받는 자들이 둘로 나뉘리니,
하나는 영원한 부자가 되고 하나는 영원한 거지가 되리라.

112 그들의 죄과가 낱낱이 적혀있는 생명책을
활짝 펼치는 날에
이방 페르시아 사람들이 무어라 하겠느냐.

115 합스부르크의 악한 왕 알베르트에 의해
프라하 왕국이 어떻게 폐허가 될 것인지가
붓대가 움직여 그 책에 기록되는 것을 곧 보리라.

118 또 거기에 필립 4세가 화폐를 위조하므로
센 강가에 초래되는 재난이 적힐 것이며,
멧돼지의 덮침으로 인한 그의 죽음도 쓰이리라.

121 스코틀랜드와 잉글랜드 사람들이
자기 영지 안에 머물지 못하고 날뛰는
지독한 교만이 그곳에 기록될 것이며,

124 스페인과 보헤미아 사람들의 음탕하고
나약한 생활을 그 책에서 볼 수 있으리니,
그들은 덕을 알지도 못하고 바라지도 않는 도다.

127 예루살렘 왕 치옷토가 잘한 것 하나가
로마 숫자 I로 적히는 반면 그의 악함은
천을 가리키는 M자로 쓰일 것이로다.

130 안키세스가 긴긴 생을 마쳤던
불의 섬 시칠리아를 다스리던 페데리코 2세의
인색함과 비열함도 거기에 다 기록되리니,

133 그가 얼마나 못난 자인지를 드러내기 위해선
생명책의 좁은 지면에다 많은 내용을 적기 위해
글자를 생략해야 하리로다.

136 그 고귀한 왕국과 아라곤과 마요르카의 왕관을
욕되게 만든 그의 형제들과 숙부의 더러운 죄도
낱낱이 기록될 것이며,

139 탐욕스러운 포르투갈의 디니스 왕과
노르웨이 왕 아코네 7세와 베네치아의 순은 화폐를 위조한
라쉬아 왕의 죄악도 그 책에 다 적히리로다.

142 오, 헝가리여! 너에게 더 이상의 학정虐政이
없다면 얼마나 복되겠는가. 오, 나바르여!
산으로 둘러싸인 너는 행복하도다.

145 이제 이것을 입증이라도 하려는 듯
니코시아와 파마고스타 지방이
짐승 같은 폭군 때문에 통곡하며 울부짖고 있나니,

148　맹수는 다른 맹수의 곁을 떠나지 않노라."

- **1~33**

보석처럼 빛나는 영혼들이 어우러져 독수리 형상을 이룬다.
독수리가 많은 무리로 이루어져 있지만 '나'란 단수로 말한다.
하나의 인격으로 한목소리를 내며 단테의 궁금증을 풀어준다.
사람들이 그리스도의 가르침을 믿는다 하면서 따르지 않는다.

- **34~66**

하나님은 그분의 예지인 말씀을 통해 천지만물을 창조하셨다.
피조물 중 으뜸이었던 천사장 루시엘이 하나님 영광을 가로채려 했다.
하나님의 은총을 잠잠히 기다리지 않고 교만하여 타락했다.
하나님의 빛을 반사해야 하는데 스스로 빛이 되려 했다.
그가 자신의 지성으로 사물의 본질을 꿰뚫어 보려고 하였다.
육신의 소욕이 하나님의 빛을 가로막는 어둠이 되고 독이 된다.

- **67~90**

그리스도의 이름을 듣지도 못한 자가 양심을 지키며 선하게 살다가
죽었을 때 과연 벌을 받아야 하는지를 묻는다.
목성의 지복자들이 이구동성으로 천국에 들어가는 기준을 말한다.
구원의 기준은 이성이나 자연법이 아닌 하나님의 섭리와 의지다.
육신을 입고 세상에 오신 그리스도를 믿음으로 구원을 받는다.

• **91~126**

단테가 목성의 영혼들의 가르침을 갈망한다.
인간의 이성으로는 하나님의 섭리를 알 수 없고, 인간의 지성으로도 하나님의 계획을 분별할 수 없다.
목성의 빛나는 영혼들이 단테에게 주님 말씀을 들려준다.
"나더러 주여, 주여 하는 자마다 천국에 다 들어갈 것이 아니요, 다만 하늘에 계신 내 아버지의 뜻대로 행하는 자라야 들어가리라." 마:7.21~23
말세에 이방인들이 그리스도인을 핍박할 때 믿음의 진위가 드러난다.
지복의 영혼들이 또 다른 성경 말씀을 들려준다.
"책들이 펴있고 또 다른 책이 펴졌으니 곧 생명책이라. 죽은 자들이 자기 행위를 따라 책들에 기록된 대로 심판을 받으니." 계:20.12
생명책에 합스부르크 황제 알베르토가 보헤미아를 공격해 그 나라를 황폐화시킨 죄가 적혀있고, 프랑스 왕 필립 4세1285~1314 재위가 전쟁 비용을 충당하려 위조지폐를 발행하여 나라 경제를 파탄 내고는 말을 타고 가던 중 멧돼지의 갑작스런 출몰로 낙상하여 죽은 이야기가 그 책에 기록되고, 잉글랜드의 에드워드 1세와 스코틀랜드의 로버어트의 교만한 정복욕도 거기에 기록된다 말한다.

• **127~148**

믿는다 하며 정의를 저버린 악한 군주들의 행실이 생명책에 기록된다.

화산이 있는 불의 섬 시칠리아의 페데리고 2세는 비열한 인간이며, 생명책에 그의 인색함과 약점을 다 기록하려면 약자로 써야 한다. 문장이 미래 시제인 것은 《신곡》의 날짜가 이 사건들보다 이르기 때문이다.

제20곡

침노당하길 원하시는 하나님

인류의 존경스러운 인물들의 총화總和인 독수리가 자기 눈을 주목하라 한다. 눈의 대부분을 차지한 것은 다윗이고 그 주위에 머무는 자는 트라야누스 왕이며, 눈썹 부근은 히스기아다. 단테가 트라야누스와 리페우스가 목성천에 있는 것을 보며 의아해하자, 그들이 어떻게 구원을 받게 되었는지를 독수리 형상이 말한다.

1　온 천지를 비추던 태양이
　반구半球 아래로 기울면서
　사방에서 별이 사라졌다.

4 태양으로 타오르던 하늘이
갑자기 하나의 빛을 반사하는
수많은 별빛으로 우리 앞에 다가오면서,

7 인류의 지도자를 표상表象하는
독수리의 부리 안이 잠잠해졌고
나는 하늘의 변화를 감지할 수 있었다.

10 살아있는 찬란한 빛들이
노래 부르기를 시작했는데,
내 기억 속에 담아둘 수 없는 달콤함이었다.

13 오, 미소 짓는 그윽한 사랑이여!
오직 거룩한 생각만을 불러일으키는
당신들의 노래는 참으로 뜨거움이로소이다.

16 여섯 째 하늘을 수놓은
맑고 깨끗한 보석들이
천사들의 노래를 잠잠케 했는데,

19 그때 원천의 풍부함을 자랑하며
바위와 돌 사이를 흘러내리는 시내의
속삭임 같은 소리가 들렸다.

22 비파의 목에서 가락이 리듬을 타듯이,
입에서 부는 바람이 피리의 구멍을 통해
노래가 되듯이,

25 독수리의 속삭임이 머뭇거림 없이
텅 빈 굴의 구멍과도 같은 목을 통해
위로 오르더라.

28 그리고는 부리를 통해 소리가 되어
말로 나왔는데, 내가 고대하던
음성이었기에 마음에 깊이 새겨두었다.

31 보석과도 같은 형상이 내게 이르기를,
"태양을 보며 그 빛을 견뎌내는
독수리의 눈을 생각해 보라.

34 내 형상을 꾸미는 불꽃들 중
가장 반짝이는 눈의 역할은
모든 등급 중에 으뜸이 되나니,

37 눈동자로 빛나는 영혼은
거리에서 거리로 여호와의 법궤를 옮기던 자로
성령의 감동으로 노래를 불렀노라.

40 그가 하나님을 높이려 찬양을 했고
이제는 그 가치를 인정받아
이 하늘에서 가장 큰 상급을 받았도다.

43 또 내 눈썹을 이루는 다섯 영혼들 중
부리에서 가장 가까이 빛나는 자는
자식 잃은 과부를 위로했던 트라야누스이니,

46 지금은 그가 여기에 있지만 전에
지옥의 쓴맛을 경험했기에 그리스도를 믿지 않음이
얼마나 큰 대가를 치르는지를 아노라.

49 눈꺼풀 위를 차지한 영혼은
진정한 회개를 통해 자신의 죽음을
십오 년 늦춘 자로서,

52 세상에선 진정한 기도가 오늘의 것을 내일로
미룰 수 있게 하지만, 하나님의 심판은
결코 변개할 수 없음을 그가 알게 되었도다.

55 그다음은 선한 뜻으로 교황에게 로마를 양도했으나
가장 나쁜 결과를 초래한 자로서,
그가 독수리 깃발과 법전을 가지고 비잔티움으로 갔노라.

58 그의 선한 행동이 오히려 악한 결과를 가져와
세상을 어지럽게 만들었지만
그는 이 천국에서 온전한 자리를 차지했도다.

61 눈썹 아래 있는 자는 시칠리아의 어진 왕
굴리엘모로다. 샤를과 페데리코 때문에 울고 있는
그 땅이 아직도 저를 그리워하노라.

64 그가 여기에 와서 하늘이 자비로운 왕을
얼마나 사랑하는지를 알게 되었고, 이 사실을
자신의 찬란한 광채를 통해 만방에 드러내도다.

67 트로이의 영웅 리페우스가
이 둘레의 거룩한 빛들 중 다섯째라 하면
세상에서 누가 믿으려 하겠느뇨.

70 비록 그의 안목이 은총의 심연에까지는
미칠 수 없지만, 이제 그가 세상이 알 수 없는
하나님의 인자하심을 보게 되었도다."

73 하늘을 날아오르는 종달새가
흥겹게 노래를 부르다가 나중엔
자기 노래의 달콤함에 겨워 침묵하듯이,

76　영원한 환희의 빛을 반사하는
독수리 형상이 하늘의 소망을 따르는
자기 본분에 취해 즐거워하더라.

79　거기에서 내 궁금증은 유리로 덮인 색채처럼
겉으로 드러나고 말았는데,
사실 내가 침묵하며 기다릴 수도 없었다.

82　그리하여 "이것들은 무엇입니까?"라는 말이
입에서 저절로 나왔고 결국 마음속 의문이
오히려 빛나는 축제를 이끌어,

85　이 축복받은 형상들이
불타오르는 눈길로 나를 보며 화답하므로
나를 헤매게 두지 아니했다.

88　"내가 말한 것을 그대가 믿는다 하지만
사실은 까닭을 모르고 믿는 것일 뿐
근본 된 실체는 숨겨져 있노라.

91　그대가 사람이나 사물을 인식할 때
누군가가 그대 약한 부분을 일깨워 주지 않으면
결국 본질을 보지 못하노라.

94 이 하늘 왕국은 뜨거운 사랑을 가지고
하나님의 뜻을 성취하려는 저 생명력 있는
소망으로부터 침노를 당하노니,

97 사람이 사람을 이기는 것과는 달리
하나님은 당신의 자비로 져주시고
그리고는 영원히 승리하는 분이시도다.

100 눈썹의 첫 번째와 다섯 번째 영혼이
그대를 놀라게 했는데, 이는 천사들이 수종隨從하는
이 거룩한 왕국을 저들이 차지했기 때문이로다.

103 저들은 세상이 아는 바와는 달리 이교도가 아니었나니,
하나는 수난을 당하실, 다른 하나는 수난 당하신
그리스도를 굳게 믿고 육신을 벗었노라.

106 트리야누스 황제는 선한 의지로는 돌아 나올 수 없는
지옥으로부터 육신을 입고 나왔는데, 이는 그를 위한
열렬한 기도에 대한 하늘의 보응이었도다.

109 그의 구원을 위한 간절한 소망 가운데
하나님 앞에 힘주어 드렸던 교황의 기도가
하늘의 의지를 움직일 수 있었노라.

112 이 영광스러운 영혼이 다시 육체로 돌아와
몸 안에 잠시 머무르며 자신을 구원한
그리스도 예수를 믿으며

115 사랑으로 불타오르는 삶을 살고는
두 번째 죽음을 통해
이 열락悅樂에 올랐도다.

118 또 리페우스는 어떤 피조물이라도
결코 눈을 들이밀 수 없는 예정의 샘에서
솟아나는 은총의 생수를 마셨나니,

121 세상에서 모든 사랑을 의로움을 위해 바쳤고
하나님은 그에게 자비를 베풀어
구원에 눈을 뜨게 하셨도다.

124 그리하여 그가 하나님을 믿었고,
그때부터 이교異教의 더러운 악취를
참지 못하고 악한 자들을 꾸짖었노라.

127 세례가 있기 천 년도 더 전에 그리핀이 끌던 마차에서
그대가 진작 보았던 믿음과 소망과 사랑이라는 세 여인이
그에게 세례 역할을 대신했도다.

130 오, 예정론이여! 최초의 근원을 속속들이
알지 못하는 인생들에게 그대 뿌리는
얼마나 아득하고 멀리 있는가.

133 세상에서 호흡하며 사는 인생들이여!
판단함에 있어 신중할지니, 하나님을 뵙는 우리도
천국에 오른 자들을 다 알지 못하노라.

136 그러나 이런 한계가 오히려 달콤한 것은
우리의 복이 믿음 안에서 정화淨化되어
하나님이 원하시는 바를 우리도 소망하기 때문이로다."

139 거룩한 독수리 형상이
내 연약한 눈을 밝게 치유해 주려고
달콤한 안약을 발라주었다.

142 마치 실력 있는 가수에게
솜씨 있는 비파 연주자가 줄을 튕기며 반주하여
노래를 더 아름답게 만드는 것처럼,

145 독수리 형상이 말하는 동안
두 지복의 영혼이 눈웃음으로
나에게 화답했는데,

148 내가 지금도 그 모습을 생생하게 기억하고 있도다.

• 1~33

세상을 환하게 비추던 태양이 지평선 너머로 사라져 간다.
그 빛을 받아 반사하는 수많은 별들이 밤하늘을 수놓는다.
세상 지도자들의 표상인 독수리가 은총을 입어 더욱 빛을 발한다.
목성의 지복자들이 단테가 기억해 낼 수 없는 감미로운 노래를 부른다.

• 34~60

인류의 존경스러운 영혼들의 총화인 독수리가 자기 눈을 보라 한다.
찬란한 빛을 반사하는 눈의 대부분을 차지한 것은 다윗의 영혼이다.
다윗이 왕이 되어 여호와 법궤를 오벧에돔에서 다윗성으로 옮겼다.
그가 성령의 감동으로 시편을 기록하므로 하나님의 큰 상급을 받았다.
과부의 소원을 들어준 트라야누스 왕은 지옥을 경험했기에 구원의 소중함을 안다. 트라야누스 황제에 관한 일화는 연옥편 10곡에 나와 있다.
독수리의 눈썹 부근을 차지하고 있는 것은 히스기아다.
선지자 이사야가 임박한 죽음을 예언했을 때 그가 통회하며 자복했다.
간절한 눈물의 기도가 히스기아의 생명을 15년 연장시켰다.
그러나 기도로 임박한 죽음은 늦출 수는 있어도 심판은 피할 수 없다.
기독교를 공인한 콘스탄티누스가 로마를 교황에게 물려주고 이스탄불로 천도한다. 그러나 그 일로 교회가 세속의 파고波高를 넘지 못하고 타락한다.

• 61~99

단테가 알고 있는 리페우스는 의롭고 공평한 자였지만 이교도였다.
그런데 그가 목성천에 있는 것을 보고 단테가 당혹감을 갖는다.
독수리 형상이 단테에게 하나님의 성품과 의지를 말한다.
하나님은 사랑과 소망을 가진 인간들에게 침노당하기를 원하신다.
기도로 하나님과 씨름하고자 하는 자에게 져주신다.

• 100~148

단테가 이교도로 생각한 자들이 그리스도인인 것을 알게 된다.
인간은 운명의 뿌리이신 하나님의 뜻을 알 수 없기에 신중해야 한다.
그레고리우스 교황의 간절한 기도로 지옥에 있던 트라야누스 황제가 구원에 이르렀는데, 이것은 인간의 의지에 져주시는 하나님의 은총이다.
리페우스는 세례가 있기 천 년도 더 전에 믿음과 소망, 사랑이라는 세 여인을 통해 세례를 받았고, 의롭게 살며 사악한 이교도들을 물리쳤다.
리페우스를 통해 인간이 가늠할 수 없는 하나님의 예정을 논한다.
인간은 하나님의 선택을 알 수 없기에 그분을 더 의지할 수 있다.

제21곡

수도의 삶을 실천한 자들

단테가 목성천을 떠나 일곱 번째 하늘인 토성천에 이른다. 그곳에 황금 사다리가 있고 찬란한 빛을 발하는 수많은 영혼들이 계단을 오르고 있다. 단테가 그들에게 침묵하는 이유를 묻자 수도원의 수도자들이 말씀의 열락을 맛보며 잠잠한 것처럼 그곳은 관조의 하늘이라고 말한다. 단테가 영혼들에게 예정론에 대해 묻자 그것은 하나님께 수종 드는 천사들의 우두머리에게도 닫혀있다고 말한다.

1　내 시선은 이미
　베아트리체를 향했고
　마음도 다른 것들에게서 멀어졌는데

4 그녀가 무표정한 얼굴로 말하길,
"내가 웃었더라면 그대는 주피터의 아내
주노의 꼬임에 빠져 재가 된 세멜레와 같았으리다.

7 그대가 보듯이 이 아름다운 천국은
사다리를 타고 영원한 궁전을 향해
오르면 오를수록 더 불타오르기에,

10 힘을 조절하지 않으면 너무 현란하여
번갯불에 타버리는 나뭇가지처럼
그대 눈이 그렇게 상했을 것이오.

13 이제 우리는 불타는 사자자리 아래에서
세상을 향해 차가운 빛을 발하는
일곱 번째 하늘인 토성천에 올랐나니,

16 마음이 눈을 따르게 하여
그대 앞에 나타나는 형상들로
거울을 삼아야 하리다."

19 내가 베아트리체 말을 들으며
문득 영원한 진리를 표상하는 여인의
아름다운 모습을 보는 것과,

22 또 하늘에서 온 나의 수호자의 말에
순종하며 따르는 것이
내게 얼마나 큰 기쁨인가를 알게 되었다.

25 신화 속 모든 사악을 물리친
고귀한 영도자Saturn의 이름을 지닌
이 수정과도 같은 별이 하늘을 운행하는 중에,

28 햇빛을 받아 황금빛으로 빛나는 사다리가
눈으로 따라잡을 수 없을 만큼이나
높이 솟아있었는데,

31 그 사닥다리의 층계로
수많은 영혼들이 내려오면서
하늘의 온갖 빛들을 쏟아내더라.

34 날이 샐 무렵 까마귀들이
얼었던 날개를 녹이려고 한데 어우러져
무리를 짓다가 결국 타고난 기질을 좇아

37 어떤 놈들은 훨훨 날아가고
일부는 떠났던 자리로 다시 돌아오며
나머지는 빙글빙글 돌다 그 자리에 앉듯이,

40 무리를 지은 불꽃들도 그러했는데
그들이 계단을 타고 내려오다가 서로 부딪치며
까마귀들처럼 행동했다.

43 그들 중 나에게 가까이 다가와 멈춘
영혼을 보며 내가 속으로 생각하기를,
'나를 향한 그대 사랑을 보나이다.'

46 내가 그리하다 묵묵히 서있는
베아트리체를 보고는
열망을 참지 못한 것을 몹시 후회했는데,

49 모든 것을 헤아리시는 하나님의 심정으로
나를 지켜보던 그녀가 말하길,
"이제 그대 소원을 말해요."

52 그리하여 내가 그 영혼에게 이르기를,
"미련한 질문이지만 당신께 묻는 것을 허락한
여인을 헤아려 대답해 주소서.

55 열락悅樂 뒤에 자신을 숨기는 영혼이여,
당신은 무슨 연유로
저에게 왔나이까?

58 또한 다른 하늘에서 울려 퍼지던
천국의 교향곡이 어찌 이 토성에서는
잠잠한지를 가르쳐 주소서."

61 그가 대답하길, "사람의 듣는 감각도 다 소멸되리니,
여기에서 노랫소리가 들리지 않음은
그대 여인이 웃지 않는 것과 같다오.

64 내가 빛나는 사다리를 타고 내려온 것은
나를 에워싼 빛과 말씀으로
그대를 환대하려 함이니,

67 내가 서두른 것은 사랑이 더 많아서가 아니라오.
불타는 더 큰 사랑이 나타나
그대가 그 사랑을 대면하게 되리니,

70 우리로 거룩한 뜻을 좇아서
소임에 합당한 행동을 하게 하시는
지고至高의 사랑이 이 자리를 마련하신 것이오."

73 내가 말하길, "오, 거룩한 등불이여,
이 궁전에서는 자유로운 사랑이
거룩한 섭리를 따르는 것을 보나이다.

76 그런데 제가 알고자 하는 바는
어찌하여 많은 영혼들 중에 오직 당신만이
이러한 소임에 예정되어 있나이까?"

79 내가 말을 마치기도 전에 그 불꽃이
빠른 속도로 한복판을 중심 삼아
맷돌처럼 빙글빙글 돌다가

82 내게 말하길, "하나님의 빛이
나를 향하고 있고
나를 감싸며 스며들고 있나니,

85 그분의 빛이 나를
나 이상으로 이끌어 올리시어
이렇게 지고至高의 사랑을 맛보게 한다오.

88 그리하여 내가 기쁨으로 빛을 발하고,
나의 직관直觀이 맑은 만큼
내 불꽃의 밝음도 버금가는 것이라오.

91 그러나 하늘에서 빛을 가장 많이 받는 천사,
그래서 가장 영롱한 시선으로 하나님을 향하는 세라핌도
그대 요구를 들어주지 못하나니,

94 그대가 묻는 예정론은
천상의 심연深淵에 깊이 감추어져 있어
피조물의 시선으론 미칠 수 없다오.

97 그대가 세상으로 돌아가거든
이 사실을 말하여 사람들이 그런 일에
발을 들여놓지 못하도록 해야 하리다.

100 하나님 은혜로 빛을 발하던 인간의 지성이
죄악으로 연기를 품어내고 있나니,
하늘에서도 모르는 일을 어찌 세상이 알겠느뇨."

103 그의 대답을 들으며
나는 아무 말도 할 수가 없었고
다만 그가 누구인지를 물을 뿐이었다.

106 "이탈리아의 두 해안 사이에,
그대가 태어난 데서 그리 멀지 않은 곳에
천둥소리가 낮게 들리는 산이 자릴 잡고 있다오.

109 그곳에 카트리아라 불리는 봉우리가 있고,
그 밑에 하나님께 예배를 드리기 위해 축조된
수도원이 있소."

112 이 말에 이어 그가 다시 이르기를,
"거기에서 나는 하나님을 섬기는 일에
아무런 흔들림이 없었고,

115 올리브 즙으로 만든 음식을 먹으며
명상을 하고 하나님 말씀을 사색하면서
추위와 더위를 거뜬하게 이겨냈다오.

118 그러나 하늘을 풍요롭게 하던 수도원이
어느덧 황폐해져 버렸나니,
내가 그 실체를 말하리다.

121 그곳 아드리아 해변에서 청빈을 여인 삼아 살던
나 피에트로 다미아노는
이름 때문에 죄인 베드로라 불렸소.

124 내 생이 그리 많이 남지 않았을 때
악에서 더한 극악으로 변질되어 가던 붉은 모자에로
내가 부름을 받았다오.

127 그런데 게바인 베드로도, 성령의 위대한 그릇인 바울도
삐쩍 마른 몸에 맨발로 다니면서
아무 주막에서나 끼니를 때웠을 것인데,

130 내가 거기에서 만난 자들은
누군가가 부축하여 모셔주길 원했고,
뒤에서 옷자락을 들어 올려주길 바랬다오.

133 그들이 걸친 외투가 타는 말을 뒤덮으면
한 장 가죽을 쓰고 두 마리 짐승이 달리는 듯했나니,
인내하시는 하나님이 지독하게 참으셨을 것이오."

136 그가 말을 마칠 때
수많은 불꽃들이 사다리를 타고 내려오면서
빙글빙글 도는 모습이 더욱 장관이었다.

139 그의 주변으로 불꽃들이 몰려들었는데,
그가 지르던 고함이 얼마나 크던지
세상에서는 들을 수 없는 소리였나니,

142 천둥 같은 외침을 내가 알아듣지 못했다.

• 1~45

단테가 제국을 표상하는 독수리의 목성천을 떠나 토성천에 오른다.
토성은 로마의 농업의 신神 Saturn의 이름을 가졌다.
단테가 진리를 명상하는 것과 행동하는 삶의 즐거움을 고백한다.
단테가 하늘로 이어지는 황금빛 사다리를 본다.
야곱이 에서의 축복을 가로채 하란으로 도주하다 꿈에서 본 사다리다.
"꿈에 본즉 사닥다리가 땅 위에 섰는데 그 꼭대기가 하늘에 닿았고 또 본즉 하나님의 사자가 그 위에서 오르락내리락하고, 또 본즉 여호와께서 그 위에 서서 가라사대 나는 여호와니 너희 조부 아브라함의 하나님이요," 창29:12,13
찬란한 빛을 발하는 수많은 영혼들이 황금계단을 오르내리고 있다.
불빛 중 가장 찬란한 영혼이 단테에게 다가온다.

• 46~75

베아트리체가 이전과 달리 침묵하며 위엄 있는 모습을 보인다.
황금빛 층계를 타고 내려온 불빛이 단테와 베아트리체 곁으로 온다.
단테가 그 영혼에게 왜 찬양을 들을 수 없는지를 묻는다.
이곳은 춤과 노래가 없는 관조觀照, meditation의 하늘이라 말한다.
관조의 터인 수도원에서 말씀으로 열락을 맛보는 것과 같은 곳이다.

• 76~111

단테가 빛나는 영혼에게 하나님의 예정설을 묻는다.
본질을 볼 수 있는 힘의 원천이 바로 하나님이다.
예정론은 하나님을 수종하는 천사의 우두머리에게도 닫혀있다.
예정론은 오직 하나님 안에 깊이 간직되어 있는 영원한 비밀이다.
죄로 더럽혀진 인간의 이성으로는 넘볼 수 없는 영역이다.
모든 영혼들은 하나님의 섭리 가운데 소임을 부여받게 되고,
부여받은 일에 대한 소명의식과 하나님의 뜻이 하나가 될 때,
사랑의 열기가 불타오르며 더 밝은 빛을 발할 수 있다.
직관直觀은 대상이나 현상을 보고 즉각적으로 느끼는 깨달음이다.

• 112~142

찬란한 빛 속에서 불타는 영혼이 자신에 대하여 말한다.
자신은 청빈한 삶을 살며 수도원에서 구도의 길을 가던 자라 밝힌다.
수도자의 길을 가며 주님을 부인한 베드로의 심정으로 살았다 말한다.
나이가 들어 바티칸의 추기경이 되었고, 그곳에서 성직자들이 청빈
한 삶을 버리고 세상에 취해 사는 모습을 보았다 한다.
물질을 탐하며 짐승처럼 살아가는 목자들의 삶을 비판한다.
불꽃같은 영혼들이 부패한 성직자들을 향해 하나님의 벌을 외친다.

제22곡

도둑들의 소굴이 된 수도원

단테가 토성천의 영혼들의 함성에 놀라 겁먹은 어린아이와 같다. 서방 수도원의 창시자인 베네딕투스 성인이 단테에게 다가와 자신을 소개하며 이곳의 영혼들은 명상을 하며 거룩하게 산 수도자들이라 말한다. 그런데 오늘날 수도원이 타락해 도둑의 소굴이 되었다고 분노하며, 타락한 수도사들이 구원받는 것은 요단강이 마르고 홍해가 갈라지는 기적보다 더 어려운 일이라 말한다.

1 겁을 먹은 아이가 믿는 곳으로 달려가듯
고함치는 소리에 놀라
내가 여인을 향했는데,

4 파랗게 질린 자식에게로 달려가
부드러운 음성으로
아이를 달래는 엄마처럼

7 베아트리체가 말하길, "그대가 하늘에 있음을
기억할지니, 여기에서 일어나는 일들은
거룩한 열망으로 말미암는 것이라오.

10 호통소리가 그대를 놀라게 했지만
이제 내 말과 빛들의 노래가
그대 마음을 진정시키리다.

13 또 저들의 외침 속의 기도가
하늘에 상달되면 그대가 죽기 전에
하나님의 복수를 볼 수 있으리다.

16 하늘의 칼날은 조급하거나 더디게 베는 일이 없고
다만 간절히 바라거나 무서워 떠는 자에게
그렇게 보일 뿐이라오.

19 이제 그대는 다른 빛들에게 눈을 돌릴지니,
그리하면 아주 위대한
영혼들을 만나게 되리다."

22 그녀가 이른 대로 내가 눈을 들었을 때
수백 개의 빛들이 어울려
둘레를 이루면서 반짝였는데,

25 묻는 것이 지나친 것 같아
마음속 열망을 억누르는 사람처럼
내가 그들 앞에서 잠잠하였다.

28 그때 그 진주들 중에
가장 크고 빛나는 불꽃이 내 소망을
만족시키려는 듯 앞으로 나오며

31 말하기를,
"우리들의 불타는 사랑을
그대가 보았더라면 물었을 것이오.

34 그러나 그대가 목표를 향해
더디게 나아가지 않도록
그대 주저하는 마음을 헤아려 내가 말하리다.

37 비탈에 카시노가 있는 산 정상에
비너스와 아폴론을 섬기는 자들과
사악한 무리가 살고 있었는데,

40 우리를 거룩하게 만든 진리를
세상에 가져오신 그리스도의 이름을
그곳에 모셔간 자가 바로 나 베네딕투스라오.

43 크신 사랑이 나와 함께하여
세상을 미혹하는 이교異教로부터
인근에 있는 도시를 구할 수 있었소.

46 지금 그대가 보는 이 영혼들은
뜨거운 명상冥想, contemplation을 통해
거룩한 꽃을 피우고 아름다운 열매를 거두었다오.

49 여기에 알렉산드리아의 마카리오와 로무알도가 있는데,
이들은 수도원에서 내 형제들과 더불어
발을 굳게 디디고 산 자들이라오."

52 내가 그에게 말하길,
"당신께서 보여주신 사랑과 열정으로
제가 알게 된 당신의 선한 모습이

55 저의 믿음을 더욱 고양시켜 주나니,
이는 마치 해가 따뜻한 햇살로
장미를 활짝 피어나게 하는 것과 같나이다.

58 아버지여! 이제 간절히 바라기는
아무런 가림이 없는 당신 모습을 보는
큰 은혜 입기를 원하나이다."

61 "형제여. 그대의 간절한 소원은
저 위 마지막 하늘인 정화천에서 이루어지리니,
나와 모든 이의 바람도 그리되리다.

64 그곳에서 온갖 소망이 온전해지며
오직 그 안에서만 모든 몫이
본연의 자리로 돌아갈 것이오.

67 그곳은 공간space 속에도 있지 않고
축pole도 갖고 있지 않으며, 또 사다리가
그곳에까지 닿아있으나 그대 눈엔 보이지 않는다오.

70 성조聖祖이신 야곱은 사닥다리가
하늘 꼭대기에 닿아 하나님의 사자들이 그 위를
오르락내리락하는 모습을 꿈속에서 보았는데,

73 지금은 어느 누구도 하늘에 오르려고
땅에서 발을 떼려 하지 않는다오.
결국 내가 만든 규범이 거기에서 쓰레기가 되었소.

76　수도원이었던 곳은 도둑들의 소굴로 변했고,
수도자들의 의복은 밀가루 담는
포대자루가 되었나니,

79　무거운 이자를 받는 돈놀이가
교회 재물에 광분狂奔하는 그들 탐욕에 비하면
오히려 하나님 뜻을 거스르는 일이 아니라오.

82　교회가 지켜야 할 보물은
하나님을 갈망하는 가난한 영혼들이지
탐욕스러운 수도자들이나 그들 가족이 아니라오.

85　또 저 아래에선 제아무리 좋은 제도를 시작해도
참나무가 싹이 나고 자라서
열매를 맺을 때까지 지속되질 못한다오.

88　베드로는 은과 금이 없이 믿음을 출발했고
나는 기도와 금식으로 신앙을 시작했으며
프란체스코는 겸손으로 수도원을 세웠다오.

91　그런데 오늘날 목자들이 하는 일의 시작과
지나는 과정을 보면
흰 것이 검게 부패한 것을 볼 수 있노니,

94 하나님이 요단 강물을 끊어지게 했고
홍해를 갈라지게 하셨지만 그러나 이 시대 목자가
구원받는 것은 더 큰 기적이 되리다."

97 그가 이렇게 말하고는 무리 속으로 들어가
서로 뒤엉켜서 회오리바람처럼
하늘 위로 높이 솟았는데,

100 베아트리체가 부드러운 눈짓으로 나를 밀어
그들이 있는 사다리로 오르게 했다.
그녀 힘이 그렇게 인간의 본성을 이겨냈나니,

103 자연 법칙대로 움직이는 세상에서는
그때 나를 솟게 한 날개에 견줄만한
그런 움직임은 있을 수 없겠더라.

106 독자들이여, 내가 거기에서
거룩한 승리를 얻기 위해 가슴을 치면서
죄 씻음을 얼마나 사모했겠는가.

109 그때 내가 쌍둥이자리를 보며 그 속으로
달려 들어간 만큼 어느 누구도 그렇게 빠르게는
손가락을 불 속에 넣었다 빼진 못하리라.

112 오, 영광스러운 별들이여! 나로 위대한 힘을
갖게 하는 고향과 같은 빛들이여! 내 문학적 천재성은
바로 이 별자리로 말미암은 것을 고백하노니,

115 내가 태어나 처음 토스카나 공기를 마셨을 때
필멸必滅하는 모든 생명들의 아비인 태양이
이 쌍둥이자리와 함께 몸을 드러내며 숨겼도다.

118 그리고는 그때 이 드높은 항성천으로
나를 들게 하려는 하늘의 은총이 함께하여
내가 이 별자리에 배정이 되었도다.

121 이제 내 영혼이 정성으로 비노니
그대 내게 힘을 공급하여 이 여행의 고비를
잘 넘길 수 있도록 하여라.

124 베아트리체가 말하길,
"이제 그대가 구원의 막바지에 이르렀으니
맑고 예리한 안목을 가져야 하리다.

127 그대가 이 항성천의 쌍둥이자리로 들며
먼저 지나온 길을 돌아보아
발아래 펼쳐진 세계를 살펴볼지니,

130 그리하여 이 둥근 대기를 통해
흔쾌히 돌아오는 승리한 개선의 무리를 향해
그대가 즐거운 모습을 보여야 하리다."

133 내가 눈을 들어 일곱 하늘을 돌아보며
우리가 사는 지구를 보았는데,
그 모습이 너무 초라해 웃음이 저절로 나오더라.

136 나는 세상에 미련을 두지 않음이
옳은 것으로 여기노니, 세상 밖의 것을 사모함이
진정 현명한 삶이라 생각되도다.

139 일찍이 희미하기도 하고 진하기도 한 것으로
생각했던 달이 아무런 얼룩이 없이
맑게 빛나고 있음을 내가 그때 알았다.

142 히페리온이여, 내가 그대 아들인 태양을 눈여겨보았고,
그 주위의 헤르메스수성와 비너스금성의 어머니인
마이아와 디오네의 움직임도 살폈노라.

145 내가 또 거기에서 아비 토성과
아들 화성 사이에서 자신의 열기를 조절하며
자리를 옮기는 목성의 움직임도 분명히 보았나니,

148 그래서 그 일곱 하늘이 얼마나 크며
얼마나 빠르며 얼마나 멀리 떨어져
아득한지도 알게 되었다.

151 내가 영원한 쌍둥이자리와 함께 도는 중에도
우리를 그렇게도 사납게 만드는 지구의 언덕으로부터
강의 어귀까지가 모조리 보여

154 내가 차라리 아름다운 그녀에게로 눈을 돌렸다.

• 1~30

단테가 토성천의 영혼들의 함성에 놀라 겁먹은 아이와 같다.
베아트리체가 겁에 질린 그를 위로하며 함성의 이유를 말한다.
천국에서 일어나는 모든 일은 거룩하신 하나님의 뜻이다.
거룩한 빛이 다가오는데 성 베네딕투스480년경~547의 영혼이다.
서방교회의 수도원 제도의 창시자다.

• 31~69

베네딕투스가 이교도가 살던 곳에서 복음을 전했다.
토성천의 영혼들은 명상을 통해 거룩하게 살았던 수도자들이다.
단테가 빛에 싸여있는 성 베네딕투스의 본 모습을 보여달라고 한다.
그가 단테의 소망은 정화천에서 이루어지게 된다고 대답한다.
정화천은 하늘의 중심이며 영광의 빛이신 하나님을 대면하는 곳이다.
공간 속에 갇혀있지도 않고 돌지도 않기에 축도 없는 곳이다.

• 70~99

땅으로부터 하늘에 닿는 사다리는 사람과 하나님과의 교통이다.
말씀을 통해 하나님의 뜻을 세상에 전하고, 기도로 사람의 뜻을 하나님께 올리는 것인데, 성직자가 세상에 취해 하나님과의 소통을 버렸다.
“내 집은 기도하는 집이라 일컬음을 받으리라 하였거늘 너희는 강

도의 굴혈을 만드는 도다. 마21:13
수도원이 타락하여 도둑들의 소굴이 되었다.
탐욕 앞에서 베네딕투스가 만든 규범이 쓰레기가 되었다.
죄에 빠진 인간에겐 이상적인 제도도 열매 맺기가 어렵다.
금과 은이 없던 베드로는 앉은뱅이를 만나 예수 이름으로 그를 걷고 뛰게 했고, 성 프란체스코는 겸손으로 교회를 섬겼다.
베네딕투스는 기도와 금식으로 믿음을 지켰다.
하나님이 교회의 타락을 주도한 수도사들을 구원해 주신다면 그것은 기적 중의 기적으로 요단강이 마르고 홍해가 갈라진 일들은 사소한 것이라 말한다.
"온 땅의 주 여호와의 궤를 멘 제사장들의 발바닥이 요단 물을 밟고 멈추면 요단 물 곧 위에서부터 흘러내리던 물이 끊어지고 쌓여 서리라." 수3:13
"모세가 바다 위로 손을 내어민대 여호와께서 큰 동풍으로 밤새도록 바닷물을 물러가게 하시니 물이 갈라져 바다가 마른 땅이 된지라." 출14:21
성직자들의 타락은 치유가 불가능하다.

• **100~120**

베아트리체가 눈짓을 보내므로 단테가 층계를 순식간에 오른다.
단테가 지복의 영혼들을 대하며 죄를 씻고 거룩한 삶을 염원한다.
황소자리를 따르는 쌍둥이자리로 단테가 신속하게 들어간다.

단테가 토스카나에서 날 때 태양이 그 별자리에 있었음을 상기한다.
모든 생명의 근원인 태양이 항성천의 별들과 함께 뜨고 진다.
자신의 모든 문학적 재능은 항성천의 별들로 인한 것을 고백한다.
단테가 이 항성천의 쌍둥이자리를 진정한 영혼의 고향으로 느낀다.

- **121~154**

별들에게 이 여행에서의 위기를 잘 이겨낼 수 있도록 도움을 청한다.
베아트리체가 주의 이름으로 승리한 무리를 즐겁게 맞이하라 한다.
또한 지금까지 지나왔던 일곱 개의 하늘을 돌아보라 말한다.
히페리온은 태양신 헬리오스의 아버지이고, 마이아는 수성인 헤르메스의 어머니이며 디오네는 금성인 비너스의 어머니다.
단테가 얼룩진 자국이 사라진 달을 보며 성숙해진 영성을 보여준다.
그중에서도 유독 단테의 마음을 아프게 하는 별이 일그러진 지구다.
그가 사소한 것들을 가지고 크게 다투는 인간 세상을 한탄한다.
땅의 것을 사랑하지 않고 하늘의 신령한 것을 사모함이 지혜다.

제23곡

하늘과 땅을 이어준 그리스도

단테가 토성천을 떠나 여덟 번째 하늘인 항성천에 오른다. 그리스도의 찬란한 빛이 하늘의 별들을 환하게 비춘다. 하늘과 땅을 이어준 그리스도는 하나님의 능력이며 하나님의 지혜라 베아트리체가 말한다. 예수의 수태를 마리아에게 고했던 가브리엘 천사장이 내려온다. 성모가 주를 따라서 정화천에 오르기까지 그가 수종한다.

1　온 세상이 천둥 치는 흑암 속에 묻힌 밤에
　잎이 무성한 가지 위 둥지에서
　어미 새가 새끼들을 품고 밤을 지새우고는,

4 감싸고 있어도 그리운 것들에게
먹이를 주고 싶어
먼동이 트기를 간절히 기다리다가,

7 힘겨운 수고를 마다하지 않고는
어둠을 가르며 둥지에서 나와
하늘 한복판에서 솟는 태양을 보듯이,

10 베아트리체가 어미 새처럼
해가 느리게 도는
자오선을 향해 시선을 모으더라.

13 황홀함과 그리움에 사무친 그녀를 보며
나도 무엇인가를 사모하여 열망하는 자가
되어가는 느낌이 들었다.

16 그리하여 나의 기다림 속에서
찬란하게 빛나는 하늘이
눈앞에 펼쳐진 것은 한순간이었다.

19 베아트리체가 외치기를,
"저길 봐요, 개선하는 그리스도의 무리와
저들이 하늘 수레에 싣고 오는 보화를!"

22　그녀의 모습이 불꽃처럼 빛나며
눈엔 기쁨이 가득했는데,
내가 여인의 아름다움을 적기엔 역부족이지만

25　맑게 갠 보름밤에
온 하늘을 색칠하는 요정들 사이에서
환하게 미소 짓는 달님과 같다 하리라.

28　그때 태양이 밤하늘의 별들을 반짝이게 하듯이
수천 개의 불빛 위로 타오르는 등불 하나가
천하 만물을 대낮처럼 밝혔는데,

31　그 찬란한 실체가
살아있는 빛을 발산하므로
내 눈이 그 빛살을 감당할 수가 없었다.

34　"오, 베아트리체여. 사랑스러운 나의 길잡이여!"
내가 여인을 불렀을 때 그녀가 말하길,
"모든 것을 초월하는 저 힘은 누구도 막을 수 없어요.

37　하늘과 땅 사이에 길을 여신
하나님의 지혜와 능력이 저기 계시오니,
모두가 갈망하는 분이라오."

40 구름 속을 견뎌낼 수 없는 번개가
하늘 위로 솟는 불의 속성을 역행하여
땅에 떨어지는 것처럼,

43 하늘의 찬란한 축제 가운데
내 마음이 더욱 고조되며 내가 버티지 못하고
정신을 잃어 쓰러질 것만 같았다.

46 "눈을 들어 나를 보오.
이제 그대는 그리스도의 빛을 보았기에
내 시선을 능히 감당할 수가 있어요."

49 마치 꿈속에서 본 환영幻影을
다시 돌이키기 위해 애쓰는 사람처럼
내가 그녀 미소를 놓치지 않으려 했나니,

52 나에게 있어서 그 순간은 지난 일을
기록한 글에서 결코 잊을 수 없는 장면을
다시 찾아낸 것과 같은 시간이었다.

55 서정敍情의 여신 폴리힘니아와
그 자매들이 자기들의 달콤한 젖으로 살찌게 한
모든 혀를 동원하여 나를 도우려

58 노래를 부른다 해도, 그때 나를 향한
내 여인의 미소를 표현하기엔
실상의 천분의 일에도 미치지 못하리로다.

61 그러므로 나는 이 거룩한 시로
천국을 그려나감에 있어서 끊어진 길을 직면한 사람처럼
그냥 뛰어넘을 수밖에 없노니,

64 이 시가 담고 있는 주제의 무게와
그것을 짊어져야 하는 내 어깨의 중함을 안다면
누구라도 이렇게 떠는 나를 나무라진 못하리라.

67 또 과감한 뱃머리로 헤쳐나가야 하는 바다는
작은 배로 갈 수 있는 곳이 아니며,
몸을 도사리는 뱃사공이 도전할 수 있는 길도 아니로다.

70 "그대는 어찌 내 얼굴만 보고
그리스도의 찬란한 빛을 받아 꽃을 피우는
영혼들의 아름다운 정원은 보지 못하느뇨?

73 그분 안에서 말씀이 육신이 되었던 장미가
여기에 계시고, 그 향기를 따라 올바른 길로 들어선
백합들이 이곳에 있다오."

76 베아트리체가 이렇게 말해
내 연약한 시선이 지체 없이
그 빛들을 향했다.

79 흐릿함으로 앞을 보지 못하던 내가
구름 사이로 새어 나오는 햇살을 받으며
만발한 꽃들이 가득한 뜨락으로 나아가면서,

82 내가 비록 섬광閃光의 근원은 보지 못했지만
위로부터 내리는 찬란한 빛을 받아
빛나는 자들을 볼 수 있었다.

85 오, 타오르는 빛으로 무리를 감싸시는 그리스도여!
연약한 자가 당신께서 위로 오르시며
부어 주시는 빛살로 이젠 지각知覺할 수 있나이다.

88 그때 여러 불꽃들 중 가장 크고 아름다운
불덩이를 보았는데, 내가 아침과 저녁으로
쉼 없이 노래하는 장미였다.

91 저 아래 세상에서도 뛰어나신 이름이고
이 위에서도 으뜸이 되시는 분의 광대하심이
내 눈을 물들였나니,

94 하늘 한가운데서 둥그런 왕관 모양을 한
천사장이 내려와 그분을 감싸며
주변을 돌면서 노래를 불렀다.

97 세상의 어떤 선율이 아름다워
사람의 마음을 온전히 사로잡는다 해도,
이 하늘을 영롱하게 물들이는

100 벽옥碧玉과 같은 성모에게 면류관을 씌워주는
저 칠현금七絃琴의 노랫소리에 견준다면
그것은 구름을 가르는 천둥소리에 불과하리로다.

103 "저는 사랑의 천사로서 우리의 소망이신
그리스도의 잠자리이셨던 당신의 주위를 돌며
즐거움을 노래하리다.

106 하늘의 여인이여, 당신께서 아드님을 따라
지고至高의 하늘로 오르시어 그곳을
거룩하게 하시기까지 저는 당신 둘레를 돌리이다."

109 이렇게 말하는 가브리엘이
가락을 멈추었고 다른 불꽃들은
성모의 이름을 노래하더라.

112 하나님의 숨결이 일하시는 길에서
역동적이고도 생생한 하늘들을
외투처럼 포근히 감싸며 힘을 공급하는 원동천이

115 성모의 자리를 높은 하늘 위에
펼치고 있었는데,
내가 있던 곳으로부터는 아득했고

118 또 내 눈이 너무 미약하여
그리스도를 따라 오르는 면류관 쓰신 성모를
끝까지 좇을만한 힘도 없었다.

121 젖먹이 어린아이가
불타는 사랑 때문에 엄마를 향해
두 팔을 벌리고 달려가듯이,

124 모든 빛들이 하늘로 오르는 마리아를 향하며
자기들의 고귀한 사랑을
내게 분명히 보여주었다.

127 그리고는 그들이 내 앞으로 나아오며
감미로운 목소리로 '하늘의 여왕'을 노래했는데,
나는 지금도 그 모습을 잊을 수 없도다.

130 세상에서 하늘 영광을 위해 땅을 일구고
씨앗을 뿌린 일꾼들이 하늘의 풍성한 곳간에서
맛보는 부요는 얼마나 크겠는가.

133 그들이 여기에서 누리는 보화는
바벨론 유배지와 같은 저 세상에서
금덩어리를 버리고 흘린 눈물로 얻은 열매이리라.

136 그런데 뜻밖에도 그곳 항성천에
주님 허락하신 천국 열쇠를 손에 쥔 자가
구약과 신약의 빛나는 영혼들 가운데서

139 승리한 모습으로 좌정하고 있더라.

• 1~69

그리스도의 빛을 경험한 단테에게 베아트리체가 자신을 보라 한다.
영광의 빛을 본 자는 자신의 미소를 능히 감당할 수 있다 말한다.
시의 요정들의 도움을 받는다 해도 천국을 묘사하기는 어렵다.
이 글을 쓰면서 난관이 너무 많아 결국 생략할 수밖에 없다.
단테가 자신이 체험한 천국을 묘사하는 일은 불가능하다 말한다.

• 70~87

베아트리체가 단테에게 시선을 돌려 지복의 영혼들을 보라 한다.
하나님 말씀이 임하여 예수를 잉태한 마리아가 향기를 발한다.
“말씀이 육신이 되어 우리 가운데 거하시매,” 요:1,14
그리스도의 제자들이 백합이 되어 하늘의 정원을 수놓는다.
그리스도의 빛이 강렬하여 지복의 영혼들을 볼 수가 없다.
단테의 시력을 회복시키기 위해 그리스도께서 위로 오르신다.
그리스도의 실체를 직시할 수 없었던 단테가 그분의 빛을 통해
지각한다.

• 88~111

마리아가 다른 지복자들보다 더 찬란하게 빛을 발한다.
그리스도의 잉태를 마리아에게 고했던 가브리엘 천사장이 내려온다.
벽옥과도 같은 성모를 위해 부르는 노래가 하늘을 물들인다.

세상의 어떤 노래도 가브리엘의 찬양과는 비교할 수 없다.
성모가 주를 따라 정화천에 들기까지 가브리엘이 수종을 든다.

• **112~139**

원동천은 맨 마지막 하늘로서 외투처럼 아래 하늘들을 덮는다.
밑에 있는 여덟 개의 하늘들이 돌 수 있도록 힘을 공급한다.
성모 마리아가 가브리엘 천사장과 함께 그리스도를 따라 위로 오른다.
좋은 씨앗을 뿌리고 열매를 거둔 영혼들이 베드로와 함께 거기에 있다.
그들은 바벨론 포로 생활과 같은 삶을 살면서 믿음을 지킨 자들이다.

제24곡

믿음이란 무엇인가

항성천에서 베아트리체가 지복자들에게 단테를 위한 관심을 간절하게 부탁하며 첫 번째 등장한 베드로에게 단테의 믿음을 시험해 달라 청한다. 천국의 열쇠를 가진 베드로 사도가 믿음의 본질을 묻자 단테가 바울의 말을 인용해 대답하고 삼위일체에 대해 말하자 그가 기뻐한다.

1 "당신들을 먹이시며 당신들 소원을
들어주시는 하나님께서 배설排設하여 주신
풍성한 잔치에 참여하신 분들이여.

4 하나님이 이 사람이 죽기도 전에
당신들 상에서 떨어지는 부스러기로
은총을 맛보게 하려 하시노니,

7 이자에게 사랑을 베풀어 새벽이슬 같은
은혜를 허락하소서. 당신들은 다함이 없는
샘에서 마시나니 이 사람 갈증을 풀어주옵소서."

10 베아트리체가 이렇게 말하자
즐거운 영혼들이 축대 위에서 둘레를 이루며
혜성처럼 거센 불꽃으로 타오르더라.

13 시계 속 톱니바퀴들이
처음 것은 정지한 것 같고
나중 것들은 나는 듯 보이듯이,

16 불꽃들이 저마다 느리기도 하고 빠르기도 하며
나로 자기들 기쁨을 만끽하게 하려
여러 모양으로 춤을 추었다.

19 내가 불꽃들 중 가장 찬란하게 빛나는
영혼을 보았는데,
거기에서 그보다 더 밝은 빛은 없었다.

22　그가 베아트리체 주변을 세 번 돌며 노래했는데,
내가 지금 무한한 상상력을 발휘한다 해도
떠올릴 수 없는 노래였나니,

25　인간의 기억이 이토록 미약하고
필력과 상상력이라고 하는 것도 우리 말처럼
빛들의 미세한 주름을 드러내기엔 역부족이로다.

28　"오, 거룩한 누이여!
그대가 간절한 사랑으로 우리를 청하므로
내가 아름다운 무리 중에서 나오는 도다."

31　축복받은 불꽃이 걸음을 멈추고는
베아트리체를 향해 사랑의 열기를 발산하며
이같이 말했다.

34　"오, 모두가 갈망하는 위대한 빛이여!
우리 주님께서 환희의 천국 열쇠를
맡기신 분이시여!

37　당신으로 갈릴리 바다를 걷게 하셨던
그 믿음에 대하여 가볍거나 무거운 질문으로
이 사람을 시험하여 주소서.

40 이자가 옳게 사랑하고 바라며 믿는지를
당신 앞에서 숨길 수 없음은
당신은 창조된 모든 것들을 볼 수 있기 때문입니다.

43 이 왕국이 오직 믿음으로 자기 백성을 삼으셨기에
하나님께 영광을 돌리기 위해
이자로 믿음을 논하게 함이 옳을 것입니다."

46 스승이 문제를 제기할 때를 기다리며
그것을 증명하기 위해 긴장하며
몸을 웅크리고 있는 학생처럼,

49 그녀가 말하는 동안
내가 마음을 추스르며
말해야 할 논점을 생각했다.

52 "말하라, 훌륭한 그리스도인이여.
믿음이 무엇인지를 밝혀보아라."
이렇게 말하는 빛을 향해 내가 얼굴을 들고는

55 이어서 베아트리체를 보았는데,
그녀가 내게 심원深源한 영혼의 샘에서
물을 길어 올리라는 눈치를 보내더라.

58 내가 대답하길, "지체 높으신 사도께
저를 고백하게 하신 하늘의 은총이시여!
제 생각을 잘 논할 수 있도록 도우소서."

61 이어서 말하길, "어버이시여,
당신과 함께 로마를 탄탄대로로 이끄셨던,
당신의 사랑하는 형제가

64 믿음은 바라는 것들의 실상이요
보지 못하는 것들의 증거라 하셨는데
이것이 믿음의 본질이라 생각하나이다."

67 그가 이르기를, "바울이 왜 믿음을 실체에 두고
또 증명에 두었는지를 네가 잘 이해했다면
믿음에 대한 너의 생각이 옳으니라."

70 내가 말하길, "여기에서 저에게 보이는
심오한 것들이 세상 사람들 눈에는
감추어져 있노니,

73 신앙이란 믿음 안에 거하며
그 위에 소망의 집을 세워가는 것이기에
믿음이 바라는 것들의 실상이 되나이다.

76 우리는 과학적인 논증의 도움 없이
믿음의 눈으로 추론을 해야 하므로
믿음을 증명으로 이해하는 것입니다."

79 그가 말하길, "세상이 이렇게
믿음을 받아들인다면
궤변가들의 재간이 설 자리가 없겠노라."

82 불타는 사랑이 이같이 말하고는
이어서 덧붙이길, "믿음이라는 보화의
진위眞僞를 다루어 보고 있는데,

85 네가 전대 속에 그것을 소중히 담고 있느냐?"
내가 대답하길, "네, 아무런 의심이 없이
둥글고 순수한 보화를 간직하고 있나이다."

88 불꽃들 중 유독 밝게 타오르는 그분이
다시 묻기를, "이 귀중한 보석 위에
덕이 자리를 잡게 되는데,

91 이 보화가 너에게 어떻게 주어졌는지 말하라."
내가 대답하길, "묵은 그리고 새로운 양피지 위에 쓰인
이적異蹟의 말씀에 성령의 비가 흡족히 내려

94　제가 확고한 믿음에 거하므로
일체의 세상 이론과 증거는 저에게
아무런 의미가 되질 못하나이다."

97　그가 말하길, "네가 이처럼 결론을 맺는
묵은 명제와 새로운 명제가 어떻게
하나님 말씀이라 단정할 수 있겠느뇨?"

100　내가 대답하길, "진리로 받아들이게 하는
기적들이 있노니, 이 앞에서 자연법칙은
쇠를 달구지도 불리지도 못하나이다."

103　그가 말하길, "그 기적들이 있음을 누가
너에게 확증을 하였느뇨? 너는 증명할
필요가 있는 증거를 말하고 있도다."

106　내가 이르기를, "세상이 기적이 없이 그리스도에게로
돌아왔다면 그것은 기적 중의 기적으로,
성경 속 기적이야말로 이 기적의 백분의 일에 불과 하리이다.

109　지금은 가시나무가 무성한 밭이 되었지만
그 옛날 당신은 포도나무를 씨 뿌리기 위해
주린 몸을 이끌고 그곳으로 들어가셨나이다."

112 내가 이 말을 마치자 '하나님을 찬미하라'는
노래가 하늘 궁전으로부터
항성천을 향해 울리며 들려오더라.

115 그가 계속해서 가지에서 가지에 이르기까지
자세하게 물으며 어느덧 나를 이끌어
가지 끝 잎새에까지 이르게 했다.

118 그가 다시 말하길, "네 마음을 다스리시는
하나님 은총이 너로 입을 벌려
대답하게 하시는 도다.

121 이제 네가 말한 것들을 내가 받아들이노니,
네가 믿는 바를 표명하고 너의 신앙이
무엇으로부터 연유했는지 그 원천을 말해보아라."

124 "오, 거룩하신 아버지여. 당신이 주님 무덤에
들어가실 때에 가장 젊은 발을 앞지르실 만큼
믿음을 보이신 분이시여!

127 당신께서 저의 꿋꿋한 믿음을 듣기 원하며
그 연유에 대해 물으시니
제가 대답 하리이다.

130 저는 오직 한 분이신 하나님을 믿으며,
변함이 없으신 그분의 사랑과 은총으로
온 하늘이 운행됨을 믿나이다.

133 저는 믿음에 대한 물리적이고
형이상학적인 증명만을 믿는 것이 아니고,
모세와 예언자들의 기록과 시편과,

136 뜨거운 성령의 역사로 당신들을 길러주시고
당신들이 기록한 그 진리의 말씀이
저로 믿음을 밝히 보게 하였나이다.

139 저는 영원하신 삼위三位를 믿으며
삼위가 일체로 이어지고 하나이자 셋이시고
하나의 본체이신 하나님을 믿나이다.

142 제가 말하고 있는 하나님의 심오한 사정을
복음서의 교리가 제 마음 판에
깊이 새겨놓았나니,

145 이것들이 제 신앙의 처음이 되었고
활활 타오르는 불꽃같은 열정이 되었으며,
하늘의 별처럼 제 안에서 빛나고 있나이다."

148 하인으로부터 기쁜 소식을 들었을 때
말을 마친 종을 끌어안으며
흐뭇하여 기뻐하는 주인처럼,

151 나로 말을 하게 한 불꽃이
내가 말을 마치자 나를 세 차례 감싸 안으며
축복의 노래를 불러주었다.

154 그분이 내 대답을 그렇게도 기뻐하시더라.

• 1~18

베아트리체가 단테를 위한 지복자들의 관심을 간절하게 부탁한다. 하나님의 지혜의 샘에서 흘러나오는 생명의 말씀을 들려달라 한다. 예수 앞에서 딸이 흉악한 귀신들린 수로보니게 여인의 간절한 모습처럼, 베아트리체가 겸허하고 간절한 심정으로 도움을 청한다. 천국의 복자들이 단테의 주위를 돌면서 호응한다.

• 19~45

찬란하게 빛나는 불꽃이 천국의 열쇠를 가진 베드로다.

"내가 천국 열쇠를 네게 주리니 네가 땅에서 매면 하늘에서도 매일 것이요, 네가 땅에서 무엇이든지 풀면 하늘에서도 풀리리라." 마16:19

베아트리체가 베드로에게 주를 신뢰해 물 위를 걷던 그 믿음을 말한다.

"베드로가 대답하여 가로되 주여 만일 주시어든 물 위로 오라 하소서. 마14:28

그녀가 베드로에게 믿음과 소망과 사랑 중 믿음을 묻기를 청한다.

• 46~81

신앙이 무엇인지를 묻는 베드로에게 단테가 바울의 말을 인용한다.

"믿음은 바라는 것들의 실상이요 보지 못하는 것들의 증거니. 히11:1

신앙은 바라는 것들을 예수 안에서 믿음으로 확신하는 것이다.
과학적인 관찰에 근거한 논리는 신앙적인 진리가 될 수 없다.
하나님이 계시하는 진리는 논리적인 추리로 증명되는 것이 아니라
계시하시는 하나님을 믿는 믿음으로 추론하는 것이다.

• **82~102**

베드로가 돈에도 진짜 돈이 있듯 신앙에도 참 신앙이 있다 말한다.
신앙의 터전 위에 덕을 쌓아야 그 믿음이 온전해진다.
구약과 신약의 말씀이 진리인 것을 성경 속 이적異蹟이 입증한다.
이 말씀에 성령 하나님이 부으시는 단비가 내림으로 믿음이 확고해
지며, 자연법칙을 초월하는 이적이 말씀을 진리로 믿게 한다.

• **103~129**

복음서에 등장하는 기적으로 세상이 그리스도를 믿게 되었다.
기적이 없이 세상이 주를 믿었다면 그것은 더 큰 기적이다.
배움도 없고 은과 금도 없던 베드로는 오직 믿음으로 복음을 증거
했다.
주님 부활하신 날 무덤으로 달리던 베드로의 열정을 단테가 언급한다.
"둘이 같이 달음질하더니 그 다른 제자가 베드로보다 더 빨리 달아
나서 먼저 무덤에 이르러 구푸려 세마포 놓인 것을 보았으나 들어
가지는 아니 하였더니, 시몬 베드로도 따라와서 무덤에 들어가 보

니 세마포가 놓였고, 또 머리를 쌌던 수건은 세마포와 함께 놓이지 않고 딴 곳에 개켜 있더라. 그때에야 무덤에 먼저 왔던 그 다른 제자도 들어가 보고 믿더라. 요20:4~7

- **130~154**

단테가 기독교 교리의 핵심인 삼위일체에 대하여 말한다.
하나님은 성부, 성자, 성령 세 분으로 존재하신다.
하나님은 한 분으로 유일하시며 동시에 복수로 존재하신다.
하나님은 본체이시고, 예수는 하나님의 아들이시며 완전한 인간이시고 완전한 하나님이시며, 성령님은 예수의 영이시고 또한 하나님의 영이신 것을 단테가 고백하자 베드로가 기뻐한다.
"하나님이 가라사대 우리의 형상을 따라 우리의 모양대로 우리가 사람을 만들고." 창1:26

제25곡

소망이란 무엇인가

단테가 조국 피렌체를 그리워하고 있을 때 야고보 사도가 그의 곁으로 다가온다. 베아트리체가 사도께 소망의 말을 부탁하자 그가 단테에게 덕에 대하여 묻는다. 단테가 해처럼 빛나는 불꽃 속에서 요한의 육체를 보려고 다가서다 눈이 흐려진다. 믿음과 소망은 육체 안에 거할 때까지만 존재하고 사랑은 이후에도 영원하다.

1　　하늘과 땅을 손잡게 하려고
　　여러 해 동안 나를 야위게 한 이 시가
　　나로 싸우게 만드는 이리떼들,

4　내가 어린 양으로 잠자던 우리 밖으로
나를 내쫓고 빗장을 지른 저 포학한 원수들을
물리칠 수 있게 한다면,

7　나는 순수한 목소리를 지닌 백발의 시인으로
아름다운 고향으로 돌아가 내가 세례를 받은
샘에서 면류관을 받으리로다.

10　이는 내가 그곳에서 믿음 속으로 들어갔고,
지금 베드로 사도도 그 때문에 여기에서
내 이마 위를 맴돌며 나와 함께하는 도다.

13　그리스도의 대리자들 중
첫 열매이신 그분 둘레로부터
또 한 빛이 우리를 향해 다가왔는데

16　베아트리체가 기쁨에 찬 어조로 말하길,
"저길 봐요. 사도께서 오십니다. 세상에서는
저분으로 인해 사람들이 갈리시아를 순례하지요."

19　비둘기가 구애할 때에
주변을 맴돌며 구구구 소리를 내면서
사랑을 드러내는 것처럼,

22 영광스러운 분이 위대한 영혼을 만나
하늘 양식을 나누며
서로 환대하면서 기뻐하더라.

25 두 분이 즐겁게 인사를 나눈 뒤
내게로 왔는데, 빛나는 광채로 인해
내가 고개를 들 수가 없었다.

28 그때 여인이 미소를 지으며 말하길,
"우리 왕국의 관대함을 알리려
선택받으신 위대한 분이시여!

31 주께서 당신께 큰 빛을 비추신 것처럼
소망의 빛을 이자에게 보여주시고
이곳에 소망이 울려 퍼지도록 하소서."

34 그가 내게 말하길, "너는 담대하여라.
필멸의 속세에서 천상으로 왔기에
우리 빛에 익숙해져야 하노라."

37 내가 이 위로의 말을 듣고는
중한 무게로 짓눌렸던 머리를 들고
거대한 두 산을 바라보았다.

40 “하늘 임금께서 베푸신 은혜로
네가 살아서 그분의 비밀스러운 궁전에서
하늘의 백작들과 대면해야 하리니,

43 너는 이 궁궐을 보고 세상으로 돌아가
선한 자들에게 소망을 전하여
그들에게 위로를 주어야 하리라.”

46 그가 다시 이르기를, “소망이란 무엇이며
네 마음속에 소망이 얼마나 꽃을 피우고 있는지,
또 소망이 어디에서 네게 왔는지 말해보아라.”

49 나로 높이 날 수 있도록
내 깃털 하나하나를 보살펴 주는 거룩한 여인이
나를 대신해 말하길,

52 “세상을 비추는 하늘의 빛으로
전쟁하듯 다투는 교회를 살피는 중에
이자보다 더 큰 소망의 사람을 찾지 못하여,

55 이자로 달려갈 길을 다 마치기도 전에
세상과 하늘을 두루 살피게 하려
이곳에 오는 것이 허락되었나이다.

58 알아보려 함이 아니고 이 사람의 소망이
당신 마음에 얼마나 합당한지를 확인하려
질문하신 문제를

61 이자에게 남기노니, 이것들은 이 사람에게
어려운 것도 자랑할 일도 아닐 것입니다.
하나님 은총으로 살펴주옵소서."

64 통달한 것을 제자가 스승에게
망설임 없이 대답하는 것처럼
내가 거침없이 입을 열었다.

67 "미래의 영광에 대한 확고한 믿음이 소망이며
이는 하나님 은총과 자신의 공덕으로
쌓아가는 것입니다.

70 이 소망이 별처럼 빛나는 자들로부터 저에게 왔나니,
이것을 처음 제 마음에 씨 뿌린 자는
지존하신 분을 노래한 다윗이었나이다.

73 '당신의 이름을 아는 자들이 소망을 갖게 하소서.'
그가 시편에서 이렇게 노래했는데,
믿음을 가진 자라면 누가 그를 모르리까?

76 또 당신께서도 당신의 서신을 통해
생수를 공급하여 저로 흘러넘치는 소망의 빗물을
남들에게 붓도록 하셨나이다."

79 내가 말하는 동안에도
타오르는 그 불꽃으로부터
섬광과 같은 빛이 간헐적으로 나오더라.

82 잠시 후 그가 말하길,
"내 안의 불타는 사랑은 나로 순교를 통해
세상을 떠나 소망을 얻게 했노라.

85 너에게 다시 묻노니,
소망이 네 영혼에게
무엇을 약속하는지 말해보아라."

88 내가 대답하길, "주님께서 당신의 벗으로
삼으신 자들이 기록한 신약과 구약의 말씀이
저에게 천국을 보여주었나이다.

91 본향에서는 누구든지 부활한 영과 육의
두 벌 옷을 입는다고 선지자 이사야가 말씀했는데,
그분이 말한 본향이 바로 이 복된 삶이옵니다.

94　당신의 형제 요한도 흰옷을
다루었던 계시록에서 더 분명하게
이것을 보여주셨나이다.”

97　내가 말을 마칠 때 우리 위에서
‘당신께 바라나이다.’라는 노래가 들렸고
무리가 찬양으로 화답하는 중에

100　또 한 불꽃이 찬란한 빛을 발했는데,
만약 게자리가 이런 수정을 가졌더라면
동짓달 한 달이 너무 밝아 하루와 같았으리라.

103　혼인 잔치에서 하녀가 춤을 추는 것은
자신을 드러내려 함이 아니고
오직 신부를 즐겁게 하려는 것처럼,

106　하나님 영광을 위해 노래하며
춤을 추는 두 사도를 향해
찬란한 불꽃 하나가 다가오더라.

109　그 빛이 노래와 춤 속으로 들어갔고
그들을 바라보는 나의 여인은
다소곳한 신부와 같았다.

112 “우리의 펠리칸이신 주님 가슴에 기댔던 자이고,
또 십자가 주님께서 당신의 모친을 부탁하신,
그 소임에 부르심을 받은 분이라오.”

115 베아트리체가 이렇게 말하고는
조금도 움직이지 않으며
그 불꽃을 집중했다.

118 일식日蝕이 일어날 때 사라지는 해를 보려고
눈살을 찌푸리며 애를 쓰다가
끝내 그것을 보지 못하는 것처럼,

121 내가 그 불꽃을 바라보는 중에
이런 말이 들렸다. “여기에 있지 아니한
내 육신을 보려다 네 눈이 상하도다.

124 내 몸은 하늘의 기한이 차는
섭리의 날이 되기까지
다른 영혼들처럼 땅에 묻혀있노니,

127 하늘의 복으로 영과 육의 두 벌 옷을 입고
하늘 정원에 오르신 분은 오직 두 분뿐이니,
너는 이것을 세상에 전하라.”

130 이 말과 함께 회전하던 불꽃들이 멈췄고
세 사도의 숨결이 노래하는 아름다운 합주도
잠잠해졌는데,

133 마치 노를 저어 강을 헤쳐나가다가
피로나 위험을 피하려는 휘파람 소리에
모두가 노 젓기를 멈추는 것과 같았다.

136 베아트리체를 보려고 내가 몸을 돌렸을 때,
이 지복의 세계에서 그녀가 곁에 있었지만
내 눈이 흐려져 그 모습이 희미해지며

139 내가 얼마나 초조했던가.

• 1~24

단테가 이 곡의 출발을 자서전적인 이야기로 시작한다.
십자가를 통해 하늘과 땅을 연결한 이 시로 영원한 승리를 기원한다.
고향 피렌체로 돌아가 순수한 노 시인으로 믿음의 삶을 살고자 한다.
단테와 베아트리체 곁으로 소망의 사도 야고보가 다가온다.
그의 무덤이 스페인 갈리시아에 있어 그곳이 순례자들 발길로 붐빈다.
베드로와 야고보 두 사도가 사랑에 빠진 비둘기처럼 서로 다정하다.

• 25~45

베아트리체가 야고보에게 소망의 말씀을 단테에게 들려주길 부탁한다.
하나님께서 야고보로 하나님의 관대하신 모습을 기록하게 했다.
"너희 중에 누구든지 지혜가 부족하거든 모든 사람에게 후히 주시고 꾸짖지 아니하시는 하나님께 구하라. 그리하면 주시리라. 약1:5
단테가 야고보의 위로의 말을 들으며 눈을 들어 두 사도를 본다.
주님이 가장 사랑했던 제자인 베드로와 야고보와 요한 중 이 야고보가 야고보서를 기록한 것으로 생각하며 그가 품었던 소망을 언급한다.

• 46~75

야고보가 단테에게 소망이 무엇이냐고 묻는다.

탐욕에 눈이 먼 세상 교회에는 아무런 소망이 없다고 말한다.
베아트리체가 나서서 단테의 순수한 소망의 믿음을 언급한다.
하나님께서 단테의 순수한 믿음을 보시고 하늘로 올리셨다 말한다.
단테가 야고보 사도의 질문에 자신감 있게 대답한다.
소망은 하나님이 주시는 상급에 대한 기대감이다.
하나님의 은혜와 자신의 선행을 통해 소망을 축적한다.
단테가 다윗의 시편을 통해 소망을 가지게 되었다 말한다.
애굽과 예루살렘은 세상과 하늘을 가리킨다.

• 76~99

단테의 소망이 야고보가 기록한 말씀에서 연유된 것을 말한다.
세상 싸움터를 벗어나면서 순교를 통해 상급을 소망하던 야고보가 소망의 덕이 무엇을 약속하는지 단테에게 묻는다.
단테가 성경 말씀을 통해 하나님을 소망한 자들이 얻는 복을 말한다.
"너희가 수치 대신에 배나 얻으며 능욕 대신에 분깃을 인하여 즐거워할 것이라. 그리하여 고토에서 배나 얻고 영영한 기쁨이 있으리라. 사61:7
"이 일 후에 내가 보니 각 나라와 족속과 백성과 방언에서 아무라도 능히 셀 수 없는 큰 무리가 흰옷을 입고 손에 종려 가지를 들고 보좌 앞과 어린 양 앞에 서서" 계7:9
믿음과 소망은 육신에 거할 때까지만 있고 사랑은 이후에도 영원하다.

• 100~117

지복자들 중에서 찬란한 빛 하나가 등장한다.
동짓달 밤하늘을 불 밝히는 게자리처럼 강렬한 빛을 발한다.
베아트리체가 그 모습을 보며 사도 요한이라 말한다.
제 가슴을 찢어 흐르는 피로 새끼들을 먹이던 새 펠리컨처럼 십자가에 달리심으로 인류를 구원하신 예수로부터 성모 마리아를 돌보라는 소임을 받은 요한이 나타난다.

• 118~139

단테가 해처럼 빛나는 불꽃에서 요한의 육체를 보려다 눈이 흐려진다.
그가 육신으로 하늘로 올랐다는 세상 소문으로 그의 몸을 보려한다.
영혼과 육체를 지니고 천국에 오르신 분은 오직 그리스도와 마리아다.
하나님 계획하신 최후 심판의 날까지는 육체의 부활은 이루어지지 않는다.

제26곡

사랑이란 무엇인가

사랑의 표상인 요한이 단테에게 사랑의 덕에 대해 묻는다. 사랑이 무엇이며, 사랑이 어디로부터 오는가에 대한 질문에 단테가 사랑을 이야기하는 성경 말씀의 알파와 오메가가 되시는 하나님에 대해 말한다. 사도 바울의 눈의 비늘을 씻겨준 아나니아의 손길과 같이 베아트리체가 단테의 시력을 회복시킨다. 아담이 단테 의문을 풀어준다.

1 눈이 뿌옇게 되어 힘겨울 때에
내 시력을 앗아간 불꽃의 숨결이
나로 정신을 가다듬게 했다.

4 “너의 흐릿해진 눈이
다시 회복될 때까지 함께 이야기하며
돌이키는 것이 좋으리라.

7 네가 열망하는 것이 무엇인지
말해보아라. 너는 시력을 잃은 것이 아니고
눈부심으로 잠깐 흐려졌도다.

10 너를 인도하는 여인의 눈길 속에
아나니아의 손의 능력이
담겨있노라.”

13 내가 말하길, “저를 사랑으로 타오르게 하는 불길은
언제나 눈을 통해 들어왔나니,
빠르든 늦든 치료는 그녀에게 맡기나이다.

16 이 천국을 풍성하게 하시는 하나님 말씀이
저로 사랑을 불러일으키는
알파와 오메가가 되십니다.”

19 갑작스런 두려움으로부터
나를 다독거리며 위로해 주는 그가
나로 계속 말하게 했다.

22 “더 가는 체sieve로 걸러서 말해보아라.
무엇이 너로 하나님을 향한
사랑의 화살을 쏘게 하는지?”

25 내가 이르기를, “이성적인 판단과
하나님 말씀의 권위가
제 가슴에 사랑을 각인시켰나이다.

28 선善이 선으로 인식되면 될수록
사랑은 더 불타오르고, 선으로 뜨거워진 만큼
더 큰 사랑을 품을 수 있기에

31 본질 밖의 온갖 선은 지고至高의 선이 빚어내는
빛줄기 밖의 빛이 되지 않도록
반드시 하나님을 향해야 하나이다.

34 결국 본질 밖의 모든 선은
근본 된 빛의 반사일 뿐이기에
진리를 더 사랑해야 하리니,

37 영원불멸하는 인간과 천사에 대한 하늘의 사랑을
저에게 가르쳐 준 아리스토텔레스를 통해
제가 이 진실을 깨닫게 되었나이다.

40 또 하나님께서 모세에게
'너에게 모든 선을 보여줄 것이다.'라고 말씀하신
진리의 목소리가 이것을 분명하게 했고,

43 당신께서도 세상 사람들에게
말씀을 통해 이 진리를
보여주셨나이다."

46 그가 이르기를, "너의 이성적인 판단과
네가 깨달은 진리의 말씀으로
네가 하나님을 향하고 있음을 보도다.

49 그러면 너를 그분에게로 끌어당기는
또 다른 줄이 있는지, 그리하여 그 사랑의 이빨이
너를 어떻게 물고 늘어지는지를 말해보아라."

52 그리스도의 독수리이신 그분의 거룩한 의욕이
미지근하지 않았기에 그가 나를
어디로 이끌 것인지를 알 수 있었다.

55 "제 마음을 하나님께로 향하게 만드는
주님의 사랑의 이빨이 저를 물고 늘어져
놓지 않고 있나이다.

58　온 우주와 인간 존재의 창조,
우리를 살리시려는 예수의 고난과 죽음,
그리고 모든 신자들이 바라는 소망이

61　앞에서 말한 살아있는 진리와 더불어
저를 깊은 수렁에서 건져내어
쉴만한 물가로 인도하시나이다.

64　또 영원한 꽃밭지기인 하나님께서
베풀어 주신 은혜로 제가 그분의 정원인
세상 모든 잎사귀들을 무한히 사랑하나이다."

67　내가 말을 마치며 사랑의 노래가 하늘에서
울려 퍼졌고 베아트리체가 다른 영혼들과 함께
"거룩하다! 거룩하다! 거룩하다!" 하더라.

70　망막으로 전해지는 강한 빛줄기가
눈의 감각을 거슬려
문득 잠에서 깨어나게 되고,

73　깨었어도 깬 영문을 모른 채 감각의 기능이
회복될 때까지는 모든 것이 어렴풋한 것처럼
그때 내가 그러했다.

76 머지않아 베아트리체가
천 마일도 넘게 비추는 사랑의 눈빛으로
내 눈의 온갖 티끌을 말끔히 씻어주어

79 내가 이전보다 더 잘 보게 되었는데,
뜻밖에도 또 다른 빛이
우리와 함께하므로 내가 얼마나 놀랐던가!

82 나의 여인이 말하길, "이 빛들 속에
근본 되시는 힘이 빚으신 첫 번째 영혼이
창조주를 기뻐하고 있다오."

85 바람이 불 때 나뭇가지가
구부러졌다가 자신의 탄력으로
다시 원상을 회복하는 것처럼,

88 그녀가 말하는 동안
내가 어리둥절한 채로 있다가
다시 간절한 마음이 달아올라

91 입을 열었다. "오, 성숙한 모습으로
창조되신 분이여! 모든 신부가 당신께는
딸이며 며느리가 되는 최고의 어른이시여!

94 정성으로 비노니 말씀하여 주소서.
당신이 저의 소원을 아시오니
제가 잠잠히 듣고자 하나이다."

97 무언가로 덮어씌워 진 짐승이 몸부림칠 때
덮은 것의 움직임에서
그것의 요동침이 드러나는 것처럼,

100 인류의 첫 번째 영혼이 자신의 빛살로
나를 감싸며 기뻐하는 모습이
빛을 통해 드러났다.

103 그가 이르기를, "네가 말하지 않아도
나는 네가 바라는 것들을 다 아노라.
너보다 더 분명하게 말이니라.

106 나는 진실의 거울 속에서 너를 보노니,
이 거울은 스스로 모든 것을 비추어 내지만
어느 누구도 이 거울 속에 자신을 담지 못하노라.

109 여인이 높은 사다리를 통해
너를 인도했던 그 동산에서
하나님께서 얼마나 오래전에 나를 두셨고,

112 내 눈이 얼마 동안이나 즐거워했으며,
나를 향한 하나님 분노의 원인은 무엇이었고,
또 내가 사용한 언어를 네가 묻는 도다.

115 아들아, 내가 에덴에서 추방된 이유는
선악의 열매를 맛본 것 때문이 아니라
하나님 명령을 거역한 일 때문이었노라.

118 네 여인이 베르길리우스를 찾아가
너를 돕게 한 그 림보에서 나는 태양이 사천삼백두 번
회전하는 동안 너와의 만남을 기대했노라.

121 또 내가 세상에 사는 동안
태양이 지고 뜨며 자기 길을
구백삼십 번 도는 것을 보았노라.

124 내가 사용한 언어는
니므롯 족속이 성취할 수 없는 바벨탑을
도모하기 전에 이미 사라졌도다.

127 환경에 의해 늘 변하는 것이 인간의 즐거움이고,
인간 정신의 소산물이라고 하는 것들도
결코 영원할 수 없노라.

130 사람이 말을 하는 것은 천부적天賦的이지마는
그러나 좋아하는 대로 이렇게 말하고
저렇게 말을 하는 것은 스스로 선택하노라.

133 지금 나를 기쁨으로 감싸주시는 최고의 선善을
내가 숨 막히는 지옥의 림보로 갈 때까지는
세상이 야훼Iahwh라 불렀고

136 그 뒤에는 엘로힘Elohim이라 했나니,
인간들의 버릇은 마치 지고 나서 다시
피어나는 잎새와 같도다.

139 물결 위로 높이 솟은 에덴에서
나는 아침 여섯 시부터 정오까지
순수한 생명으로 지냈노라.

142 그 사이에 태양의 각도는 사분의 일이 변했도다."

• 1~21

사랑의 표상인 요한이 단테에게 사랑의 덕에 대해 묻는다.
갈망하는 것이 무엇이냐는 요한의 질문에 자신이 바라는 대상은 사랑을 전하는 성경 말씀의 알파와 오메가가 되시는 하나님이라 말한다.
사도 바울의 눈에서 비늘을 씻어주던 아나니아의 손길처럼 베아트리체가 단테의 흐릿한 눈을 회복시켜 준다.

• 22~42

요한이 단테에게 어떻게 하나님을 사랑하게 되었느냐고 묻는다.
단테가 이성적인 논증과 하나님의 말씀을 통해 믿게 되었다 말한다.
사랑의 대상은 지고의 선이며, 선을 인식하면 할수록 사랑이 더 커진다.
하나님은 최고의 선이며 그 외의 선은 그 선을 반사하는 빛줄기다.
단테가 하나님을 제일의 사랑으로 말한 아리스토텔레스BC 384~322의 가르침을 논한다. 하나님이 불멸의 존재인 천사와 인간을 사랑한다.

• 43~66

단테가 요한이 전한 성경 말씀을 통해 하늘의 신비를 말한다.
"태초에 말씀이 계시니라. 이 말씀이 하나님과 함께 계셨으니 이 말씀이 곧 하나님이시니라. 그가 태초에 하나님과 함께 계셨고 만물

이 그로 말미암아 지은 바 되었으니 지은 것이 하나도 그가 없이는 된 것이 없느니라. 요:1,1~3

요한이 단테에게 하나님을 사랑하게 만드는 또 다른 이유를 묻는다. 온 우주와 인간을 창조하시고 십자가 죽으심으로 인류를 구원하시고 소망을 주신 하나님의 사랑이 자신을 물고 늘어져 놓지 않음을 고백하며, 영원한 꽃밭지기인 하나님의 사랑으로 정원의 잎사귀인 세상의 모든 피조물들을 사랑할 수밖에 없음을 단테가 고백한다.

• 67~96

단테의 시력이 이전보다 더 잘 볼 수 있게 회복된다.
단테가 세 명의 사도 옆에 새로 등장한 인물을 보고 어리둥절한다.
베아트리체가 그 영혼이 인류의 조상인 아담이라고 말해준다.
단테가 궁금해하는 것들을 아담이 다 간파하고 있다고 믿는다.

• 97~117

빛 가운데 나타난 아담에게 단테가 묻는다.
아담이 단테의 궁금증을 다 헤아리며 대답한다.
단테가 궁금해하는 것은 하나님 분노의 원인과 아담이 사용한 언어다.
또 아담이 창조된 것은 언제며 에덴동산에서 얼마나 있었느냐 묻는다.
낙원에서 쫓겨난 것은 하나님의 명령을 거역한 것 때문이다.

• **118~142**

아담은 930년을 살았고 림보에서 4302년을 머물렀다.

"아담이 셋을 낳은 후 팔백 년을 지내며 자녀를 낳았으며, 그가 구백삼십 세를 향수하고 죽었더라." 창5:4,5

아담이 사용했던 언어는 바벨탑 사건 이전까지의 언어다.

세상에서 하나님의 이름이 처음엔 '스스로 계신 하나님'인 야훼Iahwh의 첫 글자 I였고, 나중엔 '능하신 자'인 엘로힘Elohim의 EL이었다.

그가 맛본 지상낙원에서의 삶은 불과 여섯 시간이었다.

여섯 시간은 하루의 사분의 일이다.

제27곡

성직자들의 타락

단테 앞에 있는 4명의 지복자至福者들 중 베드로의 얼굴이 붉어진다. 그가 교황과 사제들의 타락을 질책하며 그리스도의 신부인 교회를 위해 순교한 교황들의 이름을 열거한다. 베아트리체가 하늘의 속성을 설명하면서 하나님은 시간을 주관하시며 이 시간으로 우주를 주장하신다고 말한다. 단테가 베아트리체와 함께 아홉 번째 하늘인 원동천으로 이동한다.

1　“성부와 성자와 성령께 영광을!”
온 하늘이 하나님을 찬양하므로
내가 그 노래에 취해있었는데,

4 온 우주에 삼위三位의 미소가 울려 퍼지며
감미로운 취기醉氣가 나의 듣는 귀와
보는 눈 속으로 파고들었다.

7 오, 말로 형언할 수 없는 기쁨이여!
사랑과 평화의 완전한 삶이여!
더 이상 바랄 것이 없는 부요여!

10 내 앞으로 다가왔던 네 개의 불꽃들 중
맨 처음 왔던 자가
활활 타오르기를 시작하더니,

13 갑자기 목성과 같던 하얀 얼굴이
화성의 붉은 빛으로 변했는데,
두 마리 새가 서로 날개를 바꾸는 것 같았다.

16 하늘의 영혼들에게 소임을 맡기시는
하나님의 섭리가 복 받은 합창대에게
침묵을 명하는 중에 그가 소리치길,

19 "내 얼굴빛이 바뀌어도 놀라지 말라.
내가 말하는 동안 모든 이의 표정이
달라지는 것을 보리라.

22 하나님 아들 예수께서 계시는 보좌 앞에
텅 비어있는 내 자리, 내 자리,
그 고귀한 자리를 세상에서 차지한 자가

25 내 무덤이 있는 곳을 피와 악취로
시궁창을 만들어 놓았나니,
지옥 마귀가 얼마나 기뻐하겠는가."

28 아침과 저녁 무렵
구름을 채색하여
온 하늘을 곱게 물들이는 붉은 노을처럼,

31 또 정숙한 여인이 곁에 있는 자의
어이없는 실수를 보며 민망하여
낯이 붉어지는 것같이

34 베아트리체 모습도 그러했는데,
그리스도께서 수난 당하실 때에
어둠이 하늘을 덮는 것과 같더라.

37 얼굴이 달라진 것 못지않게
목소리까지 변한 베드로가
다시 외치기를,

40 “그리스도의 신부인 교회가 내 피로,
리누스와 클레투스의 희생으로 양육된 것은
황금을 얻기 위함이 아니었노라.

43 식스투스와 피우스, 칼릭스투스와 우르바누스가
많은 피와 눈물을 뿌린 것은
행복한 믿음의 삶을 위함이었도다.

46 그런데 그리스도를 믿노라 하면서
누구는 교황의 오른편에 앉고
누구는 황제 편에 서는데, 그것은 하늘의 뜻이 아니로다.

49 또 그리스도께서 내게 건넨 천국 열쇠가
믿는 자들끼리 들고 싸우는 깃발에
문장紋章, emblem으로 새겨 넣으라 주신 것이 아니며,

52 거짓되게 매매하는 자들의 이익을 위해
내가 옥새의 무늬가 된 것도 아니로다.
그 일로 내 얼굴이 붉어지며 눈에서는 불꽃이 튀는도다.

55 목자의 옷을 입고 노략질을 일삼는
이리떼 모습이 여기에서 다 보이나니,
오, 권능의 주여! 왜 침묵하고 계시나이까?

58 우리 피를 마시려고 노리는 카오르 사람과
구아스키 출신이여, 너희들의 선한 출발이
어찌 이리 악한 결말로 끝이 나는가!

61 그러나 스키피오를 통해 로마의 영광을
지키셨던 지존자의 섭리가
이제 곧 도움의 손길을 펴실 것이라.

64 그러니 아들아, 몸의 무게를 지닌 네가
세상으로 돌아가거든 입을 열어
내가 말한 것들을 숨기지 말라."

67 염소자리가 태양빛에 닿을 무렵
하늘이 얼어붙은 수증기를
눈송이로 날리는 것같이,

70 우리와 함께하던 승리자들이
안개처럼 피어올라 빛을 발하며
하늘의 정기精氣가 되어 위로 오르더라.

73 내 시선이 그 모습을 따라가다가
그들이 높이 날아 사라지는 바람에
내가 더 이상 좇을 수 없었는데,

76 집중하여 하늘을 보고 있던 나를 향해
베아트리체가 말하기를,
"저 아래 우리가 지나온 길을 봐요."

79 내가 전에도 세상을 내려다보며 그랬듯이
우리가 활꼴 모양의 호弧를 통해
여기에 이르렀음을 알게 되었는데,

82 카디스 저편엔 오디세우스의 미친 뱃길이 있었고,
다른 쪽에는 제우스가 순수한 에우로파를
짐 지고 가던 페니키아 해안도 보였다.

85 내가 지구를 더 많이 볼 수 있었으련만
태양이 황소자리를 떠나 서쪽으로 나아가므로
그만 어두워지고 말았다.

88 베아트리체를 향한 내 마음이 간절해지며
내가 그녀를 보았는데,
가슴이 더욱 사랑으로 불타오르더라.

91 자연이나 예술이 사람의 시선을 빼앗고
마음을 사로잡기 위해 감미로운 육체나 그림으로
유혹의 덫을 놓기도 하지만,

94 그러나 이 모든 것들을 다 합해놓고는
나를 향한 여인의 경건한 미소와 견준다 해도
그것은 아무것도 아닌 것을 내가 알았도다.

97 성스러운 여인을 바라보므로 내게 주어진 힘이
나를 이끌어 레다의 포근한 보금자리인 쌍둥이자리에서
가장 빠른 원동천으로 밀어 올렸는데,

100 그곳은 높은 곳이나 낮은 곳이 두루두루
한결같아서 베아트리체가 나를
어느 곳으로 인도했는지도 알 수가 없었다.

103 그때 미소를 지으며
내 마음을 헤아리면서 말을 잇는 여인의 모습이
하나님의 행복으로 행복해 보였다.

106 "중심인 지구는 가만히 두고는
다른 모든 것들을 운동하게 하는 우주의 본성이
바로 이 원동천에서 비롯되나니,

109 이 하늘은 오직 하나님의 정신 안에 있으며,
또한 그분 마음속에는 우주를 다스리시는
사랑의 힘이 불타고 있다오.

112 하나님의 빛과 사랑이 이 원동천을 품고 있음이
마치 이 원동천이 온 우주를 안고 있음과 같노니,
감싸는 둘레는 오직 그분만이 아신다오.

115 이 모든 원리는 다른 것에 의하지 않고
둘과 다섯의 곱이 열인 것처럼
오직 최고의 하늘인 정화천에 의해 성취된다오.

118 이제 그대는 왜 시간이 원동천이라는 화분에다가
뿌리를 내리고는 여러 하늘들을 통해
잎을 피우는지를 알게 되었을 것이오."

121 이렇게 말한 베아트리체가 갑자기 소리치길,
"오, 탐욕이여! 너는 네 곁으로 인생들을 이끌어 처박아 놓고는
네 물결 밖으로는 일체 시선을 돌리지 못하게 하는 도다.

124 의지라고 하는 것이 사람들 마음속에
꽃을 잘도 피우게 하련만, 쉼 없이 내리는 탐욕의 비가
먹음직한 열매를 쭉정이로 만들어 버리도다.

127 순수와 신앙은 오직 어린아이에게만 있어서
저들 뺨이 수염으로 덮이기도 전에
이것저것이 다 사라지고 마는 도다.

130 저들이 어릴 때에는 금식을 하다가도
어른이 되어 혀가 풀리면 고난의 사순절에도
음식을 가리지 않고 집어삼키는 도다.

133 또 말이 서툴 때에는 어미를 사랑하며
그녀 말에 순종을 하다가도 말을 다 배운 뒤엔
오히려 그가 땅속에 묻히길 바라는 도다.

136 아침을 불러오고 저녁을 저물게 하는
태양의 아름다운 따님인 사람의 살결이
처음엔 희다가 나중엔 검게 되도다.

139 그대, 내 말이 이상하게 들릴지 모르겠지만
인간 세상은 진정한 지도자가 없어
갈 길을 잃었다오.

142 세상에서 무시되었던 카이사르의 백분의 일의 시간으로
머지않아 정월이 겨울이 아닌 봄이 되리니,
온 하늘의 둘레가 호되게 소리 지를 것이라오.

145 그러나 무던히도 기다리던 자가 폭풍을 몰고 와
뱃머리가 있던 자리로 선미를 돌려 인간의 탐욕을 바로잡아
함대艦隊로 쏜살같이 내닫게 하리니,

148 그리하여 꽃이 피고 참 열매가 맺힐 것이오."

• 1~27

4명의 복자들이 단테 앞에 서있는데 베드로의 얼굴이 붉어진다.
천국의 열쇠를 주님에게서 부여받은 베드로가 교황의 타락을 질책한다.
교황은 있어도 진정한 목자가 없어 그 자리가 빈 것이나 마찬가지다.
베드로가 순교한 곳에 세워진 교황청의 사제들이 부패했다.
교황의 타락과 악행으로 지옥의 루시퍼가 기뻐한다.

• 28~54

베드로의 탄식을 들은 베아트리체의 안색도 변한다.
베드로가 그리스도의 신부인 교회를 위해 순교한 교황들을 열거한다.
그리스도를 믿으며 교황 편에 서고 황제 편에 서는 분파를 질책한다.
주님께서 베드로에게 허락하신 천국 열쇠를 수놓은 깃발을 들고
교황청이 믿는 자들과 전쟁하며, 또 베드로 모습이 새겨진 옥새가
교회 사제들의 사리사욕을 충족시키는 인장으로 사용된다.

• 55~81

교황들과 교회 사제들이 타락하여 이리떼가 되었다.
카오르 사람은 요한 22세 교황1316~1336 재위이고 구아스키 출신은
클레멘스5세1305~1314 재위로 교황청을 프랑스 아비뇽으로 옮겼다.
스키피오를 통해 로마를 구원한 하나님이 교회를 구할 것이라 믿는다.

베드로가 단테에게 이 모든 사실을 세상에 전하라 명한다.
정화천을 향하는 영혼들을 바라보지만 단테 시선이 미치지 못한다.
단테가 지금까지의 지나온 길을 돌아보며 지구를 주목한다.

- **82~105**

단테가 항성천의 쌍둥이자리에서 지구를 본다.
에스파냐의 해안 도시 카디스 주변의 험난한 지브롤터 해협이 보인다.
페니키아의 해안에서 친구들과 노는 시돈 왕의 딸 에우로파에게 반하여 제우스가 황소로 변해 그녀를 등에 업고 크레타 섬으로 데려갔는데, 훗날 사람들은 그 주변이 그녀의 이름을 따서 유럽Europe으로 불리게 되었다고 말하기도 한다.
제우스가 스파르타 공주인 레다를 사랑하여 백조로 변신해 관계를 맺고, 두 개의 알을 낳게 되는데, 하나에서 헬레나가 태어나고 다른 것에서 쌍둥이 아들이 태어난다. 두 아들이 하늘에 올라 쌍둥이자리가 되는데, 여기에서는 여덟 번째 하늘을 가리킨다.

- **106~120**

베아트리체가 단테에게 하늘의 원리를 설명한다.
지구의 주변을 돌고 있는 우주는 원동천으로부터 힘을 공급받는다.
원동천을 감싸는 정화천에 계신 하나님의 사랑이 온 우주를 운행한다.

시간을 주관하시는 분이 하나님이며 이 시간으로 우주를 주장하신다.

• **121~148**

베아트리체가 인간의 탐욕을 비판한다.
볼에 수염이 나서 어른이 되기도 전에 탐욕으로 순수를 잃는다.
그리스도의 수난을 기억하며 절제하는 사순절에도 배불리 먹는다.
어릴 때 순수했던 마음이 변질되어 검게 타버린다.
단테가 아리스토텔레스의 말을 빌려 인간을 태양의 산물이라 말한다.
카이사르가 1년을 365일 6시간이라 했는데 이 계산은 실제보다 백분의 일을 초과한 것이어서 수천 년 후에는 정월이 겨울이 아닌 봄이 될 것이라 말한다. 그리하여 오래되지 않아 온 세상은 혼란에 빠져들게 될 것이라고 한다.
1582년 그레고리우스 8세가 이 오류를 정리하였던 것과 같이, 탐욕으로 부패한 교황과 성직자들을 쓸어버리는 지도자를 기대하며, 그로 인해 이 땅의 모든 열매가 쭉정이가 아닌 진정한 참열매가 되리라 믿는다.

제28곡

천사들의 품계

단테와 베아트리체가 원동천에 올랐다. 단테가 천사들에게 둘러싸인 하나님을 발견한다. 원동천을 감싸는 하나님의 빛과 사랑으로 눈을 뜰 수가 없다. 원동천은 더 많은 지혜와 사랑을 가지고 하나님을 인식하는 천사 세라피니와 연관되어 있고, 그 내적인 능력으로 온 우주를 포용한다. 천사들의 품계를 바울의 제자 디오누시오의 이론을 빌려 말한다.

1 내 심중에 천국을 심어놓은 그녀가
세상을 집착하며 살아가는
인간들의 실상을 내게 들려주었다.

4 등 뒤에 있는 촛불이
자기 앞의 거울에 비쳐진
모습을 보고는

7 거울이 실상을 반영하고 있는지를 확인하려
몸을 돌려 불꽃을 보듯이, 또 노래하는 자가
곡조를 놓치지 않으려 악보를 집중하는 것처럼

10 나도 사랑의 줄이 되어
나를 온전히 사로잡는 거울 같은 그녀를 보며
내 마음을 하나님께로 돌렸다.

13 그리고는 내가 원동천의 회전에
시선을 빼앗기며 그 권圈 안에 있는
어떤 실체와 눈을 마주쳤는데,

16 예리한 빛을 발하는 점을 보며
그 강렬함 때문에
내가 눈을 감을 수밖에 없었나니,

19 지상에서 아무리 작게 보이는 별도
그 점과 나란히 있기만 하면
달과 같이 빛날 것만 같았다.

22 달무리 질 때에
달을 감싸는 운애雲靉가 짙을수록
테가 뚜렷한 것처럼,

25 테를 두른 천사들이 그 점 주위를
빠른 속도로 돌고 있었는데, 온 천하를 감싸는
원동천의 운행을 능히 이겨낼 정도였다.

28 첫 번째 테의 천사들이 두 번째 테의 천사들에 의해,
그것은 다시 셋째 테에 의하여, 또 셋째 테는 넷째 테에,
넷째는 다섯째 테에, 다섯째는 여섯째에 둘려있었다.

31 그 너머에 일곱 번째 테두리가 폭을 넓히며
이어지고 있었는데, 헤라의 사환인 무지개의 몸으로도
그들을 품기엔 옹색할 것만 같았다.

34 여덟 번째와 아홉 번째 테의 천사들도 그러했는데,
어느 것이든 중심에서 멀어질수록
더 느리게 돌고 있었다.

37 지순至純의 빛에 가까이 있는 불꽃들이
더 순수한 빛을 발하고 있었고,
그만큼 더 진리에 몸담고 있는 것 같았다.

40 점점 미궁 속으로 빠져드는 나를 보며
베아트리체가 말하길,
"온 하늘과 모든 존재가 저 점을 의지한다오.

43 저 점에 맞닿은 테두리를 봐요.
움직임이 저렇게 빠른 것은
충동질하는 불타는 사랑 때문이라오."

46 내가 그녀에게 말하길,
"세상이 저 둘레처럼 질서가 있다면
앞일을 다 헤아릴 수 있겠나이다.

49 그런데 감각적인 면에서 보면
회전하는 여러 하늘들이 중심인 지구로부터
멀어질수록 더욱 성스럽게 보입니다.

52 그래서 사랑과 광명을 경계로 삼는
이 놀라운 천사들의 궁전에서
제 소망이 다 이루어지길 원하지만,

55 본질과 현상이 하나 되지 못함을
알 수 없는 저로서는 혼자서
관조觀照, ponder하며 궁구해도 다 허사입니다."

58 “그대 약한 손으로 매듭을 풀기가 어렵다 해도
그것이 이상한 일이 아닌 것은
단단한 매듭이 그대를 시험하려는 것이 아니기 때문이오.”

61 여인이 이 말에 이어 다시 이르기를,
“내가 하는 말을 잘 듣고
주위를 자세히 살펴보오.

64 형체가 있는 아홉 개 하늘이
넓기도 하고 좁기도 한 것은 그것들을 통해
펼쳐지는 힘이 많고 적음에 따른 결과라오.

67 가장 큰 선善이 가장 커다란 축복을 마련하고,
더 큰 축복은 더 큰 몸체를 성취하여 완전해지므로
모든 것을 포용할 수 있다오.

70 그러므로 사랑으로 온 우주를 통째로 이끄는 이 원동천은
더 많이 인식하고 더 많이 사랑하는
세라피니 천사들과 연관되어 있다오.

73 그대는 둥그렇게 보이는 저 천사들의 겉모양을
주목하기보다는 저들의 내적인 능력에
척도尺度를 들이대야 하리니,

76 그리하면 천사들이 하나님을 인식하는 정도에 따라
큰 것은 큰 것대로, 작은 것은 작은 것대로
그 회전의 정도가 달라지는 것을 보리다.”

79 북풍인 보레아가 물러가고
동쪽에서 미풍이 불어오면
세상을 어지럽게 하는 검은 구름이

82 다 사라지고
반구半球가 맑게 개어
하늘 구석구석이 웃음 짓게 되는 것처럼,

85 베아트리체의 분명한 대답으로
내 마음속 먹구름이 사라지며
진리가 하늘에서 별같이 빛나더라.

88 그녀가 말을 마치며
용광로에서 불꽃이 튀는 것처럼
원동천의 둘레에서 빛이 쏟아져 내렸는데,

91 섬광閃光을 수반하는 불꽃들의 숫자가
마치 체스판의 갑절에 수천을 더한 것처럼
그렇게 많았다.

94 그들을 그 자리에 두시고 그 모습 그대로
있기를 원하시는 부동의 한 점을 향해
온 찬양대가 '호산나'를 불렀는데,

97 내 마음의 의문을 헤아리는 여인이 말하길,
"처음 두 테두리가 원동천의 세라피니와
항성천의 케루비니를 보여주나니,

100 저 천사들은 숭고한 점을 닮으려고
사랑으로 궤도를 빠르게 돌아
결국 저들도 그렇게 된다오.

103 저들 다음 둘레를 도는 천사들은
하나님을 섬기는 토성천의 트로니인데,
여기까지가 하나님을 수종하는 첫 삼품三品이라오.

106 인간의 지성이 안식처로 삼는 진리 안에서
직관直觀이 깊을수록
더 큰 기쁨을 누리나니,

109 결국 지복至福을 누림이 이성과 감각을
뛰어넘는 직관直觀에 있고,
사랑은 그 직관의 결과인 것을 알아야 한다오.

112 이렇게 소중한 직관은
하나님 은혜와 착한 의지로 얻게 되며
공덕功德은 이런 단계를 거치면서 쌓인다오.

115 염소자리의 차가운 밤도 앗아가지 못하는
이 영원무궁한 봄날에 만물의 싹을 돋게 하는
또 하나의 삼품三品이 있는데,

118 이들이 세 가닥의 선율을 통해
삼위일체 하나님 앞에서
호산나 찬양을 울려 퍼지게 한다오.

121 이 둘째 품급 중 첫째가 목성천의 도미나치오니이고
그다음이 화성천의 비르투디이며
셋째가 태양천의 포데스타디라오.

124 그 뒤를 잇는 셋째 삼품의 원무圓舞 속엔
금성천의 프린치타티와 수성천의 아르칸젤리가 있고
맨 끝에는 월천의 안젤리의 환희가 있는데,

127 이들 모두가 위를 우러르며
아래에 있는 품급들을 향해 힘을 독려하여
하늘을 향해 전진하게 한다오.

130 바울의 제자 디오누시오가 큰 뜻을 품고
천사들을 궁구窮究하려 생을 바쳤나니,
그도 나처럼 그들을 명명命名하여 구분했다오.

133 그러나 그레고리우스가 의견을 달리했으나
나중에 그가 천국에 와서 진실을 깨닫고는
민망하여 자조自嘲의 웃음을 지었다오.

136 그러나 이런 은밀한 진리를 세상 사람들이
말했다 하여 놀랄 일이 못 되는 것은
여기에서 이 비밀을 깨달은 바울이

139 이미 더 많은 진실을 밝혔기 때문이오."

- **1~27**

단테가 천사들에 둘러싸인 한 실체를 발견한다.

베아트리체의 눈이 하나님의 모습을 비추는 거울이다.

원동천을 감싸는 하나님의 빛으로 단테가 눈을 뜰 수가 없다.

하나님께서 그 빛으로 온 우주를 환하게 밝힌다.

- **28~57**

원동천의 첫 번째 둘레의 천사들이 빠른 속도로 돌고 있다.

하나님의 사랑에 더 많이 젖어있음이 더 힘 있게 사는 비결이다.

지구는 천국의 중심에서 가장 멀리 떨어져 있다.

감각적인 관점에서 보면 지구에서 멀어질수록 더 성스럽게 보인다.

단테가 본질인 초감각과 비본질인 감각적인 세계 차이를 알고자 한다.

- **58~105**

천구는 힘의 크기에 따라 크고 작음이 결정된다.

원동천은 더 많은 지혜와 사랑을 가지고 하나님을 인식하는 천사

세라피니와 연관되어 있으며, 그의 내적 능력이 온 우주를 포용한다.

하나님을 인식하는 정도에 따라 회전하는 속도와 크기가 달라진다.

• 106~114

베아트리체가 단테에게 인간의 축복은 하나님을 아는 것이라 말한다.
“영생은 곧 유일하신 참 하나님과 그의 보내신 자 예수 그리스도를 아는 것이니라.” 요17:3
이 안다는 것은 인간 이성과 감각을 통한 추리와 경험으로 확인하는 것이 아닌 직관에 의한 것이다.
직각直覺적인 앎인 직관에 의해 기쁨의 정도가 달라진다.
공덕은 하나님의 은총과 인간의 의지적인 협력을 통해 얻어진다.

• 115~139

바울에게 감화를 받고 개종한 디오누시오의 천사 이론을 소개한다.
모든 품계의 천사들이 하나님을 향하여 영광을 올려드린다.
이런 오묘한 천국의 비밀을 생각해 낸 디오누시오의 영감이 놀랍기도 하지만, 그러나 바울이 성경 말씀을 통해 이미 언급한 내용이라 말한다.
“만물이 그에게 창조되되 하늘과 땅에서 보이는 것들과 보이지 않는 것들과 혹은 보좌들이나 주관들이나 정사들이나 권세들이나 만물이 다 그로 말미암고 그를 위하여 창조되었고,” 골1:16
바울은 천사 숭배 사상이 만연한 골로새 교회를 향해 천사의 정체를 밝히면서 그리스도만이 유일한 경배의 대상이라 말했다.

제29곡

천사장의 타락과 성직자들의 부패

하나님께서 하나님의 형상을 따라 하나님의 모양대로 하나님이 사람을 지으신 것처럼 형상과 물질을 합하여 온 우주를 창조하시고, 우주의 운행을 돕기 위해 천사를 지으셨다. 그러나 천사장 루시퍼가 자기 본분을 망각하고 하나님과 동등 되려 했고, 사악한 성직자들은 면죄부를 발행하며 마귀의 종이 되었다.

1　레토의 두 아들인 해와 달이
　지평선을 띠를 삼아 허리에 두르고는
　양자리와 저울자리에 머물고 있을 때,

4　하늘의 천정天頂이 둘의 균형을 잡은 때부터
둘이 반구半球를 바꾸려고 이동하며
균형을 잃고 마는 순간에 이르기까지

7　나를 압도하던 그 점을 집중하며
침묵하고 있던 베아트리체가
미소를 머금고는

10　입을 열었다.
"그대가 모든 시간과 공간이 모여드는
저 점을 보았기에 묻지 않은 것을 내가 말하리다.

13　하나님은 자신을 위해 어떤 선善도
요구하지 않으시며 다만 '나는 스스로 있노라.'고
선포하시며 빛을 비추신다오.

16　시간을 초월한 영원 속에서
일체의 제한을 뛰어넘으시며
자기 뜻대로 사랑을 펼치시는 하나님은

19　한가히 쉬는 분이 아니신데
땅이 혼돈하고 공허할 때 수면 위를 운행하셨지요.
이런 일은 이전에도 없었고 이후에도 없는 일이라오.

22 이런 하나님께서 형상form과 질료matter를 합해
순수하고 완전한 존재를 탄생시키셨는데,
이것은 마치 시위가 셋인 활이 화살 셋을 쏜 것과 같다오.

25 유리나 호박이나 수정에
찬란한 빛이 비칠 때
그 빛이 눈 깜빡할 사이에 흘러나오듯,

28 형상과 질료와 이 둘의 합체인 실체가
순식간에 이루어져서 어느 것이 먼저라고
할 것도 없이 서로 어울렸다오.

31 실체와 더불어 구조와 질서가 구축되었고
실체인 천사들은 하늘 꼭대기인
이 원동천에 머물렀으며,

34 낮은 하늘은 순수 물질이 차지하고
우주의 중심인 지구는 순수 물질과 천사들이
서로 끊어지지 않게 매듭이 지어졌다오.

37 제롬이 천사들이 창조된 것은
나머지 세계가 완성되기
수 세기 전이라 말했지만

40 그러나 이에 대한 진실은 성령에 감동된 자들이
기록한 성경 여러 곳에 드러나 있노니,
그것들을 보면 능히 알 수 있다오.

43 인간의 이성으로도 이것을 짐작할 수 있는데,
이는 하늘을 움직이는 원동력인 천사가
무대도 없이 창조될 수 있겠느냐 하는 것이오.

46 이제 천사들이 언제 어디에서 어떻게
창조되었는지를 알게 되었으니
그대 의문의 불꽃들 중 세 개는 꺼진 셈이오.

49 그러나 숫자를 셀 때 채 스물에 이르기도 전에
창조되자마자 그렇게도 빨리 그들 중 일부가
창조주를 떠나 지구를 흔들어 놓았다오.

52 그러나 그대가 보는 저들은
환희 가운데 중심을 돌면서 재주를 부리며
영원한 소임을 다하고 있다오.

55 그대가 저 아래에서 본대로
천사 타락의 원인은 지옥의 심연에서
우주의 무게에 짓눌리는 루시퍼의 교만이었소.

58 그러나 이곳의 천사들은
자기들의 인식이 하나님의 선善으로부터
기인한 것을 겸손하게 인정하고,

61 또 하나님의 은총과 자신들 공덕으로
시력이 더욱 밝아져서
죄짓지 않으려는 의지를 갖는다오.

64 그래서 내 그대에게 바라는 바는
의심을 버리고 은혜 앞에서 애정의 문을 활짝 열어
공덕을 쌓는 자가 되라는 것이오.

67 이제 그대가 내 말을 이해했다면
다른 도움이 없이도 천사들에 대해
결론을 내릴 수 있으리다.

70 그러나 세상 여러 학파들이
천사들이 본성을 가지고 인식하고 기억하며
의욕을 갖는 존재라 말하는데,

73 이런 가르침이 진실을 오해하게 만들고
혼란을 야기하므로 내가 그대로
제대로 이해할 수 있게 하리다.

76 하나님을 대면하는 저들은
모든 것이 비쳐져 숨길 수 없는
그분의 얼굴로부터 외면하지 않아서

79 새로운 것이 저들 시선을 빼앗지 못하고,
또 하나님의 영원성 안에는 과거와 미래가 없기에
추억할 기억도 개념도 필요치 않다오.

82 사람들은 잠자지 않으면서도 꿈을 꾸고
진리를 믿기도 하고 아니 믿기도 하지만,
하나님 나라에선 믿음이 없음보다 더 큰 수치는 없다오.

85 사람들은 철학을 공부하여
온갖 번뇌를 맛보고 겉모양에 집착하므로
고뇌하며 방황하지만,

88 그러나 하늘의 하나님은
당신의 거룩한 말씀이 무시되거나 왜곡될 때
분노를 느끼신다오.

91 하나님 말씀이 세상에 씨 뿌려 심겨질 때에
많은 피를 흘렸는데, 그 생명의 말씀으로 사는 것이
행복인 것을 모르는 인생들이

94 자기를 과시하려 재주를 부리고
꾸며낸 진리를 말하며, 설교할 때 말씀은
외면하고 세상 신화를 자세히 다룬다오.

97 그래서 누구는 그리스도께서 고난당하실 때
달이 태양을 가로막아
해가 빛을 잃었다 하고,

100 어떤 이는 유대인에게처럼 스페인과 인도에서도
그와 같은 일식이 일어났다 하는데,
사실은 해가 스스로 빛을 잃은 것이었소.

103 피렌체에 야고보와 빈도란 이름이 흔하다 해도
이곳저곳 강단에서 울려 퍼지는
허탄한 이야기들보다는 많지 않을 것이오.

106 그래서 아무것도 모르는 양 떼들은
바람으로 배를 채우고 목장에서 돌아오나니,
허풍을 친 목자들에게 책임이 없다 말할 수 없소.

109 그리스도께서는 제자들에게 '너희는 가서
세상 지식과 지혜를 전파하라' 말하지 않으시고
오직 진실한 복음만을 들려주셨기에

112 그들 입에는 말씀만이 있었고,
믿음을 불태우는 전쟁터에서
복음으로 자신들의 창과 방패를 삼았다오.

115 그러나 요즘 목자들은 말씀을 대변한다 하면서
세상 격언과 풍습을 말하고 익살을 떨며 웃기려 하고
수도자 복장으로 교만을 부린다오.

118 그러나 그들이 걸친 망토 끝에
마귀가 둥지를 틀고 있음을 성도들이 보게 된다면
면죄부免罪符의 실상이 다 드러날 것이오.

121 부패한 목자들로 인한 무지가
세상에 만연하여 양들로 아무런 근거도 없는
약속을 향해 달려가게 했다오.

124 이런 식으로 성 안토니오는 자기 집 돼지들을
살찌게 했고, 그보다 더 돼지 같은 놈들은
돼지를 받고 위조지폐인 면죄부를 내주며 살쪘다오.

127 이야기가 딴 길로 벗어났기에
이제 우리가 남은 시간을 감안하여
바른길로 가야 하리다.

130 천사들이 머무는 층層이 하도 많아
그 수에 있어서 인간의 개념이나 언어로는
다 헤아릴 수 없노니,

133 다니엘을 통해 계시된 말씀을 보면
그곳의 수천이란 말은 결국
미지의 무한수인 것을 알 수 있다오.

136 또 그들을 비추는 하나님께서
빛으로 하나 되는 천사들에게
다양한 모습으로 들어가시나니,

139 천사들 안에서 직관을 통해 인지되는
하나님 사랑의 감미로움은
뜨겁기도 하고 미지근하기도 하다오.

142 이제 영원한 힘이신 하나님의 선하시고
위대하심을 볼지니, 하나님은 당신의 숨결로
반짝이는 수많은 거울들을 만드신 후에도

145 언제나 변함이 없이 하나이시라오."

• 1~18

해와 달이 정반대 편으로 이동을 하며 균형을 잃는다.
베아트리체가 입을 열어 하나님은 완전한 선이라고 말한다.
하나님은 선을 더하기 위해 천상을 창조한 것이 아니다.
하나님은 선 그 자체이시고 스스로 계시는 완전한 분이시며,
하나님의 사랑으로 모든 피조물을 창조하신 분이다.
피조 세계에는 하나님의 선이 담겨있다.

• 19~45

하나님이 물 위를 운행하신 일이 이전에도 없었고 이후에도 없는 것은 하나님은 영원 속에서 시공을 초월하는 분이시기 때문이다.
하나님께서 하나님의 형상을 따라서 사람을 지으신 것처럼 형상과 질료를 합하여 모든 하늘을 움직이는 천사를 지으셨다.
활시위는 삼위인 성부 성자 성령이며 화살 셋은 형상과 물질과 존재다.
“태초에 하나님이 천지를 창조하시니라.” 창1:1
하나님께서 말씀을 통해 천사를 포함한 모든 만물을 창조하셨다.

• 46~75

하나님은 하나님의 선을 드러내기 위해 천사를 만드셨다.
그런데 천사장 루시퍼가 스스로 교만하여 하나님께 대적했다.

"너 아침의 아들 계명성이여 어찌 그리 하늘에서 떨어졌으며, 너 열국을 엎은 자여 어찌 그리 땅에 찍혔는고. 네가 네 마음에 이르기를 내가 하늘에 올라 하나님의 뭇별 위에 나의 보좌를 높이리라. 내가 북극 집회의 산 위에 좌정하리라. 가장 높은 구름에 올라 지극히 높은 자와 비기리라 하도다. 그러나 이제 네가 음부 곧 구렁텅이의 맨 밑에 빠치우리로다. 사14:14, 15

루시퍼가 하나님께 충성하는 소임을 망각하고 그분과 동등되려 했다.
그의 무리들이 우주의 흑암인 지구에 떨어져 저주받으며 발악한다.
하나님의 충성스러운 천사들은 하나님 곁에서 환희를 맛본다.
하늘 위의 천사들은 하나님을 직관하며 하나님의 사랑을 받는다.

• 76~102

천국에서는 과거와 미래가 모두 하나님의 영원성 안에 있기 때문에 천사들은 무엇을 기억할 것도, 추상을 위한 아무런 개념도 필요 없다.
천국의 천사들은 하나님의 영원한 사랑 안에서 열락悅樂할 뿐이다.
사람들이 믿음을 저버리고 자기를 과시하려 허탄한 것을 추구한다.
"때가 제 육 시쯤 되어 해가 빛을 잃고 온 땅에 어둠이 임하여 제 구 시까지 계속하며 성소에서 휘장이 찢어지더라." 눅23:44,45
인간이 지식과 과학을 동원하여 하나님 말씀을 왜곡시킨다.

• 103~123

베아트리체가 사악한 성직자들의 타락을 폭로한다.
그들은 하나님 말씀의 대변자가 아닌 마귀의 종이다.
성도들이 부패한 목자로 말미암아 주의 복음을 듣지 못한다.
주님은 제자들에게 오직 선교의 사명만을 주셨다.
"너희는 온 천하에 다니며 만민에게 복음을 전하라." 막16:15

• 124~145

성화에 안토니오 성인의 발밑에 돼지가 누워있다.
중세 수도사들이 돼지를 길러 죄 사함을 받으라고 백성들에게 권했다.
목자들이 백성들에게 돼지를 헌납하게 하며 면죄부를 발행했다.
면죄부를 얻기 위해 헌물한 돼지가 성직자들의 양식이 되었다.
베아트리체가 다니엘서의 성경 말씀을 통해 천사들의 숫자를 말한다.
"내가 보았는데 왕좌가 놓이고 옛적부터 항상 계신 이가 좌정하셨는데, 그 옷은 희기가 눈 같고 그 머리털은 깨끗한 양의 털 같고 그 보좌는 불꽃이요, 그 바퀴는 붙는 불이며, 불이 강처럼 흘러 그 앞에서 나오며, 그에게 수종하는 자는 천천이요, 그 앞에 시위侍衛한 자는 만만이며, 심판을 베푸는데 책들이 펴놓였더라." 다7:9, 10

제30곡

하늘의 군대인 천사들과 지복자들

단테가 원동천을 떠나 정화천에 도달한다. 하나님의 빛이 단테로 인간적인 사랑의 감미로움을 초월하게 만들며 그가 몸과 마음을 새롭게 한다. 단테가 빛의 강물을 향하며 꽃들의 언덕과 불꽃들을 발견한다. 꽃들은 지복의 영혼들이고 찬란한 불꽃은 천사들이다. 단테가 장미꽃밭을 보며 하나님의 축복의 양과 질을 생각한다.

1 정오의 태양이 육천 마일 떨어진 곳을 비추고,
지구는 자기 그림자를 지평선에
길게 드리우고 있는데,

4 하늘 한복판이 우리에게서
까마득히 멀어지며 별들이
하나씩 둘씩 모습을 감추고 있었다.

7 태양의 빛나는 시녀인 시간이 흐르며
반짝이던 빛들이 흐릿해졌고
빛나던 별들마저 자취를 숨기는데,

10 나를 압도하던 점의 둘레를
감싸며 돌던 천사들이 이젠
그 점에 휩싸이면서

13 내 눈에서 사라지기 시작했다.
내가 아무것도 볼 수 없게 되며
마음속 뜨거운 사랑이 나로 여인을 향하게 했다.

16 내가 생전生前의 그녀의 아름다움을 송두리째 담은
한 편의 송가頌歌를 엮는다 해도, 그것은 지금 내가 바라보는
내 여인의 모습에는 전혀 미치지 못하리니,

19 그녀의 고결함에 대한 느낌을 적는 것은
내 지성의 한계를 뛰어넘는 일이기에
내 믿기는 여인을 내신 분께서 하셔야 할 일이로다.

22 일찍이 희극이나 비극을 쓴 시인들이
줄거리를 이어가며 한계에 부딪혀 절망했던 때보다도
나는 이 시점에서 더 기진했음을 고백하노라.

25 앞을 볼 수 없게 만드는 태양과 같이
내가 회상해 보는 그녀의 감미로운 미소조차도
나로 정신을 잃게 하여 버틸 수 없게 만드는 도다.

28 내가 세상에서 처음 그녀를 만난 날부터
그녀와 함께하는 지금에 이르기까지
그녀를 찬미하는 내 노래는 끊임이 없었노라.

31 그러나 생의 마지막에 도달한 예술가처럼
이젠 아름다운 그녀를 좇으며 노래하는 일을
그만두어야 하리니,

34 힘겨운 이 노래를 마무리하고
나의 나팔보다는 더 위대한 악대樂隊에게
내가 그녀를 넘기려 하노라.

37 그녀도 길잡이로서의 임무를 다했다는
표정을 지으며 이르기를, "이제 우리는
가장 큰 하늘로부터 빛의 하늘에 왔다오.

40 이 빛은 사랑이 가득한 지성의 빛이요,
기쁨이 충만하고 진실한 사랑의 빛이며,
지고至高의 선과 함께 하는 환희의 빛이라오.

43 여기에서 그대는 천국의 두 군대인
천사들과 지복至福의 영들을 대면하리니,
그들은 빛에 가리지 않은 모습으로 드러날 것이오."

46 갑작스런 번쩍임이 감각을 마비시켜
사물을 바라보는 눈의 기능을
앗아가는 것처럼,

49 생동하는 영광의 빛이 나를 감싸며
나는 아무것도 볼 수가 없었고
다만 그 빛의 면사포에 감길 뿐이었다.

52 "이 하늘을 평화롭게 하시는 하나님이
이곳에 들어오는 영혼들을 맞이하려
불꽃들을 예비하신다오."

55 여인의 이 짧은 말이 내 마음에 부딪히며
순식간에 내 몸에 새로운 기운이 일어
스스로를 초월하는 느낌이 들었다.

58 그리하여 내 마음이 새로운 것들에
안달이 났나니, 내 눈을 사로잡는
현란한 빛들이 나타나며

61 내가 놀라운 장면을 목격했는데,
봄 색깔로 단장한 두 언덕 사이로
눈부신 빛이 강물처럼 흐르더라.

64 그 물결로부터 생생한 불꽃들이 나와서
강둑의 꽃들 속으로 향하는데
그 모습이 황금에 휘감긴 홍옥과 같았다.

67 향기에 취한 불꽃들이 신비스러운
빛의 급류 속으로 뛰어들며 어떤 것들은
잠기기도 하고 어떤 것들은 솟기도 했다.

70 "그대가 보는 것들을 알려고 애를 쓰며
소망하는 정도가 깊을수록
내 마음이 더욱 기쁘다오.

73 그러나 그대 갈증이 풀리기 전에
그대는 이 물을 마셔야 한다오."
이렇게 말하고는 내 눈의 해님이 다시 이르기를,

76 “빛의 물결에 잠겼다가 솟는
불꽃들의 빛남과 꽃들의 미소는
실상의 그림자일 뿐이라오.

79 저들은 불완전하지 않은데
저들을 바라보는 그대 눈이 미약해서
다 이해할 수가 없다오.”

82 여느 때보다 잠자리에서 늦게 일어난
젖먹이 어린아이가 엄마를 향해
얼굴을 돌림이 제아무리 빠르다 해도,

85 내 눈을 좋은 거울로 만들기 위해
빛의 물결 위로 몸을 숙여 빛을 담으려는
나의 민첩함에는 미치지 못하리로다.

88 그리하여 눈꺼풀의 처마인 내 속눈썹이
빛의 물결로 적셔지며 흐르던 빛이
둥그런 거울처럼 변했는데,

91 가면을 쓰고 있던 사람이
그 탈을 벗어버리면 처음과는
전혀 다른 모습이 되듯이,

94 그곳이 꽃들과 불꽃들의 축제의 장으로 변하며
하늘 궁전이 지복의 영들과 천사들을 위한
두 개의 궁궐로 나누이더라.

97 오, 하나님의 찬란한 빛이여!
당신의 은혜로 진실한 왕국의 승리를 보오니
이제 저에게 힘을 주시어 본 그대로를 적게 하소서.

100 피조물이 빛을 통해 창조주를 보오니
피조된 인생은 창조주를 바랄 때에만
평화를 누릴 수 있나이다.

103 그 빛이 시작도 끝도 없이 펼쳐져 있어
내 눈엔 그 테두리가 느슨한 끈으로
태양과 묶여있는 것 같았는데,

106 그 빛이 원동천의 꼭대기를 비추므로
그로부터 생명과 힘이 온 우주에
공급되는 것 같았다.

109 푸르른 꽃들로 무성한 언덕이
자기 모습을 보기 위해
발밑을 흐르는 시내에 얼굴을 내미는 것처럼,

112 구원받은 영혼들이 세상을 떠나
천국으로 돌아와 천도 넘는 층층대에
제 모습을 비춰보고 있었다.

115 영혼들을 담고 있는 층 하나가 이러한데,
복자福者들이 장미 꽃밭을 이루는
그 가장자리는 얼마나 넓겠는가.

118 그러나 내 눈이 그 넓이와 높이에
놀라기보다는 오히려
즐거움의 양과 질을 맛보며 경이로웠도다.

121 시공을 초월하는 그곳은 가깝고 먼 것이 없었나니,
하나님이 대리자 없이 다스리시는 그곳은
자연법칙이 아무런 의미가 없더라.

124 천국을 봄철로 만드는 해님을 향해
찬미의 향기를 토해내는
장미의 노란 꽃술로

127 베아트리체가 나를 이끌며 말하길,
"하얀 옷을 입은 무리가
얼마나 많은지 봐요.

130 또 우리 도성都城이 얼마나 광활한가요.
그러나 이젠 이곳이 가득 차있어
한정된 자들만이 영접될 수 있다오.

133 저 위에 놓여있는 면류관 때문에
눈여겨보게 되는 커다란 옥좌는
그대가 하늘 향연에 초대받기 전에

136 세상에서 황제가 될 운명의
하인리히를 위해 예비된 자리라오.
그가 혼란한 이탈리아를 바로잡을 것이오.

139 유모를 쫓아내 아이를 굶어 죽게 만드는 것처럼
눈먼 탐욕이 사람들의 정신을 홀려
세상을 이 지경으로 만들어 놓았다오.

142 그리하여 머지않아 경건한 하인리히 황제와는
다른 길을 걷는 사악한 목자가
주님의 몸인 교회의 우두머리가 될 것이오.

145 그러나 하나님께서는 그에게
성스러운 임무를 오래 맡기지 않으리니,
그는 곧 마술사 시몬이 들어간 지옥에 떨어져

148 알라냐 출신 보니파키우스를 밑으로 처박을 것이라오."

• 1~27

천국에 새벽이 찾아오며 별들이 하나둘 사라진다.

천사들이 시야에서 멀어지며 사랑에 대한 열망이 고조된다.

단테에게 베아트리체의 아름다움을 묘사하고 싶은 마음이 인다.

그러나 느끼는 그대로 적어낼 수 없는 아픔을 느낀다.

• 28~57

그녀의 아름다움을 묘사하는 일을 천사들에게 맡긴다.

인간으로서 죽음 이후를 논함이 힘겨운 것을 알고는 글을 마치려 한다.

단테가 원동천을 떠나 천국에서 가장 높은 정화천에 오른다.

하나님의 빛이 단테로 인간적인 사랑의 감미로움을 초월하게 만든다.

하늘의 군대는 마귀를 대적하는 천사와 세속과 마귀와 싸운 지복자다.

하나님이 천국에 들어오는 영혼들을 위해 빛과 사랑을 예비하신다.

단테의 몸과 마음이 새로워지며 힘을 얻는다.

정화천에서는 다른 하늘과 달리 영혼들이 빛에 가리지 않는다.

• 58~120

단테가 천국의 찬란한 빛의 강물에서 꽃들과 불꽃들을 본다.

꽃들은 지복의 영혼들이 되고 불꽃은 천사들로 변모한다.

단테가 빛의 강물에 눈을 적시며 점점 초월자의 감각을 갖는다.

단테가 찬란한 빛의 강물을 보는데 불꽃이 나온다.
피조물인 인간과 천사는 하나님을 직관하는 가운데 평안하다.
단테가 장미꽃밭을 바라보면서 축복의 양과 질을 생각한다.

• **121~148**

하나님이 직접 다스리는 이 천국은 시공을 초월하는 곳이다.
세상은 부패하여 구원을 사모하는 자들이 없다.
신성로마제국의 황제였던 하인리히를 통해 이탈리아가 혼란으로부터 회복되어 자신이 피렌체로 다시 돌아갈 수 있기를 간절히 희망한다.
그러나 그가 1308년에 신성로마제국의 황제가 되어 이탈리아에 오지만 겔피당의 저항으로 이탈리아의 평화를 이루지 못하고 1313년에 죽는다.
클레멘스 5세가 교황이 되어 성직 매매를 일삼았고, 알라냐 사람 교황 보니파키우스 8세도 마술사 시몬처럼 성직을 돈으로 거래했다.

제31곡

작별을 고하는 베아트리체

구원받은 성도들이 장미꽃 모양으로 단테 앞에 드러난다. 베아트리체가 보좌를 향해 오르며 단테 곁에 하얀 옷을 입은 베르나르도 성인이 나타난다. 단테가 베르나르도의 가르침을 통해 신앙은 연구하고 탐색하는 것이 아닌 나를 버리고 나를 드리는 것임을 깨닫는다. 성모의 아름다움을 관상觀相하는 천국의 복자福者들이 즐거워한다.

1　그리스도께서 당신의 거룩한 보혈로
　신부를 삼으신 영혼들이 우리 앞에
　순백의 장미꽃 모양으로 나타났고,

4 천사들은 자기들을 사랑하여
찬란하게 지으신 하나님의 영광과 지선至善을
노래하며 날고 있었는데,

7 그 모습이 마치 꽃 속으로 들어가
꿀을 빚어 돌아오는 벌떼와
그리도 흡사했다.

10 천사들이 수많은 꽃들로 뒤덮인
장려壯麗한 꽃밭으로 내려 왔다가
다시 옥좌를 향하는데,

13 그들 얼굴은 살아있는 불꽃이었고
날개는 황금이었으며 나머지 부분은
세상 어떤 눈꽃도 그보다 희지는 못하겠더라.

16 천사들이 꽃 속으로 내려와
옆구리를 날갯짓하여 사랑과 평화를
층층으로 전달하고 있었다.

19 그러나 그들이 꽃밭을 날면서
하늘을 우러르는 꽃들의 시선과
하나님의 찬란한 빛을 막을 수는 없었나니,

22 이는 우주를 다스리시는 하나님의 빛은
각자의 공덕에 비례하여
젖어 들기 때문이었다.

25 그리스도 이전과 이후의 영혼들이 함께하는
이 평화의 나라에선 모두들 사랑이 충만하여
직관으로 하나님을 대면하고 있었다.

28 오, 하나의 본체로 반짝이며
저들을 기쁘게 하는 삼위의 빛이시여!
하계의 풍랑을 굽어 살펴주옵소서.

31 승천하여 큰곰자리가 된 헬리케가
아들인 작은곰자리와 함께 돌면서 덮고 있는
저 북방으로부터 내려온 야만 족속들이

34 인간 업적의 총화總和인 교황청 라테라노와
제국이 건설한 찬란한 문명을 대하며
놀라서 충격을 받았겠다마는,

37 인간 세상에서 천상의 세계로,
시간의 세계에서 영원한 나라로,
피렌체에서 천국 백성들 속으로 온 나는

40 저들보다 얼마나 큰 놀라움에 사로잡혔겠는가.
확실히 나는 경이와 환희 가운데
어안이 벙벙했노라.

43 마치 순례의 길에서 갈망하던 성지를 보고
기뻐하며 모든 피로를 씻고는
본 것들을 서둘러 말하기를 열망하는 자처럼,

46 내가 살아있는 빛들 사이를 지나며
호기 어린 나의 시선은 때로는 위로,
때로는 아래로 두리번거리면서 층층대로 향하는데,

49 거기에서 내가 하나님의 빛과 미소로
자신을 치장하며 사랑에 설득당하는
고결하고 존귀한 무리를 만났다.

52 사실 내가 지금까지는 천국의 겉만을
끌어안은 셈이어서 어느 곳에서도
오래 머물며 확실하게 안 것이 없었다마는,

55 이제 내 마음속에 새로운 의문이 일어나
내 여인에게 묻고 싶은 열망으로
내가 그녀에게로 몸을 돌렸다.

58 그러나 뜻밖에 거기에 그녀는 없었다.
베아트리체를 기대했건만 영화로운 옷을 입은
노인이 내 여인을 대신하고 있었다.

61 그의 얼굴엔 인자함이 가득했고
그의 어진 자태는
상냥한 어버이의 모습이었다.

64 내가 묻기를, "베아트리체는
어디에 있나이까?" 그가 대답하길,
"너의 소원을 위해 그분이 나를 보냈노라.

67 맨 위로부터 세 번째 둘레에 자리 잡은,
자신의 공덕으로 마련한 옥좌에 앉아있는 그분을
네가 다시 만날 수 있으리라."

70 내가 눈을 들어 위를 보았는데,
여인이 거기에서 다함이 없는 빛을 반사하며
면류관처럼 빛나고 있었다.

73 천둥소리 나는 더없이 높은 하늘에서
낮은 바닷속까지를 사람의 눈이
파고든다 할지라도

76 그녀와 나와의 거리만큼은 못 되었나니,
그러나 그 거리는 아무것도 아니어서
그녀 미소가 흐트러짐 없이 내게로 왔다.

79 "오, 사랑하는 베아트리체여! 그대는 나를 위해
지옥의 문턱을 넘는 수고를 마다하지 않았고,
나는 그대로 인해 희망을 꿈꾸었다오.

82 내가 보았던 모든 것들이
그대 사랑과 정성으로 말미암은 것을
내 감사하노니,

85 그대는 모든 방법을 동원하여
나를 죄의 속박에서 자유로 이끌며
고귀한 사랑을 보여주었다오.

88 이제 내 안에 그대 사랑을 간직하여
그대가 치유해 준 내 영혼이
육체로부터 놓임을 받을 때 그대 기쁨이 되리이다."

91 내가 이렇게 고백을 하자
아스라이 멀리 보이던 그녀가 환한 미소를 지으며
이내 영원한 빛의 샘물을 향해 날아가더라.

94 거룩한 노인이 말하길, "네가 순례의 여정을
잘 마무리할 수 있도록 그분의 사랑과 기도가
나를 여기에 보냈노라.

97 너는 눈으로 이 꽃밭을 날아볼지니,
천국 정원을 바라보는 것은 하나님의 빛을
직관하는 일에 도움이 되도다.

100 내 언제나 성모를 향한 사랑에 불타오르기에
그분께서 우리에게 베풀어 주실
큰 은혜를 기대하노라."

103 골고다 주님의 핏방울을 닦아준 베로니카의 손수건을 보려고
순례자가 크로아티아로부터 베드로 성당까지 왔다가는
그것을 보며 기대했던 희열을 맛보지는 못하고,

106 다만 그 손수건을 대하는 동안 마음속으로
'나의 주 예수 그리스도, 나의 참 하나님이시여,
당신의 사랑이 정녕 이러하셨나이까.' 하듯

109 세상에서 이렇게 하나님을 직관으로 인식하고
관상觀想, contemplation을 통해 평화를 맛보았던
베르나르도를 보며 나도 그리되길 바랐다.

112 그가 말하길, "은총의 아들아,
저 혼탁한 세상 밑바닥을 주목하는 한
행복은 주어지지 않노니,

115 이 왕국을 사랑하고 존경을 받으시는 성모께서
좌정해 계시는 가장 높은 둘레에까지
너의 시선이 미쳐야 하리로다."

118 동틀 무렵 지평선의 동녘 끝이
해가 기우는 서쪽 편을 압도하며
더 밝게 빛나는 것처럼,

121 내가 눈을 들어 위를 보았는데
흰 장미의 맨 위쪽이 빛으로
가장자리를 감싸며 덮고 있었다.

124 파에톤이 몰던 태양의 불마차가
새벽녘에 제우스의 번개 칼에 부서져
모든 빛을 희미하게 만들며 불탔듯이,

127 성모가 있는 장미꽃밭의 중심만이
불꽃으로 눈이 부셨고
사방은 희미하게 사그라지더라.

130 중심 주변에 천도 넘는 천사들이
날개를 펴고는
서로 다른 밝기와 재주를 보여주었고,

133 그들의 춤과 노래 속에서
성모의 미소 짓는 모습이
모든 성인聖人들을 즐겁게 했는데,

136 그러나 내가 달변의 솜씨를 지녔다 해도
나는 그분의 아름다움의 미세한 만큼도
감히 말하려 들지 않겠노라.

139 내 눈길이 베르나르도의 뜨거운 사랑에
쏠리고 있을 때
그의 시선은 성모를 향했고,

142 그분을 바라보는 내 눈시울이 뜨거워졌다.

• 1~30

주님의 피로 구원을 얻은 성도들이 장미의 모습으로 나타난다.
천사들도 지복자至福者들에게 내려와서 하나님의 영광을 노래하며,
황금처럼 빛나는 모습으로 불같은 사랑과 순결한 믿음을 드러낸다.
누구도 공덕에 비례하여 내리는 하나님의 빛을 가로막을 수 없다.
신구약 시대에 구원받은 영혼들이 하나님을 직관한다.

• 31~60

북방의 야만족이 로마에 와서 화려한 문명을 보고 놀랐던 것보다
단테가 부패한 피렌체를 떠나 천국에 와서 더 큰 경이를 맛본다.
단테가 다시 세상으로 돌아가 천국의 신비를 전하기를 갈망한다.
천국의 일반적인 형태를 보았던 단테에게 새로운 호기심이 일어난다.
베아트리체가 떠나고 그의 곁에 하얀 옷을 입은 노인이 나타난다.

• 61~93

베아트리체가 베르나르도1090~1153에게 단테를 부탁한다.
단테가 베아트리체에게 아쉬운 이별의 노래를 부른다.
지옥의 림보까지 내려와 베르길리우스에게 자신을 부탁한 그녀에
게 감사한 마음을 전한다.
그녀를 통해 세상 죄악과 지옥의 저주에서 자유로 가는 길을 알았다.
다시 이승으로 돌아갔다 죽어 천국으로 돌아올 때 베아트리체가 기

빠하는 영혼이 될 수 있기를 다짐한다.
베아트리체가 단테에게 미소를 지으며 보좌를 향해 날아간다.

• 94~117

천국의 꽃인 지복자들의 열락을 직관함으로 하나님 사랑을 알게 된다.
이성적 사색이 아닌 충만한 사랑으로 하나님을 직관하라 말한다.
단테가 베르나르도1090~1153의 가르침을 통해 신앙은 연구하고 탐색하는 것이 아닌 나를 버리고 나를 드리는 것임을 알게 된다.
관상觀想은 하나님을 직관으로 인식하고 사랑하는 행위로서, 하나님의 은혜로 인한 영적 체험을 통해 신비를 경험하거나 일상생활 중 성령 충만함으로 하나님의 본성을 체험하는 일이다.

• 118~142

단테가 장미꽃이 만발한 천국의 꽃밭에 있는 마리아를 우러른다.
성모 마리아의 아름다움을 관상觀想하는 모든 복자들이 행복하다.
성모 마리아의 아름다움을 말로 표현하는 것은 불가능하다.

제32곡

천국의 배치도

베르나르도 성인이 단테에게 천국의 배치도를 설명한다. 오실 그리스도를 믿는 구약의 성도들과 오신 예수를 믿는 신약의 성도들이 담처럼 둘로 나뉘어져 있다. 단테가 노래를 부르며 성모 위로 내리는 천사를 주목하자 베르나르도 성인이 마리아의 잉태 소식을 전해준 가브리엘을 상기시킨다.

1 기쁨이 되는 마리아를 관상觀想하며
친히 스승의 역할을 자처한 그가
나에게 이르기를,

4 “선악과를 따 먹으므로 인류에게
아픔을 안긴 여인이 그 상처에 약을 발라주신
성모 곁에 앉아있노라.

7 그 옆 세 번째 자리에 베아트리체가 있고
그 아래에는 라헬이 있는데,
이는 네가 보는 바와 같도다.

10 그 곁엔 죄의 고통 때문에
‘나를 불쌍히 여기소서.’라고 참회했던 다윗의
증조모인 룻이 있고 그 곁에 사라와 리브가와 유딧이

13 이어지고 있노라.
내가 저들 이름을 부르며 꽃잎에서 꽃잎을 따라왔듯이
네가 층층으로 이어지는 영혼들을 만나리라.

16 일곱 번째 계단으로부터 여기에 이르도록
그리했던 것처럼 히브리 여인들이
장미꽃밭을 둘로 구분 지으며 이어지고 있는데,

19 이는 하나님을 바라는 직관을 따라
오실 그리스도와 오신 그리스도를 대하는
저들의 믿음이 달라 담처럼 나뉘었노라.

22 그리하여 꽃이 잎사귀와 함께
활짝 피어있는 이쪽엔
오실 그리스도를 믿은 자들이 있고,

25 띄엄띄엄 빈자리가 있는
저쪽 반원에는 오신 예수를 바라는
영혼들이 자리하고 있도다.

28 이편에 성모 마리아의 영화로운 옥좌가 있고
그 아래에는 층계를 따라
여인들이 이어지고 있노라.

31 그 맞은편에는 모태로부터 성령 충만을 입고
광야 생활과 순교, 두 해 동안의 림보를 경험한
위대한 세례 요한의 자리가 있도다.

34 그분 밑에는 프란체스코와 베네딕투스,
아우구스티누스와 여러 복자福者들이 둘레와
둘레로 나뉘어 있노라.

37 네가 이 꽃동산이 신앙의 이런 모습들과
저런 모습들로 채워진 것을 보게 되리니,
이곳의 모든 일들은 지존자의 섭리니라.

40 또 이 거대한 둘레를 가로로 나누는 층이 있는데,
그 밑에는 자기 공로가 아닌
부모의 공덕으로 이곳에 왔지만

43 조건을 달고 있는 무리도 있나니,
그들은 자유의지를 통한 선택을 행사하기 전에
육체로부터 풀려난 자들이로다.

46 네가 그들 얼굴을 보고
목소리를 귀담아듣게 되면
그들이 어린아이인 것을 알게 되리라.

49 그러나 지금 네가 내 말을 이해하지 못해
의문을 품고 있는데, 이는 너를 묶고 있는
단단한 매듭 때문이로다.

52 네가 보는 이곳에는 아무런 슬픔이나
목마름이나 굶주림이 없는 것처럼
이 넓은 왕국엔 한 점의 우연도 있을 수 없노니,

55 이곳의 모든 것들은
마치 손가락에 잘 맞는 가락지처럼
완전한 섭리를 통해 미리 정해졌노라.

58 참된 삶에로 달려온 이 영혼들이
아무런 이유 없이 이 높고 낮은 곳에
있는 것이 아니로다.

61 더 이상 바랄 것이 없는 크신 사랑으로
이 왕국을 아늑하게 만드시고
점지하여 주시는 만왕의 왕께서

64 당신께서 원하시는 모습으로 영혼들을 지으시고
당신 뜻대로 각양 형태로 인도하셨나니,
여기에 나타난 결과만 보아도 알리로다.

67 이런 사실은 성경 속 쌍둥이에 대한
이야기에도 명확하게 드러나 있는데,
그들은 뱃속에서부터 서로 다투었노라.

70 쌍둥이라도 머리카락 빛깔에 따라
하늘의 은총이 서로 다르게
머리 위에 내렸고,

73 그리하여 저들은 행실의 아무런 공적도 없이
다른 층에 자리를 잡았는데,
이는 태어날 때 받은 은총 때문이로다.

76 상고上古엔 천진난만한 아이들이
구원을 얻기 위해 필요한 것은 오직
부모의 신앙이었고,

79 처음 세대가 지난 이후에는
순결한 날개로 하늘을 날아오르기 위해
할례를 받아야 했노라.

82 은총의 시대가 시작된 이후에는
예수 이름으로 세례를 받지 못한 아이들은
저 아래 림보에 머물러야 하도다.

85 이제 너는 그리스도께서 닮으신 성모의 얼굴을
눈여겨보아라. 그분의 밝은 빛을 통해
네가 그리스도를 뵙게 되리라."

88 높은 곳을 날기 위해 지음을 받은
천사들이 노래하며 성모의 머리 위로
비처럼 내려오고 있었는데,

91 내가 지금까지 보았던 어느 무엇도
이런 경이로 나를 놀라게 하지 못하였고,
또 이렇게 분명하게 하늘의 거룩함을 드러내지 못했노라.

94 그때 그 옛날 마리아에게 내려왔던 천사장이
"은총이 가득한 성모여, 기뻐하소서." 하며
밝은 모습으로 날개를 활짝 펼치더라.

97 이 거룩한 찬미에 온 회중이
성스러운 합창으로 화답하며
천사들과 성인들의 얼굴이 더욱 밝아졌다.

100 "오, 거룩하신 베르나르도여!
영원하신 예정으로 예비 된 자리를 떠나서
저를 위해 이곳에 오신 아버지여!

103 사랑에 겨워 불같은 열정으로
하늘의 여왕이신 성모를 바라는
저 천사는 누군지요?"

106 새벽녘 샛별이 여명의 햇살로
더 아름답게 반짝이듯이 마리아의 광채로
빛을 발하는 지복의 영에게 내가 물으니

109 그가 대답하길, "담대하고 온유한 사랑이 천사들과
지복의 영들에게 있는 한, 그들 모두는 저 가브리엘의
도움 안에 있고 우리도 그리되길 바라노라.

112 성자 그리스도께서 무거운 짐을 지고자
세상에 오셨을 때 종려나무를 들고 내려와
성모의 은덕에 보답한 천사장이로다.

115 이제 너는 나를 따라오너라.
그리하면 지극히 의롭고 거룩한 나라의
위대한 장로들을 만나게 되리니,

118 성모와 가장 가까이에서 가장 많은
복을 누리고 있는 두 분이 바로
우리 장미꽃밭의 뿌리시도다.

121 왼편에서 성모를 섬기는 이는
주제넘은 그의 입맛 때문에 모두에게
쓰디쓴 고통을 맛보게 한 인류의 어른이시고,

124 오른쪽에서 모시는 자는
그리스도로부터 천국 열쇠를 물려받으신,
교회의 거룩한 아비로다.

127 그 곁에는 창과 못으로 얻은,
그리스도의 어여쁜 신부인 교회의 슬픈 세월을
죽기 전에 보며 예언했던 분이 자리하였고,

130 그 옆에 또 한 분이 쉬고 있는데,
그는 변덕스럽고 배은망덕한 백성들에게
기도로 만나를 먹이신 분이로다.

133 베드로 사도 맞은편에 있는, 성모의 모친
안나를 보아라. 저분은 눈을 꼼짝도 하지 않으며
당신 따님을 보면서 행복에 젖어있노라.

136 인류의 아비와 마주 보고 있는 자는 루치아인데,
그녀가 네가 파멸의 길에서 고개를 떨구고 있을 때
네 여인을 움직인 자로다.

139 이제 너는 네 감각이 잠자고 있는 시간이
다 지나가기 전에 옷감을 가지고
능숙하게 옷을 짓는 재봉사처럼,

142 사랑의 근본이신 하나님께 눈을 맞추고
그분을 우러르며
그 빛에 함초롬히 젖어보아라.

145 그러나 네 힘으로 날개를 퍼덕이며
날아오르려다 행여 뒷걸음칠까 두려우니
쉼 없는 기도로 하늘의 은총을 구해야 하노라.

148 너를 도울 수 있는 성모의 은혜를 기억하고
내 말을 마음에 새기며
늘 경건의 훈련을 하여라."

151 그리고는 그가 거룩한 기도를 드렸다.

- **1~27**

베르나르도가 단테에게 지복자들의 천국 배치도를 말한다.
성모께서 그리스도의 구속 사역을 도와 인류의 상처를 싸매주셨다.
선악과 사건으로 인류를 원죄의 덫에 빠뜨린 하와가 성모 밑에 있다.
유딧은 느부갓네살 왕의 장수 홀로페르네스를 죽여 유대를 구했다.
예수를 믿는 신앙은 같지만 오실 그리스도를 믿는 구약의 영혼들과 오신 그리스도를 믿는 신약의 영혼들이 담처럼 둘로 나뉘어져 있다.
빈자리는 아직 천국에 오르지 않은 복자福者들에 의해 채워진다.

- **28~57**

성모를 충성스럽게 따르는 베르나르도가 천국을 설명한다.
단테에게 천국에 대한 이야기를 소개하려는 베아트리체의 배려다.
세례 요한이 순교 후 두 해 동안 림보에 내려가서 그리스도의 구속 사역을 통해 구원될 때까지 그곳에 머물러 있었다.
단테가 어린아이의 구원에 대해 궁금증을 갖는다.
공덕을 쌓을 시간도, 자유의지를 행사할 기회도 갖지 못한 어린이다.
그들에겐 구원받은 이후에 조건이 주어진다.
천국은 완벽한 하나님의 섭리에 의한 곳이다.
"모든 눈물을 그 눈에서 씻기시매 다시 사망이 없고 애통하는 것이나 곡하는 것이나 아픈 것이 다시 있지 아니하리니," 계21:4

• 58~84

인간을 창조하신 하나님의 뜻에 따라 은총이 내린다.
몸이 붉고 털이 많은 에서가 야곱보다 먼저 태어났다.
하나님께서는 형 에서보다 동생 야곱을 더 많이 사랑하셨다.
"여호와께서 그에게 이르시되 두 국민이 네 태중에 있구나. 두 민족이 네 복중에서부터 나누이리라. 이 족속이 저 족속보다 강하겠고, 큰 자는 작은 자를 섬기리라 하셨더라." 창25:23
성 베르나르도가 단테에게 어린아이들의 영혼에 대해 말을 건넨다.
아담부터 아브라함까지는 부모의 믿음으로 자녀가 구원을 얻었다.
그러나 하나님께서 아브라함과 약속을 한 후에는 할례가 필요했다.
그리스도 이후에는 예수를 믿는 믿음의 세례로 구원을 받는다.

• 85~117

베르나르도가 단테에게 성모 마리아의 얼굴을 보라고 말한다.
단테가 성모의 머리 위로 빛줄기처럼 내리는 기쁨을 바라본다.
노래를 부르며 성모 위로 내리는 천사를 단테가 궁금해한다.
베르나르도가 마리아에게 잉태 소식을 전하던 가브리엘을 상기시키며 천사장 가브리엘의 담대함과 온유함을 높인다.

• 118~151

성모 마리아의 왼쪽에 아담이 있고 오른쪽에는 베드로가 있다.

그 곁에 계시록을 통해 박해받을 교회의 수난을 예언한 요한이 있다. 출애굽을 이끌며 교만한 백성들 앞에서 하나님께 기도함으로 만나를 내리게 했던 모세가 아담 곁에 있다.
베드로 맞은편에는 성모 마리아의 어머니 안나가 있고, 아담 앞에는 동정녀로 신앙을 지키기 위해 목 베임을 당하며 순교한 루치아가 있다.
주어진 시간의 다함을 알고 단테에게 하나님의 빛을 주목하라 한다. 베르나르도가 단테를 위해 기도를 드린다.

제33곡

삼위일체 하나님

베르나르도 성인이 단테를 위해서 기도한다. 마리아는 예수의 어머니이고 그리스도 주님의 딸이다. 하나님의 피조물이 자신의 창조주를 낳는 불가사의를 이루신 분이라 말한다. 단테가 자신이 경험한 천국의 실체와 우주의 법칙을 전할 수 있도록 기억력을 새롭게 해 달라 기도한다. 하나님의 은총으로만 그리스도의 신비를 알 수 있음을 고백한다.

1 “성모여, 당신의 아들이신 그리스도, 그 하나님의
따님이시여! 피조물 중 가장 겸허하고 높으신 당신은
영원한 섭리의 끝이시옵니다.

4 당신이 인간의 본성을 그토록 고결하게 하셨기에
창조주 하나님께서 스스로
피조물이 되는 것을 꺼려하지 않으셨나이다.

7 그리하여 당신의 복중腹中에서 사랑이 불타올랐고,
그 사랑의 열기로 이 영원한 평화의 꽃밭에
꽃씨를 심어 싹을 틔우신 것입니다.

10 당신은 우리에게
정오의 횃불 같은 사랑이 되시며
저 아래 인간들에겐 희망의 샘물이 되시옵니다.

13 당신의 고귀한 순종과 헌신이 없었던들
인간이 하나님 은총을 갈구渴求하는 것은
날개 없이 하늘을 날려 함과 같나이다.

16 당신은 구하는 자에게만
임하지 아니하고, 청하지 않아도
몸소 달려오는 인자한 분이시옵니다.

19 당신은 위대하시며
자비와 은혜가 넘치시고
피조물 안에 있는 모든 선이 당신께 있나이다.

22 우주의 맨 아래 늪지로부터
이곳까지의 온갖 영혼들의 삶을 목격한
이 사람이 힘을 얻기 위해

25 당신의 자비를 구하오니,
이제 이자가 구원을 얻기 위해
눈을 높이 들 수 있도록 도우소서.

28 제가 이처럼 불타본 적이 없는 것은
이자의 직관을 위해 기도하는 저의 간구를
당신께서 헛되지 않게 하시기 때문이옵니다.

31 당신의 기도를 통해
이 사람이 짐 진 모든 먹구름을 거두게 하시고,
다시없는 즐거움이 이자에게 있게 하소서.

34 오, 성모여!
당신은 원하는 바를 이루시오니
이자로 큰 사랑을 갖게 하시고

37 육신의 충동으로부터 지켜주소서.
모든 성인들과 베아트리체가
제 기도의 성취를 위해 두 손을 모으고 있나이다."

40　예수로부터 사랑과 공경을 받으시는 성모의 시선이
그에게로 향했기에 그의 기도를
그분이 얼마나 기뻐하셨는지를 내가 알았다.

43　이어 성모께서 영원한 빛을 향했는데,
피조물로서 그렇게도 밝은 눈으로
그 빛을 꿰뚫어 볼 수 있음이 믿기지가 않더라.

46　이제 내가 소망의 끝이신 하나님께
다다르고 있었으므로 내 안에 있는
모든 열정을 다 쏟아냈나니,

49　베르나르도가 나에게 미소를 지으며
위를 보라 눈짓을 했으나
내 시선은 벌써 그곳을 향해있었다.

52　내 눈이 점점 더 밝아져서
스스로 진리가 되시는 빛 속으로
더 깊이 파고들 수 있었는데,

55　그리하여 직관直觀, intuition이 인간의 언어보다
더 큰 것과 또 사람의 기억이 초월적 현실 앞에서
무릎 꿇는 것도 내가 알았다.

58 마치 꿈속에서 무엇을 꿈꾼 자의 마음속엔
오직 받은 인상에 대한 정감만이 남아있을 뿐
다른 것들은 영영 기억 속으로 돌아오지 않는 것처럼,

61 지금 내가 그와 같아서
내가 본 것들이 가슴에 달콤함을 남긴 체
내 머릿속에서 다 흐려지고 말았다.

64 마치 햇빛에 저절로 녹는 눈과 같았고
또 무녀 시빌라의 넋두리가 적힌 나뭇잎 점괘가
바람결에 흩날리는 것과도 흡사했다.

67 아, 인간의 지성이 결코 도달할 수 없는
지고至高의 빛이시여! 당신께서 보여주신 것들을
제 기억 속에 담게 하여주시고,

70 나의 혀를 힘 있게 하시어
당신의 영광의 불티를 단 한 순간만이라도
기억나게 하여 세상에 전하게 하소서.

73 그 불씨가 조금만이라도 살아나서
이 시 속에 녹아져 울려 퍼지면
당신의 승리가 드러나기 때문이옵니다.

76 그러나 저를 향한 하나님의 빛을
제가 힘겨워 외면한다면
저는 영원한 패배자가 되리이다.

79 그리하여 내가 더욱 분발하여
과감하게 그 빛을 감당하며 견뎌 냈나니,
내 눈이 무한한 힘과 연결이 되었다.

82 오, 하나님 은혜의 풍성함이여!
나로 영원한 빛을 보게 하셨고
내 눈을 그 끝에까지 이르게 하셨나이다.

85 그래서 내가 그 깊은 곳에서 보았노니,
조각조각 온 우주에 흩어져 있는 것들이
한 권 책 속에 사랑으로 엮어져 있는 것을.

88 실체와 우연들 그리고 그것들의 작용들이
서로 뒤엉켜 혼연일체가 되어
마치 한 가닥 빛처럼 내 눈에 보였다.

91 하나님 사랑의 사슬로 매듭지어진
이 우주의 형상을 내가 본 것으로 믿노니,
나는 감격에 겨워 감정을 주체할 수 없도다.

94　그러나 아르고의 배 그림자가 바다의 신 포세이돈을
놀라게 했던 이십오 세기 전의 일을 기억하는 것보다
저 천국에서의 한순간이 내게는 더 혼수昏睡, lethargy로다.

97　나는 그때 넋을 놓고는 그곳에 박힌 듯
미동도 하지 않고 직관直觀하는 열망에
불타오르고 있었는데,

100　그 빛 앞에서 내 마음을 빼앗을 만한
어느 무엇도 없었기에
등을 돌리고 싶은 생각은 아예 없었도다.

103　지고의 선善이 그 빛 안에 충만했고,
그 어떤 완전한 것도 그 빛을 벗어나면
온통 혼돈에 빠져들 것만 같았다.

106　그러나 내가 거기에서 보고 들을 것들을 기억하며
지금 하는 말들은 젖먹이 어린아이의
옹알거림보다도 더 부족한 표현이리니,

109　내가 바라보던 살아있는 빛,
언제나 변함이 없는 그 순전한 빛은
온전히 하나이신 빛이어라.

112 그 빛을 우러르며 활기를 되찾은 시력으로
내가 점점 변해가는 것이었고
그 모습도 변해 보이는 것이었다.

115 그리고는 숭고한 빛의 깊고 밝은 본체 속에서
세 개의 둘레를 가진 원들이 세 가지 색을 지닌
하나의 차원으로 내 앞에 드러났나니,

118 무지개가 겹치듯이 하나가 다른 하나에게서
반사되는 것이었고, 세 번째 원은 다른 두
원으로부터 숨결을 공급받는 불꽃과 같았다.

121 아, 인간의 언어란 우리 생각에
얼마나 미치지 못하는가.
내가 본 것에 비하면 내 말은 너무 미약하도다.

124 당신 스스로 본체 안에 좌정하시고,
당신은 하나님 말씀logos으로 인지되시며,
성부와 성자가 사랑하고 웃으시는 오, 성령의 빛이시여!

127 잠시 내가 보았던 성부 하나님으로부터 잉태되었던
동그라미 모양의 성자 예수께서
반사된 빛처럼 보였는데,

130 그 모습이 스스로의 속에서
인성을 담은 모습을 보여주는 듯하여
내 눈이 온통 그곳을 주목했다.

133 원을 측량하기 위해 고심하는
기하학자가 제아무리 궁리를 해도
필요한 원리를 찾지 못하는 것처럼

136 나 또한 그 새로운 모습에 그러했는데,
어떻게 인성人性이 그 원에 들어가서
자리를 잡았는지를 알 수가 없었다.

139 그러나 내 안에 소망을 불어넣으시는 그 은총의 빛에
내가 온전히 사로잡히지 않는 한
내 날개는 그에 미칠 수 없음을 깨달았다.

142 지존至尊을 향한 끊임없는 상상으로
내 힘이 다했지만, 그러나 그분을 바라는 나의 열망은
한결같아서 움직이는 수레의 두 바퀴와 같이

145 해와 별을 운행하시는 그 사랑에 한없이 이끌렸도다.

• 1~39

마리아는 예수의 어머니이고 그리스도 하나님의 딸이다.
하나님의 피조물이 자신의 창조주를 낳는 불가사의를 이루셨다.
베르나르도가 성모 마리아를 겸허하고 높으신 분이라 칭송한다.
"마리아가 가로되 내 영혼이 주를 찬양하며 내 마음이 내 구주를 기뻐하였음은 그 계집종의 비천함을 돌아보셨음이라. 이제 후로는 만세에 나를 복이 있다 일컬으리로다." 눅1:46~48
성 베르나르도가 단테를 위해 성모 마리아의 기도를 간구한다.

• 40~75

그리스도 예수의 사랑과 공경을 받는 마리아가 그 기도를 기뻐하신다.
단테가 본 것을 말로 재현할 수 없고 기억할 수 없음을 고백한다.
마음속에 감정의 흔적만을 남기고 사라지는 기억들을 안타까워한다.
단테가 지금까지 본 것들을 기억하며 기록할 수 있기를 열망한다.
하나님의 사랑의 사슬에 매여 전 우주에 존재하는 실체들을 기록하여 후세의 사람들에게 남기는 자가 되게 해달라고 기도한다.
직관直觀은 오랜 시간에 걸쳐 관찰된 사실들을 조직화하고 통합함으로 얻는다. 빠르게 이해하는 능력인 이 직관은 감성적인 지각처럼 대상의 전체를 직접 파악한다. 경험과 판단과 추리 등의 사유를 수단으로 하여 성립하는 이성적 인식과는 구별된다.

• **76~105**

단테가 하나님께 기억력을 새롭게 해달라고 기도한다.
후대에게 직접 경험한 천국의 실체를 전할 수 있기를 갈망한다.
삼위일체 하나님께서 우주를 혼연일체로 이끄는 모습을 단테가 본다.
그러나 바다의 신 포세이돈이 배의 그림자를 보고 놀란 이천오백 년 전의 일을 기억하는 것보다 천국에서 잠깐 경험한 일들이 더 혼미하고 어렴풋하다.
사람의 의지가 크신 선善인 하나님이 아닌 다른 것을 향할 때 혼돈과 결핍을 경험하게 된다.

• **106~126**

빛이신 하나님을 인지함에 따라 단테가 다른 모습으로 변해간다.
눈을 뗄 수 없는 하나님의 빛이 세 개의 원으로 단테 앞에 나타난다.
삼위일체 하나님께서 세 가지 빛깔로 단테 앞에 드러나며 본체이신 성부 하나님과 성자 예수님이 서로 사랑하며, 성자 예수님이 성부 하나님에게서 잉태되어 반사되는 것처럼 보인다.
성령님이 하나님의 영광과 예수님이 구주가 되심을 선포하는 듯하다.
단테가 하나님과 그리스도의 신비를 사람의 언어로 표현하기엔 너무 역부족이라고 고백하며 안타까워한다.
스스로 계시는 하나님과 말씀이신 성자 예수님, 그리고 두 분 하나님이 사랑하고 기뻐하는 성령님이 삼위일체가 되신 모습을 단테가 노래한다.

- **127~145**

단테가 성부 하나님으로부터 잉태된 성자 예수님을 바라본다.
성자 예수 안에서 인간의 모습이 나타나는 것을 본다.
인간 이성으로 그리스도의 인성과 신성을 깨우칠 수 없음을 고백한다.
오직 하나님 은총의 빛으로 그리스도의 신비를 알 수 있음을 말한다.
천국편을 '만물을 움직이시는 하나님의 영광'으로 시작한 단테가
마지막을 '해와 별을 움직이는 하나님의 사랑'으로 끝을 맺는다.

단테 연보

1265년 5월	르네상스의 중심지인 피렌체에서 몰락한 군문귀족軍門貴族의 집안에서 태어났다. 아버지는 알리기에로 디 벨린치오네이고, 어머니는 벨라였다. 어린 시절 어머니와 아버지를 모두 잃고 고아가 되었다. 당시 피렌체는 상류계층인 봉건 귀족이 주축이 된 기벨리니 당과 몰락한 귀족들과 상공인들이 지지하고 단테 집안이 속해있던 겔피 당이 극심하게 대립하고 있었다.
1274년(9세)	폴코 포르티나리의 딸 베아트리체Beatrice를 길에서 만났다.
1283년(18세)	구이네토 다렛초의 영향을 받아 시를 쓰기 시작했다. 어린 시절부터 학문에 두각을 나타냈던 그가 베르길리우스와 아리스토텔레스에게 큰 영향을 받았다. 그 무렵 아버지를 잃은 단테가 베아트리체를 베키오 다리에서 두 번째 만났다. 산타 크로체 수도원에서 3학문법 · 논리학 · 수사학과 4학예산술학 · 음악 · 기하학 · 천문학를 공부했다.

1285년(20세)	젬마 도나티와 결혼하여 3명의 자녀4명이라고도 한다를 낳았다. 자녀들 중 둘째 피에트로는 아버지의 문학을 연구하는 학자가 되었다.
1289년(24세)	피렌체의 궬피 당 일원으로 캄팔디노 전투에 참가하여 아레초와 피사의 기벨리니 당의 군대를 격파했다. 베아트리체가 죽었다. 단테가 보에티우스, 키케로, 아리스토텔레스, 토마스 아퀴나스의 저서를 읽으며 아픔을 이겨내려 했다.
1290년(25세)	베아트리체를 향한 사랑의 노래 《새로운 인생》을 출판했다.
1295년(30세)	피렌체의 정치에 참여하여 중요한 역할을 담당했다.
1300년(35세)	피렌체를 다스리는 6인의 행정위원 중 1인으로 국가를 이끌었다. 단테가 속해있던 궬피 당이 흑당과 백당으로 나누어졌다. 그가 속한 백당은 교황청의 영향력으로부터 독립하기를 주장했고, 흑당은 교황청에 예속되는 것을 원해 둘 사이에 다툼이 격화되었다.
1301년(36세)	교황 보니파티우스 8세가 토스카나 지방을 교황청에 예속시키려 하자 이를 저지하는 임무를 띠고 교황청에 파견되었다.
1302년(37세)	흑당이 피렌체의 주도권을 쥐며 단테가 추방되고 망명 생활이 시작되었다.

1304년(39세) 베로나에서 바르톨로메오 델라 스칼라의 비호를 받으며 지냈고, 이후 트레비소, 파도바, 루카, 파리 등을 방랑하며 비참하게 살았다.

1305년(40세) 이탈리어의 중요성을 강조한 《속어 수사론》과 자신이 추구하는 사상을 시 형식으로 엮은 《향연》을 발표했다.

1307년(42세) 그가 전부터 구상했던 《신곡》의 집필을 시작하였다.

1310년(45세) 룩셈부르크 왕가 출신으로 신성로마제국의 황제인 하인리히 7세가 들어오자 단테가 그를 평화의 사도로 보고 그에게 탄원서를 제출하지만, 그가 피렌체를 정복하는 데 실패하고 만다. 이때 단테는 공동체를 행복하게 만드는 보편적이며 적법한 권력이 어떤 형태이어야 하는지를 논한 《제정론》을 쓰기 시작했다.

1315년(50세) 베로나에 있던 단테에게 피렌체의 흑당이 사면령을 내리지만, 자신의 잘못을 인정하는 불명예를 수용하지 않으며 피렌체로 돌아가는 것을 거부했다. 이에 분노한 흑당이 궐석 재판을 통해 단테에게 사형 선고를 내렸다.

1321년(56세) 라벤나의 구이도 노벨로의 보호를 받으며 《신곡》의 집필을 마치고는 그해 9월 14일 말라리아로 죽었다. 단테가 라벤나의 성 프란체스코 성당에 묻혔다.

신
곡

3권

천국으로의 편력(遍歷)

초판 1쇄 발행 2023. 4. 11.

지은이 김용선
펴낸이 김병호
펴낸곳 주식회사 바른북스

편집진행 황금주
디자인 양헌경

등록 2019년 4월 3일 제2019-000040호
주소 서울시 성동구 연무장5길 9-16, 301호 (성수동2가, 블루스톤타워)
대표전화 070-7857-9719 | **경영지원** 02-3409-9719 | **팩스** 070-7610-9820

•바른북스는 여러분의 다양한 아이디어와 원고 투고를 설레는 마음으로 기다리고 있습니다.

이메일 barunbooks21@naver.com | **원고투고** barunbooks21@naver.com
홈페이지 www.barunbooks.com | **공식 블로그** blog.naver.com/barunbooks7
공식 포스트 post.naver.com/barunbooks7 | **페이스북** facebook.com/barunbooks7

ISBN 979-11-92942-64-3 04880
979-11-92942-65-0 04880(세트)